Ilona Bulazel

Blutiger Schein

EDITION M

Das Buch

Mode, Diamanten und jede Menge Klatsch, das waren eigentlich die Aufhänger für Mira Koschs nächsten Artikel. Dann wird die Journalistin dabei Zeugin, als das Model Nadja Johann vom Balkon ihres Hotelzimmers stürzt. Kurz darauf verschwindet die Leiche der jungen Frau aus der Gerichtsmedizin. Mira beginnt, Fragen zu stellen, und gerät in den Fokus gefährlicher Gegner. Was verbirgt der erfolgreiche Banker Matthias Lomat? Welche Dienstleistungen bietet er seinen wohlhabenden Kunden in Wahrheit an? Und wer ist der geheimnisvolle Franzose, der Mira immer wieder bei ihren Nachforschungen begegnet? Die Gier ihrer Kontrahenten kennt keine Grenzen und jeder, der bereit ist, zu reden, muss sterben.

Schon bald ist die Journalistin nicht mehr nur auf der Jagd nach einer Story, sondern riskiert ihr Leben, um die Wahrheit ans Licht zu bringen. Als dann auch noch ihre neunjährige Nichte Tia entführt wird, beginnt für Mira ein Albtraum…

Die Autorin

Ilona Bulazel wurde 1968 geboren und lebt heute mit ihrem Mann und der Mischlingshündin »Lolo« in Baden-Baden. Neben ihren Thrillern, Krimis, Science-Fiction-Romanen und Kurzgeschichten veröffentlichte sie bisher auch zwei Bände aus der Reihe »Mit freundlichen Pfoten«.

ILONA BULAZEL

BLUTIGER SCHEIN

THRILLER

EDITION M

Deutsche Erstveröffentlichung bei
Edition M, Amazon Media EU S.à r.l.
5 Rue Plaetis, L-2338 Luxembourg
November 2016

Umschlaggestaltung: semper smile, München, www.sempersmile.de
Umschlagmotiv: © LI CHAOSHU /Shutterstock; © Fruit Cocktail Creative /Shutterstock; © gualtiero boffi /Shutterstock
Lektorat & Korrektorat: Verlag Lutz Garnies, Haar bei München
www.vlg.de
Printed in Germany
By Amazon Distribution GmbH
Amazonstraße 1
04347 Leipzig, Germany

ISBN: 978-1-503-94193-9

www.amazon.de/editionm

Kapitel 1

»Für dich endet es hier!«, sagte der Mann beinahe gelangweilt.

Lena sah die Waffe, hörte den lauten Knall und fiel nach hinten, als die Kugel ihre Brust durchschlug.

Sie war nur noch wenige Sekunden bei Bewusstsein, Bilder rasten wie im Zeitraffer durch ihren Kopf. Lena sah sich selbst vor dem zersprungenen Spiegel in einer schmuddligen Flughafentoilette, in der Hand die aufgerissene Kondompackung. Sie erinnerte sich an den Würgereiz, die Übelkeit und den Gedanken an Gerechtigkeit. Ein letztes Mal hatte sie ihre Stewardessenuniform zurechtgerückt, dann war sie mit weichen Knien in den Wagen gestiegen. Und in den sicheren Tod gefahren.

Ein zweiter Schuss durchschlug die Stille der Nacht, dieses Mal hatte der Schütze Lenas Stirn getroffen. Desinteressiert betrachtete der Mann erst seine Waffe, anschließend die Leiche der jungen Frau. Er stöhnte genervt, ging zu seinem Fahrzeug und schnappte sich einige Utensilien aus dem Kofferraum.

Es war eine nasskalte Aprilnacht und der einsetzende Regen würde die Spuren auf dem kleinen Feldweg bald weggespült haben. Mühsam breitete der Mann eine große Plastikplane auf dem unebenen Boden aus und rollte den Körper darauf, bevor er die gelben Haushaltshandschuhe überstülpte und sich an die Arbeit machte.

Das ist schon die Zweite, dachte er mit einem Stirnrunzeln.

Diese nächtlichen Ausflüge durften keinesfalls zur Gewohnheit werden, denn Gewohnheiten bedeuteten Unachtsamkeit und die wiederum konnte direkt ins Gefängnis führen.

Trotzdem hielt ihn nichts davon ab, konzentriert und schnell das Messer zu bewegen, anschließend die Leiche fest in die Folie einzuwickeln und zuletzt wie ein Paket zu verschnüren. Für einen Moment hielt er inne, ging wie ein Pilot im Cockpit eine imaginäre Checkliste durch und war mit dem Resultat zufrieden.

Der Wagen der Frau stand auf dem Parkplatz eines Autobahnrasthofes an der A5 zwischen Frankfurt und Karlsruhe. Sie hatte es ihm mit diesem Zwischenstopp wirklich leicht gemacht. Wie gut, dass die Kleine so bemüht gewesen war, sich in die dunkelste Ecke zu stellen. Er hatte sie einfach geschnappt und in seinen Kofferraum geworfen, anschließend ihr Auto durchsucht und einige ihrer persönlichen Sachen an sich genommen. Das ganze Zeug würde er, zusammen mit der Leiche, in einem nahe gelegenen Fluss entsorgen.

Mit leichtem Ekel blickte er auf die blutigen Gummihandschuhe, zog sie rasch aus und betrachtete das kleine Souvenir, weswegen er überhaupt das ganze nächtliche Theater veranstaltet hatte.

Zur gleichen Zeit in einem Hotel in der Frankfurter City

Nadja spürte mit Befriedigung seine Erregung. Er lag auf ihr und umschloss sie fest mit den Armen. Sie stöhnte leise und verhielt sich genau so, wie er es mochte. Mit äußerstem Lustempfinden kam er zum Höhepunkt, sie spürte sein klopfendes Herz und den heißen Atem auf ihrer Haut. Ihre Hände streichelten zärtlich seinen Rücken.

»Das war schön«, flüsterte sie und genoss es, wie er sie zur Antwort leidenschaftlich küsste.

Dann rollte er sich langsam auf die Seite und atmete zufrieden aus.

Sie drehte sich ein wenig und sah ihn erwartungsvoll an. Im trüben Licht der Lampe betrachtete sie sein Gesicht mit dem ausgeprägten Kinn und der schmalen, langen Nase. Er war nicht im üblichen Sinne schön; aber sein ganzes Auftreten, der Hauch von Arroganz, der ihn ständig umgab, und natürlich sein Erfolg, ließen ihn in Nadjas Augen unglaublich sexy erscheinen.

Er bemerkte, dass sie ihn beobachtete, und fuhr sie ungeduldig an: »Was ist?«

»Nichts«, antwortete Nadja, ungerührt von seinem schroffen Ton. »Ich bin nur froh, dass wir uns wieder versöhnt haben.«

Als sie versuchte, sich an ihn zu kuscheln, schob er sie weg.

»Was soll das denn heißen?«, blaffte er ungehalten.

»Ich dachte …« Sie zögerte, wusste nicht, wie sie mit seinem plötzlichen Stimmungswechsel umgehen sollte.

»Du hast gedacht? Das passt gar nicht zu dir.« Die Worte waren verletzend. »Das hier«, sagte er jetzt ungehalten, »hat nichts geändert.«

»Aber …«

»Nichts aber. Wir hatten Spaß, das war's, und jetzt verschwinde, ich will schlafen.«

Nadja war sprachlos. Vor Zorn und Scham brachte sie kein Wort heraus. Hektisch sprang sie aus dem Bett und schlüpfte in ihre Kleider.

Schließlich fiel ihr doch noch etwas ein. »Ich muss sowieso zum Flughafen, ich habe morgen einen Job in Hamburg. Du denkst, wir hatten Spaß?« Bemüht möglichst überheblich zu klingen, knallte sie ihm ein »Sorry, mein Schatz, aber du hast keine Ahnung, wie man einer Frau Spaß im Bett bereitet!« vor den Latz.

Jetzt richtete er sich etwas auf. »Treib es nicht zu weit, du Miststück.«

»Warum, was passiert dann?«, entgegnete Nadja streitlustig und griff nach ihrer Jacke.

»Verpiss dich, du Schlampe«, erwiderte er gereizt und leicht lallend.

Tränen brannten in den Augen der Frau, als sie ihren Schuh unter dem Bett hervorzog. Dabei fiel ihr Blick auf den Nachttisch.

Seine Schlüssel, schoss es ihr durch den Kopf.

Ein boshaftes Grinsen erschien auf dem hübschen Gesicht. Sie angelte sich das kleine, lederne Mäppchen und ließ es schnell in ihre Tasche gleiten.

»Du bist ein mieses Arschloch!«, machte sie ihrem Ärger beim Verlassen des Zimmers Luft und wollte die Tür zuknallen. Aber in einem vornehmen Hotel wie diesem hier sorgte ein entsprechender Mechanismus dafür, dass die Tür geräuschlos ins Schloss fiel. So war der Mann im Bett schon dabei, seinen Rausch auszuschlafen, als Nadja wütend den Gang hinunter in Richtung des Aufzugs marschierte. Er würde erst am Morgen verzweifelt nach seinem Schlüsselmäppchen suchen.

* * *

Nadja stürmte aus dem Gebäude und fand sich auf der regennassen Straße wieder. Die kalte Nachtluft ließ sie zittern, das dünne Partyoutfit taugte nichts bei niedrigen Temperaturen. Sie nahm eines der Taxis vor der Tür und ließ sich zum Haus von Harry fahren, dort stand noch ihr Auto.

Harry, eigentlich Herrmann Bieland, war der fünfundfünfzigjährige Chef der Modelagentur, bei der Nadja unter Vertrag stand. Er hatte in der Nacht davor wieder einmal eine seiner spektakulären Partys gegeben und dort war sie dann auch auf ihren Exfreund Matthias Lomat getroffen. Er hatte sie vor ungefähr zwei Monaten abserviert. Und obwohl der Mann beinahe doppelt so alt wie Nadja war, hatte ihr die Trennung fast das Herz gebrochen.

»Wir sind da«, unterbrach der Taxifahrer müde ihre Gedanken.

Sie bezahlte den Mann und lief schnell zu ihrem Wagen. Der kleine Sportflitzer stand einsam und verlassen unter einer Laterne, die die ganze Zeit flackerte.

Nadja sah auf die Uhr. Sie musste sich beeilen, wenn sie den Flug nicht verpassen wollte. Erschöpft ließ sie sich auf den Sitz fallen und schrie im nächsten Moment auf. Wütend zerrte sie Matthias Lomats Schlüsselmäppchen, das sich eben schmerzhaft in Erinnerung gebracht hatte, aus der Jackentasche und feuerte es mit einem wenig damenhaften Fluch ins Handschuhfach.

»Tja, mein Schatz, dann viel Spaß beim Suchen!«, fauchte sie wütend, als sie die Klappe zuschlug und daran dachte, wie er sie um den Finger gewickelt und schließlich abgeschleppt hatte. Wieso war sie auch nur so gutgläubig gewesen?

Das Wissen, ihm mit dem entwendeten Schlüsselmäppchen einen empfindlichen Schlag versetzt zu haben, tröstete sie dabei kaum. Zwar wusste sie nur zu gut, dass er regelrecht paranoid war, was dieses Ding anging – aber wenn man ehrlich war, dann konnte er die Schlüssel darin doch in Nullkommanichts ersetzen. Und am Geld würde es zweifellos nicht scheitern, immerhin war er der Eigentümer einer Privatbank, die er von seinem Vater übernommen hatte. Die exklusiven Kunden, deren Vermögen er so engagiert betreute, machten ihn zu einem sehr reichen Mann.

Als Nadja das Haus erreichte, in dem sie eine kleine Wohnung gemietet hatte, fand sie wie gewöhnlich keinen Parkplatz. Mehrmals umrundete sie den Block und musste schließlich in eine entlegene Seitenstraße ausweichen, in der es nur noch eine Lücke im Parkverbot gab. Ein weiterer Blick auf die Uhr und das Wissen um ihren Alkoholspiegel ließen sie den Wagen dort eilig abstellen; den Strafzettel würde sie riskieren. Vorsichtig tippelte sie über das nasse Pflaster, hetzte in ihr Appartement, packte ein paar Sachen zusammen und schrieb der Nachbarin Frau Meier noch eine kurze Nachricht, bevor sie schließlich gestresst ein Taxi zum Flughafen rief.

Eine halbe Stunde später reihte sich das Fahrzeug hinter den anderen Wagen ein, die unermüdlich Flugpassagiere zu den Terminals brachten. Das bunte, hektische Treiben und ein wenig Kokain halfen der jungen Frau dabei, ihre Enttäuschung und die Müdigkeit vorübergehend zu vergessen.

Hamburg, in einer ehemaligen Industriehalle – am nächsten Tag

Aus dem Lautsprecher dröhnte ein Mix aus Jazz, Hip-Hop und Rock. So empfand es zumindest Mira Kosch, die das, was rund um sie stattfand, in sich aufsog wie ein trockener Schwamm das Wasser.

Überall waren Menschen. Hinter dem Laufsteg herrschte eine Betriebsamkeit, die dem Begriff Chaos eine ganz neue Bedeutung gab. Schlanke Körper, nur halb bekleidet, quetschten sich durch den voll gestellten Raum, der Garderobe, Friseursalon, Maske, Näherei und Kantine in einem war. Wohin man auch sah, blitzte und blinkte es. Die Fotografen, die Zugang hatten, schienen ihre Kameras in der Geschwindigkeit von Maschinengewehren zu bedienen. Ein weiterer Blickfang waren die zahlreichen Security-Posten – in allen Ecken standen Männer und Frauen in schwarzen Anzügen und mit einem Knopf im Ohr. Mit unbeweglicher Miene scannten ihre Blicke die Menge hinter und vor der Bühne.

Mira machte sich Notizen. Sie hatte schon eine ziemlich genaue Vorstellung davon, was und wie sie über dieses Event schreiben wollte. Und sie wurde nicht müde, ein Interview nach dem anderen zu führen. Sowohl die hochkarätigen Gäste als auch die zum Teil nicht minder berühmten Models waren gern bereit, mit der Journalistin zu sprechen.

Mira Kosch arbeitete als freie Journalistin, im Moment für eines der Boulevardmagazine. Normalerweise war sie für Wirtschaftsreportagen zuständig, aber heute hatte Dieter, der Chefredakteur, sie gebeten kurzfristig einzuspringen. Und so war sie mit Frank Rotha von Frankfurt nach Hamburg geflogen, um an diesem Mega-Event unter den Laufsteg-Shows teilzunehmen.

Frank, der mit seinen neunundzwanzig Jahren um einiges jünger war als die dreiundvierzigjährige Mira, sah kurz in ihre Richtung und machte ein Zeichen. Gleich würde es losgehen. Sie winkte ihm zu, lächelte. Frank war ein sehr talentierter Fotograf. Und genau wie Mira nahm er fast jeden Auftrag an, um zu überleben.

Das Zischen einer Haarsprayflasche, deren Inhalt großzügig über dem auftoupierten Haar eines sensationell aussehenden Models verteilt wurde, riss die Journalistin aus ihren Gedanken. Sie beeilte sich, Frank zu folgen, der ganz nebenbei seit einem knappen Jahr ihr fester Freund war. Eine Beziehung, die entgegen Miras Befürchtungen hervorragend funktionierte.

Im Zuschauerraum erlosch das Licht. Mit einem leisen Trommeln, so als würden sich die Galeeren eines kriegerischen Volkes nähern, kündigte man den Start der Show an. Feuer, Rauch, Scheinwerfer und Musik. Das erste Model betrat den Catwalk, wieder setzte ein Blitzlichtgewitter ein. Mira hielt beinahe den Atem an, als eine wohlklingende Stimme ertönte und dem begeisterten Publikum erklärte, was die Schönheiten auf der Bühne um ihre schlanken Hälse trugen. Heute wurden nämlich nicht nur die neusten Trends in Sachen Mode zur Schau gestellt, sondern kombiniert mit den Kreationen der Designer sollten auch die edelsten Diamanten präsentiert werden.

Geschickt wurden mit Spots die teuren Steine zum Funkeln gebracht. Lange Ohrgehänge mussten sich mit Diademen und Colliers messen, die einen Wert von mehreren hunderttausend Euros hatten. Das erklärte auch das starke Security-Aufgebot.

Das absolute Highlight war dann, wie üblich, das Hochzeitskleid am Ende der Show. Präsentiert wurde es von einem Model namens Nadja Johann. Das weiße, schlicht geschnittene Fähnchen wäre sicher schnell in Vergessenheit geraten, wenn es nicht über und über mit Diamanten besetzt gewesen wäre und dadurch die Frau auf der Bühne in eine Märchenprinzessin verwandelte.

»Sag nicht, dass du dir aus solch profanen Dingen wie Juwelen etwas machst?«, raunte ihr Frank zu und verdarb damit die Magie des Augenblicks, wie es eben nur ein Mann tun konnte.

»Keine Sorge, ich wünsche mir zu Weihnachten weiterhin Topflappen!«

Frank lachte, drückte ihr einen Kuss auf die Wange und verschwand wieder.

Als die Show zu Ende war, spendeten die Gäste begeistert Applaus, und obwohl Mira auf der anschließenden Party noch einige Interviews führen musste, freute sie sich auf die Feier. Sie wollte unbedingt mit Nadja Johann sprechen und mit etwas Glück war vielleicht auch einer der Designer verfügbar.

Dieter, ihr momentaner Auftraggeber, wünschte sich einen Artikel, in dem es um die Show und das Leben der Models ging. »Nichts Negatives, verstanden? Kein Palaver über Billiglohnländer, Ausbeutung und die Schere zwischen Arm und Reich. Ich will entspannenden Klatsch und Tratsch!«

Mira hatte sich natürlich einverstanden erklärt, sie brauchte diesen Job dringend. Ihr Journalistenherz, das eine kritische Betrachtung der Dinge forderte, tröstete sie mit dem Versprechen, diese bei Gelegenheit nachzuholen.

Am gleichen Tag kurz vor Mitternacht in einem Hamburger Hotel

Nadja Johann schwankte leicht, als sie den Fahrstuhl betrat. Der Tag hatte einige erfreuliche Überraschungen für sie gebracht und damit die herbe Enttäuschung der vorangegangenen Nacht mit Matthias Lomat ein wenig abgemildert. Die Show war ein voller Erfolg gewesen und wie es aussah, würde sie in der nächsten Zeit sehr gut gebucht sein. Außerdem hatte ihr eine Journalistin namens Mira Kosch, die wie Nadja in Frankfurt lebte, vorgeschlagen, eine größere Reportage über sie zu machen. Irgendetwas unter dem Motto: »Einblicke in das Leben eines Models«. Warum nicht? Medienpräsenz war eine gute Sache.

Den Gedanken an Matthias schob sie weiterhin beiseite. Er hatte heute Morgen mehrfach versucht, sie auf dem Handy zu erreichen, aber sie war nicht rangegangen. Er hätte sie ohnehin bloß beschimpft.

Nadja seufzte und hielt sich an der Wand fest. Obwohl sie sich bei der Party anfangs zusammengerissen hatte, was Alkohol und Kokain anging, war sie am Ende doch schwach geworden und hatte sich mit Genuss die angebotene *line* gegönnt. Das Zeug musste extrem stark gewesen sein, denn jetzt hatte sie

Mühe, sich auf den Beinen zu halten. Ungeduldig sah sie auf die Etagen-Anzeige des Aufzugs, er schien im Schneckentempo das oberste Stockwerk erklimmen zu wollen.

Als sich die Türen endlich öffneten, verspürte sie einen unangenehmen Druck im Bauch. Sie stolperte über den Gang und kramte umständlich die Schlüsselkarte aus ihrer Tasche. Erst jetzt bemerkte sie, dass die Tür offen stand. Vielleicht ein unaufmerksames Zimmermädchen, aber das war ihr im Augenblick gleichgültig. Schnell trat sie ein und wollte zur Toilette, doch im nächsten Moment wurde sie gepackt und jemand legte seine Hand auf ihren Mund.

Sie versuchte, sich aus dem Griff zu befreien, war aber kaum in der Lage, ihre Bewegungen zu koordinieren. Plötzlich ging das Licht an. Nadja blinzelte, wollte sich orientieren, aber das Zimmer verschwamm immer mehr vor ihren Augen. Wie hatte sie sich auch nur so zudröhnen können? Tapfer kämpfte sie gegen die drohende Ohnmacht an, holte mit dem Bein aus und trat schwungvoll nach hinten. Der spitze Absatz traf etwas Weiches. Sie hörte ein unterdrücktes Stöhnen und im gleichen Moment gelang es ihr, sich loszureißen. Unsicher taumelte sie in Richtung Balkon.

Die Schiebetür stand offen und ein kühler Wind bauschte die Vorhänge auf. Wo sollte sie hin? Wer war der Mann? Nadja konnte keinen klaren Gedanken fassen, war voller Angst und vergaß dabei die einzige Waffe, die ihr geblieben war – nämlich lauthals um Hilfe zu schreien.

Schon war ihr Angreifer wieder ganz nah. Sie wollte nur weg von diesen groben Händen, die sie so brutal gepackt hatten, und kletterte in ihrer Not auf die Brüstung. Die große Menge Drogen in ihrem Körper versetzten die junge Frau in den Glauben, sie könnte darauf einfach zum nächsten Balkon hinüber balancieren.

Der Mann packte sie. Seine Finger umschlangen ihre schlanke Fessel, sie erschrak, wehrte sich – und verlor den Halt.

Zur gleichen Zeit ein Stockwerk tiefer

Mira Kosch war mit dem Tag zufrieden. Sie hatte interessante Einblicke in die Branche bekommen, außerdem ein paar Namen für weitere Recherchen und die Zusage von Nadja Johann für einen ausführlichen Bericht. Sie war ein wenig früher von der Feier fortgegangen und hatte eben den ersten Artikel durchgegeben. Dieter, der Chefredakteur, war begeistert und gern bereit, ihr noch weitere Texte abzukaufen.

Frank saß an dem kleinen Schreibtisch ihrer Hotelsuite und ging mit der Redaktion die Bilder des Abends durch. Mira fühlte sich rundum wohl. Es war kurz vor Mitternacht und sie hatte sich ein Fläschchen des sündhaft teuren Weißweines aus der Minibar gegönnt. Jetzt trat sie auf den Balkon hinaus, zündete sich eine ihrer superleichten Zigaretten an, die ihr Gewissen beruhigen sollten, weil sie es immer noch nicht geschafft hatte, dieses Laster aufzugeben, und genoss die Skyline von Hamburg. Sie hatten ein Zimmer im vorletzten Stock und die Aussicht von hier war grandios. Die Außenbeleuchtung des Hotels tauchte alles in ein warmes, orangefarbenes Licht.

Sie wollte gerade ein Stück näher zur Brüstung treten, als sie einen grauenhaften Schrei hörte. Im nächsten Moment tauchte direkt vor ihr für den Bruchteil einer Sekunde das angstverzerrte Gesicht von Nadja Johann auf. Ein Blick aus weit aufgerissenen Augen, das blanke Entsetzen, dann war es vorbei – und die Journalistin vernahm wenig später den unvermeidbaren Aufprall. Einem lauten Knall folgte das schrille Aufheulen der Alarmanlage eines Autos. Ein unerträgliches, nervtötendes Geräusch.

»Was ist passiert?« Frank war auf den Balkon gestürmt und beugte sich über die Brüstung. »Um Gottes willen!«, rief er aus und warf einen fragenden Blick auf Mira, die völlig erstarrt war und nicht einmal bemerkte, wie etwas Zigarettenglut auf ihren nackten Fuß fiel.

»Ich muss runter«, sagte er noch entschuldigend, während er sich bereits seine Kamera schnappte, um einer der Ersten zu sein, die die Leiche Nadja Johanns, die seltsam verdreht auf dem Dach einer Limousine lag, zu Gesicht und vor den Sucher bekamen.

Mira stand noch eine weitere Minute reglos da, dann plötzlich fing sie an zu zittern. Sie sah auf ihre Hände, es war, als hätte sie die Kontrolle darüber verloren. »Der Schock«, flüsterte sie. »Das ist der Schock.«

Von unten drangen laute Stimmen herauf. Sirenen kündigten schon von Weitem die Einsatzwagen von Feuerwehr und Polizei an. Überall wurden Balkontüren geöffnet und Köpfe schnellten über die Geländer auf der Suche nach der Ursache des nächtlichen Tumults.

Mira tastete nach der Mauer hinter sich, lehnte sich dagegen und schloss die Augen. Aber das Bild verschwand nicht. Sie sah immer noch das Gesicht Nadja Johanns vor sich.

Frank kam zurück und unterbrach ihre Gedanken: »Los, komm. Wir sollten einen Blick in ihr Zimmer werfen, bevor die Behörden alles dichtmachen.«

Mira wusste, dass er recht hatte. Wenn sie jetzt zögerten, würden sie die Chance auf eine gute Story vertun. Dieter wäre davon sicher wenig begeistert, aber noch fiel es der Journalistin schwer, entgegen ihren Emotionen so professionell zu agieren.

»Los jetzt, ich mache die Bilder, du schreibst etwas dazu.«

Endlich kam Mira zur Besinnung. Für das Model konnte sie nicht mehr viel tun, außer einen mitfühlenden Nachruf zu verfassen.

Sie folgte ihrem Freund. Im obersten Stock angekommen mussten sie feststellen, dass bereits jemand vom Personal hier nach dem Rechten sah. Die Tür stand offen und Frank betrat ohne zu klopfen das Zimmer, seine Kamera fing alles ein, was es in der Suite zu sehen gab.

Noch bevor die Hotelangestellte sie als ungebetene Gäste hinauswerfen konnte, sagte Mira mit belegter Stimme: »Ich habe sie fallen sehen, sie ist direkt an mir vorbei in die Tiefe gestürzt.«

Die Frau erschrak, hob instinktiv die Hand vor den Mund und stieß ein heiseres »Oh mein Gott!« aus.

Mira nutzte den Moment, um sich umzuschauen. Auf den ersten Blick sah das Zimmer genauso aus wie ihr eigenes. Einziger Unterschied war das Durcheinander auf dem Bett. Die Hotelangestellte, die ihrem Blick gefolgt war, seufzte.

»Sie war nicht sehr ordentlich. Die Zimmermädchen können ein Lied davon singen. Trotzdem, armes Ding!«

Vor der Suite wurden Stimmen laut, vermutlich die Polizei. In diesem Augenblick öffnete sich die Tür und dem Journalistenpaar wurde mit unfreundlichen Worten dieselbe gewiesen.

Hamburg – am darauffolgenden Morgen

Mira Kosch hatte kaum geschlafen, die Telefone waren heiß gelaufen. Dieter wollte noch in der Nacht einen Artikel über den Tod Nadja Johanns, denn damit wäre seine Zeitung die erste, die die Nachricht bringen würde.

»Dazu Franks Bilder, das wird ein Knaller!«, hatte der Chefredakteur begeistert gerufen.

Außerdem bekam Mira den Auftrag, noch in Hamburg zu bleiben, um mehr über die Sache herauszufinden. Daher war sie den Rest der Nacht über Berichten aus dem Archiv gesessen, die alle Nadja Johann betrafen. Meistens handelte es sich dabei um Klatschgeschichten rund um das Beziehungsleben der jungen Frau. Zuletzt schien sie eine engere Verbindung mit einem Bankier gehabt zu haben; Mira würde wegen eines Interviewtermins bei ihm vorsprechen.

Während Frank am Morgen bereits im Flieger zum nächsten Auftrag saß, machte sich Mira in aller Frühe auf den Weg zur Gerichtsmedizin, die vorübergehend in einer der großen Hamburger Kliniken untergebracht war. Entsprechend hektisch ging es hier zu. Unglücklicherweise hatte es auf der nahen Autobahn noch eine Massenkarambolage gegeben, sodass die Journalistin keine Chance hatte, mit irgendjemandem zu sprechen. Vor den Türen mit der Aufschrift Gerichtsmedizin wurde sie als Vertreterin der Presse nicht gerade herzlich empfangen. Man verwies sie an die leitenden Ermittler der Polizei und enthielt sich jedes Kommentars.

Bei der Polizei hatte sie ihr Glück bereits versucht und war von deren Pressestelle freundlich, aber bestimmt in die Wüste geschickt worden. Verärgert folgte sie einem Schild, welches zu einer Raucherzone führte, die in einer zugigen Ecke bei den Müllcontainern untergebracht war. Sie hatte zwar befürchtet, nicht viel zu erfahren, aber die Mitarbeiter hier taten ja gerade so, als ginge es um irgendwelche Staatsgeheimnisse.

Hinter sich hörte sie das Quietschen der Tür. Mira nahm im Augenwinkel einen jungen Mann von circa zwanzig Jahren wahr, der Kleidung nach zu urteilen ein Krankenpfleger. Bedächtig kramte er eine Zigarette aus seiner Hosentasche. Dabei schob sich sein Kittel nach oben und sie bekam freie Sicht auf einen bleichen, kugeligen Bauch.

Mira wollte sich wegdrehen, da sprach sie der Mann an: »Sie sind von der Presse?«

»Ja, Mira Kosch vom …«

Er ließ sie nicht ausreden, sondern sagte: »Zahlen Sie etwas für Informationen?«

Mira überlegte fieberhaft, wie viel Bargeld sie gerade in der Tasche hatte, und verfluchte in diesem Moment das Kartenzeitalter.

»Kommt darauf an, ob es sich lohnt«, antwortete sie schnell, um die mögliche Quelle nicht zu verlieren.

Der beleibte Pfleger verzog sein rundes Gesicht zu einem breiten Grinsen. »Oh, das lohnt, das lohnt richtig!«

Mira hatte Feuer gefangen und war bereits so weit, im Notfall auch zum nächsten Geldautomaten zu fahren.

»Ich habe eine Info für fünfzig Euro und eine für zweihundert. Was sagen Sie?«

Die Journalistin sah ihn einen Moment an und überlegte, ob sie ihm trauen konnte.

»In Ordnung«, erwiderte sie, »aber wenn Sie mich verarschen wollen, dann werde ich die Klinikleitung von Ihrem kleinen Manöver unterrichten.«

Der Pfleger blieb ernst. »Ich verarsche Sie nicht. Also?«

»Schießen Sie los«, forderte ihn Mira auf und drückte ihm fünfzig Euro in die Hand.

Er zog noch einmal an seiner Zigarette, wollte dadurch vermutlich besonders cool wirken, und sagte schließlich: »Die Kleine war ziemlich zugedröhnt, Alkohol und Drogen. Regelmäßiger Konsum, Kokain.«

Mira überraschte diese Nachricht nicht wirklich. Sie hatte mit Nadja auf der Party gesprochen und da schon etwas Ähnliches vermutet.

»Sie sind nicht gerade aus dem Häuschen«, stellte der junge Mann enttäuscht fest, woraufhin die Journalistin nur mit der Schulter zuckte.

»Dann gefällt Ihnen die zweite Nachricht vielleicht besser.« Dieses Mal machte er eine dramatische Pause, bevor er zischte: »Sie ist weg!«

Mira hob eine Augenbraue. »Sie ist weg?«, fragte sie irritiert.

»Ja«, schnaubte ihr Gesprächspartner, »die Leiche ist weg!«

Jetzt war die Journalistin aus dem Häuschen. »Was bedeutet das? Man kann sie im Moment nicht finden, oder …?«

Er trat noch dichter zu ihr und sah kurz verstohlen zur Tür. Flüsternd und mit gehetzter Stimme fasste er die Ereignisse zusammen: »Als die Frau reinkam, hat man die ersten Untersuchungen gemacht. Blut, Toxikologie …« Er sah seine Gesprächspartnerin fragend an, diese nickte. »Die eigentliche Obduktion war für heute Mittag geplant. Vor knapp einer Stunde kam jemand von der Polizei – und siehe da …«

»Die Leiche war verschwunden?«, hakte Mira noch einmal nach.

Der runde Kopf nickte eifrig.

»Aber wie ist denn so etwas überhaupt möglich? Überwacht das denn keiner?«

Ihr Informant machte eine ausladende Handbewegung. »Sehen Sie sich doch um. Wissen Sie, wie viele Menschen hier ein- und ausgehen? Jemand, der als Arzt verkleidet ist, oder als Pfleger … Und es ist ja nicht gerade so, dass die Verwaltung damit rechnet, dass jemand eine Leiche klaut.«

Mira verstand, vermutlich war der Parkplatz weit besser überwacht als die Gerichtsmedizin.

»Und was passiert jetzt?«

»Die sind alle in Panik, vorerst darf nichts nach draußen.«

Er streckte ihr seine Hand entgegen und wartete auf die Bezahlung.

Mira leerte ihre Brieftasche und kratzte die zweihundert Euro zusammen, sogar das Kleingeld blieb nicht verschont.

»Ich stehe doch unter Ihrem Schutz, oder? Ich meine als Quelle …«

Die Journalistin verkniff sich ein Schmunzeln; jetzt bekam er also Angst vor der eigenen Courage.

»Keine Sorge. Niemand erfährt, woher ich das weiß.« Sie gab ihm eine ihrer Visitenkarten. »Wenn Sie noch mehr für mich haben, rufen Sie an. Ich bleibe vorerst in Hamburg.«

Die zweihundertfünfzig Euro stellten sich als gute Investition heraus. Die Schlagzeile von der verschwundenen Leiche brachte Mira Kosch einen weiteren von Dieter bezahlten Tag in Hamburg.

Von offizieller Seite ging man beim Tod des Models von einem Unfall aus, das Verschwinden ihrer sterblichen Überreste wurde jedoch bisher nicht kommentiert. Immer mehr bekam die Journalistin das Gefühl, dass es eine Geschichte hinter all dem gab. Etwas, das der unerwartete Anruf des Krankenpflegers bestätigen sollte.

* * *

Es war erst fünf Uhr am Morgen und noch dunkel, doch in der Stadt herrschte bereits Betriebsamkeit. Neben der Straßenreinigung und den Zeitungsausträgern kreuzten einige Passanten Miras Weg. Das kleine Café, in das sie ihr Informant bestellt hatte, war düster; an einem Tisch in der Ecke saßen ein paar Nachtschwärmer, die einen schläfrigen Eindruck machten.

Mira sah den Grund ihres Kommens am Tresen sitzen. Sie nahm auf dem Hocker neben ihm Platz.

»Dreihundert!«, flüsterte er leise.

»Saftige Preise«, erwiderte die Journalistin kühl.

»Und jeden Euro wert«, gab der junge Mann selbstbewusst zurück. »Sie ist wieder da«, sagte er aufgeregt.

»Nadja Johann?«

»Ja, man hat sie in der Alster gefunden. Noch ist das vollkommen inoffiziell.«

»Und?« Die Journalistin spürte, dass noch etwas folgen würde.

Der Krankenpfleger schien von den Umständen selbst ein wenig schockiert. Er leckte sich mit der Zunge über die Lippen und fing an, mit dem kleinen Espressolöffel zu spielen. »Der, der das getan hat, muss ein Irrer sein.«

»Wie meinen Sie das?« Mira war mit einem Mal angespannt.

Der junge Mann beugte sich zu ihr und flüsterte: »Man hat die Leiche aufgeschlitzt!« Und als würde sie seine Worte nicht verstehen, führte er mit einer eindeutigen Bewegung die Hand über den eigenen Bauch, so als wollte er ihn mit einem Messer aufschneiden.

Am Nachmittag in Frankfurt

»Das ist unglaublich!«, sagte Dieter zum wiederholten Mal. »Diese Nadja Johann bringt uns eine Schlagzeile nach der anderen.«

Mira gab ihm recht, allerdings betrachtete sie die Situation weniger mit Euphorie, dafür aber umso mehr mit Besorgnis. Der morgige Artikel über die aufgeschlitzte Leiche würde einschlagen wie eine Bombe. Die Behörden schwiegen weiterhin und man konnte nur darüber spekulieren, ob vielleicht ein verrückter Fan den Körper entwendet und übel zugerichtet hatte.

»Denkst du wirklich, dass das ein geisteskranker Stalker gewesen ist?«, fragte sie den Redaktionschef unvermittelt.

Der zuckte mit den Schultern. »Warum nicht? Die Welt ist verrückt. Zumindest die, in der ich lebe. Aber wie dem auch sei, du bleibst an der Sache dran.«

Er wühlte in einer Mappe und zog ein Blatt Papier heraus. »Das sind die Adressen des Exfreundes Matthias Lomat hier in

Frankfurt und die ihrer Eltern. Die leben in einem Seniorenheim in Aachen.«

»Zum Lomat könnte ich dich begleiten, vielleicht wäre ein Foto nicht schlecht«, schlug Frank Rotha vor, der ebenfalls bei der Besprechung anwesend war.

»Gute Idee«, stimmte sein Vorgesetzter zu. »Aber morgen brauche ich dich bei dem Termin mit der Airline!«

Im Hinausgehen fragte Mira spöttisch: »Flugzeuge fotografieren?«

Frank musste grinsen. »Wenn es sein muss, auch das, aber eigentlich geht es um eine durchgebrannte Stewardess.«

Seine Freundin sah ihn überrascht an.

»Na ja, die hat alles stehen und liegen lassen und ist abgehauen. Man vermutet, die Frau, eine gewisse Lena Reidorf, hat dem Druck nicht mehr standgehalten. Das ist übrigens schon die zweite innerhalb von sechs Monaten. Aber wen wundert das. Stressige Arbeitszeiten, keine festen Sozialkontakte und so weiter. Dieter will eine Serie über ›erwachsene Ausreißer‹ und die Ursachen für deren Verhalten bringen und ich mache morgen ein paar Fotos von müden, überarbeiteten Flugbegleiterinnen.«

Kapitel 2

Frankfurt – Villa von Matthias Lomat

Nach einem Halt in Miras Lieblingskneipe, wo die Journalistin eine große Portion gekochte Kartoffeln mit Ei und ihrer geliebten grünen Soße gegessen hatte, fuhren sie zur großzügig angelegten Villa von Matthias Lomat, dem Exfreund des toten Models.

Am Abend standen die Chancen am besten, den Bankier zu Hause anzutreffen. Miras Interviewanfrage war abgelehnt worden, deshalb setzte sie auf das Überraschungsmoment. Leider stellte sich ihr Vorhaben als wesentlich schwieriger heraus, als sie angenommen hatte. Die Villa war von einer Mauer umgeben, sodass man unmöglich einen zufälligen Blick auf die Bewohner werfen konnte. Doch das Glück war auf ihrer Seite, denn wenige Minuten nach ihrer Ankunft hielt ein dunkler Sportwagen vor dem Tor, das daraufhin langsam zur Seite glitt.

Frank Rotha war sofort neben dem Fahrzeug und fotografierte. Mira kam dazu und rief Lomats Namen. Der sah sie mit einem abweisenden Gesichtsausdruck an, ließ dann jedoch die Seitenscheibe herunter.

»Hören Sie auf, mich vor meinem Grundstück zu belästigen«, sagte er kalt.

»Sie wissen, dass Nadja Johann tot ist?«, hielt Mira dagegen und ignorierte seine Aufforderung.

»Hören Sie, Nadja und ich, das ist schon lange vorbei.« Jetzt bildete sich um seinen Mund ein gehässiger Zug. »Das sollten Sie eigentlich wissen. Ihr Schmierblatt hat doch sicher in aller Ausführlichkeit darüber berichtet.«

»Waren Sie schockiert, als Sie von dem Diebstahl der Leiche erfuhren? Wussten Sie von den Drogenproblemen Ihrer Geliebten?«

Sein Ärger wuchs: »Meiner Ex-Geliebten. Und jetzt verschwinden Sie endlich.«

Wie aufs Stichwort erschienen zwei Männer in schwarzer Montur. Die Kerle sahen zum Fürchten aus und Mira wich instinktiv einen Schritt zurück, während Frank seine Kamera auf die massigen Gestalten richtete, welche nun auf sie zukamen. Matthias Lomat in seinem Sportflitzer gab Gas und raste die Einfahrt hinauf.

»Verschwindet!«, blökte einer der Männer mit starkem Akzent. Dann sagte er etwas in einer fremden Sprache zu seinem Kollegen, woraufhin der auf Frank zulief.

Ohne auch nur eine Sekunde zu zögern schlug er gegen die Kamera, die schmerzhaft gegen die Augenbraue des Fotografen knallte.

»Sind Sie irre?«, schrie Frank den Mann an und betastete seine Stirn.

»Keine Fotos!«, brüllte der andere zurück.

»Das ist eine öffentliche Straße«, entgegnete Frank wütend und machte einen Schritt auf den schwarzen Koloss zu.

»Wir sollten gehen«, mischte sich Mira schnell ein, da sie befürchtete, die Situation könne noch weiter eskalieren.

»Verpiss dich!«, brüllte jetzt der aggressive Wachmann in Franks Richtung.

Der Fotograf war kurz davor, ebenfalls handgreiflich zu werden, als plötzlich eine weitere Person auf der Bildfläche erschien.

Eine Frau, nicht größer als Mira, schlank, Anfang dreißig mit einem verkniffenen Gesichtsausdruck, unterbrach die Szene.

»Das reicht, ihr könnt gehen«, sagte sie frostig zu den beiden Männern in Schwarz, die daraufhin wie folgsame Rottweiler davontrotteten.

»Was haben Sie hier zu suchen?«, wandte sie sich nun ungeduldig an Mira und Frank.

»Ein Interview mit Herrn Lomat bezüglich des Todes seiner Freundin Nadja Johann«, erwiderte die Journalistin beherrscht.

»Ex-Freundin«, entschlüpfte es der anderen.

»Sie wissen also Bescheid. Seit wann waren die beiden getrennt?«, versuchte Mira, die Situation auszunutzen.

»Ich kann Ihnen keine Auskünfte geben, möchte Sie jedoch bitten, Herrn Lomat nicht weiter zu belästigen. Ich würde nur ungern die Polizei verständigen.«

»Und Sie sind?«, gab Mira ärgerlich zur Antwort.

»Mein Name ist Christina Geiner. Ich bin für die Sicherheit im Haus verantwortlich.«

»Was ist denn in dem Haus, dass Ihre hirnlosen Muskelpakete mich tätlich angreifen müssen?«, schaltete sich Frank Rotha ein, der wütend die Hand gegen sein anschwellendes Auge drückte.

Mit einem eisigen Lächeln entgegnete die Sicherheitschefin: »Ein bedauerliches Missverständnis, vermutlich fühlte sich mein Mitarbeiter durch Ihre Handlungsweise bedroht. Wie gesagt, Sie sollten jetzt gehen.« Damit drehte sie sich um, stapfte durch die Einfahrt und schloss das Tor hinter sich.

»Verflucht noch mal, spinnt dieser Banker?«, schimpfte Frank laut, als sie zu ihrem Fahrzeug zurückgingen.

»Ich würde sagen, Nadja Johann war ohne ihn besser dran«, antwortete Mira nachdenklich. »Diese Sicherheitsleute, was waren das für Landsleute?«

»Keine Ahnung. Aber ich könnte wetten, dass es irgendwo auf der Welt einen Haftbefehl für die beiden gibt!«

Mira blieb ernst. »Das gefällt mir nicht. Ich wurde schon öfter vom Hof gejagt, aber heute hatte ich das erste Mal richtig Angst. Und dann diese fiese Security-Chefin. Hast du ihre kalten Augen gesehen?«

Frank legte den Arm um sie. »Vergiss es. Morgen sprichst du mit Nadjas Eltern, bringst deinen Artikel zu Ende und schließt damit die ganze Story ab.«

Die Journalistin lehnte sich an ihren Freund und sagte leise: »Ich habe meine Zweifel, dass das so einfach werden wird …«

* * *

»Herrgott! Wofür habe ich Sie eingestellt? Sie sollen mir solches Gesocks vom Hals halten. Wenn ich nach Hause komme, will ich nicht, dass mir von irgendwelchen Reportern aufgelauert wird.« Matthias Lomat lief in seinem privaten Arbeitszimmer auf und ab. Nervös griff er nach den Eiswürfeln für seinen Scotch, die ihm aber immer wieder aus den Fingern glitten.

Christina Geiner kam ihrem Chef zu Hilfe. Ohne etwas zu erwidern, nahm sie die Eiszange, schnappte sich zwei der gefrorenen Würfel und ließ sie in das Glas mit der bernsteinfarbenen Flüssigkeit gleiten.

Erst dann gab sie ihm eine Antwort. »Die beiden waren nicht auf dem Privatbesitz, sondern auf einer öffentlichen Straße. So etwas kommt eben vor.«

Sie hatte diesen Job auch, weil sie nie empfindlich auf den oftmals groben Ton ihres Arbeitgebers reagierte.

»So etwas darf nicht vorkommen. Sorgen Sie dafür, dass sich die Presse von mir fernhält. Diese verfluchte Nadja, hätte ich diese Schlampe doch nie kennengelernt!«, schimpfte er weiter und fuhr sich mit der Hand hektisch durch das dichte schwarze Haar.

Seine Angestellte kommentierte das eben Gehörte nicht, man konnte aber durchaus Zustimmung am Gesicht der Frau ablesen.

Auch Lomat bemerkte das. »Sie denken, ich habe das selbst verschuldet, ist doch so?«, sprach er gereizt weiter.

Seine Sicherheitschefin hütete sich davor, diese Aussage zu bestätigen.

»Wäre ich bloß in jener Nacht nicht mit ihr in dieses Hotel gefahren«, sagte er als Nächstes und schwieg einen Moment. Dann nahm er einen großen Schluck Whisky und atmete durch. »Sagen Sie mir wenigstens, dass es Fortschritte beim Auffinden meines … Eigentums gibt.«

»Bisher leider nicht«, antwortete ihm Christina Geiner ruhig.

Matthias Lomat konnte sich nur mit Mühe zusammenreißen. Keinesfalls wollte er vor dieser zähen, unansehnlichen Person die Nerven verlieren. Sollte er ihr etwa vorjammern, dass er ein toter Mann wäre, wenn er seine Probleme nicht schleunigst in den Griff bekäme?

»In der Wohnung waren wir als Erstes, aber das wissen Sie ja«, fasste seine Sicherheitschefin unaufgefordert die Bemühungen der letzten Tage zusammen. »Und in Hamburg hatte sie definitiv nichts bei sich. Zur Sicherheit haben wir dort auch ihr Handy verschwinden lassen.«

»Kann man ihren Tod mit mir in Verbindung bringen?« Es gelang ihm nicht vollständig, seine Panik aus der Frage herauszuhalten.

»Ich werde das zu verhindern wissen«, entgegnete Christina Geiner kalt.

»Bisher ist Ihnen das auch ganz hervorragend gelungen«, blaffte Lomat sarkastisch. »Nadja klebt auf den Titelseiten und jetzt auch noch diese unsägliche Geschichte mit ihrer Leiche. Wieso taucht die Leiche plötzlich wieder auf? Die Zeitungen werden sich nicht mehr einkriegen. Die ersten Reporter stehen ja schon bei mir vor der Tür.« Wütend drehte er sich zu seiner Angestellten um. »Das ist also Ihre Vorstellung von Schutz?«

»Dass die Leiche wieder aufgetaucht ist, war Pech, aber …«, bevor er ihr einen zornigen Kommentar entgegenschleudern konnte, sprach sie schnell weiter, »aber laut unseren Quellen werden die das als die Tat eines verrückten Bewunderers von Nadja präsentieren.«

»Das ist Ihre Antwort? Sie verkaufen mir Ihr Versagen als Ablenkungsmanöver?«

Nun war es an der Geiner, mit unterdrücktem Zorn zu erwidern: »Hören Sie, ich kann nur mit dem arbeiten, was ich habe. Und das war nun einmal eine sehr schlechte Vorlage!« Sie sah ihn eindringlich an. »Wir haben keine andere Möglichkeit, als die Nerven zu behalten und weiterzusuchen.«

Lomat sprang auf sie zu. Für einen Moment sah es tatsächlich so aus, als wollte er sie angreifen. Sein Gesicht war jetzt dicht vor dem ihren. Die Frau zuckte keinen Zentimeter zurück, als er giftete: »Erledigen Sie endlich Ihren Job und zwar sofort, sonst haben Sie bald keinen mehr!«

Am nächsten Morgen in Aachen

Mira Kosch war früh losgefahren und traf nach dreieinhalb Stunden Fahrt in dem Seniorenheim ein, in dem die Eltern von Nadja Johann wohnten. Wohlweislich hatte sie sich am Empfang nicht als Journalistin zu erkennen gegeben, sondern sich als Freundin der verstorbenen Nadja ausgegeben.

Die Altenpflegerin beäugte Mira misstrauisch, brachte sie aber schließlich doch in den Aufenthaltsraum, in dem sie mit Ludmila Johann sprechen konnte.

»Ist ein bisschen wie in einem Hotel, oder?«, versuchte die Journalistin, das Eis zu brechen.

Die Frau in der weißen Kleidung sagte spitz: »Wir sind auch kein reines Pflegeheim, sondern ein Zentrum für betreutes Wohnen.«

Mira nickte und fragte: »Wie geht es Frau Johann denn?«

Jetzt entspannte sich die Miene der Krankenpflegerin ein wenig. »Der Tod ihrer Tochter war natürlich ein schwerer Schock und diese schreckliche Sache mit dem Leichnam hat sie sehr belastet. Man hat Frau Johann nur das Nötigste mitgeteilt, also bitte …«

»Oh, ich werde Nadjas Mutter nicht aufregen«, beeilte sich Mira zu sagen und hielt dem strengen Blick ihres Gegenübers stand.

»Gott sei Dank kann das arme Mädchen jetzt wenigstens beerdigt werden.« Die Krankenpflegerin seufzte mitfühlend. »Menschen wie Ludmila brechen zwar nicht so schnell zusammen – aber unter diesen Umständen …« Sie sprach nicht weiter, da sie offensichtlich ihr Ziel erreicht hatten.

Auch wenn die kleine, rundliche Frau, die sich jetzt mühsam mit Hilfe ihrer Krücken aufrichtete, auf den ersten Blick wenig mit der hochgewachsenen, schlanken Nadja gemein hatte, konnte man beim zweiten Hinsehen eine Ähnlichkeit erkennen.

Es waren die Augen, die Mutter und Tochter untrüglich miteinander verbanden. Für einen Moment glaubte Mira tatsächlich, sie sähe Nadjas Gesicht vor sich – genau so wie vor wenigen Tagen auf dem Balkon, als der Körper der jungen Frau an ihr vorbei in die Tiefe gestürzt war.

»Alles in Ordnung?«, fragte Ludmila trotz des eigenen Kummers besorgt.

Mira riss sich zusammen, drückte der Frau die Hand und half ihr, sich wieder zu setzen.

»Meine Hüften, alles kaputt«, sagte Nadjas Mutter tapfer und stöhnte, als sie endlich die richtige Sitzposition gefunden hatte.

»Sie kannten meine Tochter?«

»Ja, ich war an dem Abend in Hamburg und habe mit ihr gesprochen. Es ging um eine Reportage über Models.« Mira hielt es für klüger, ehrlich zu sein.

»Reportage?«, fragte die Frau nun skeptisch.

Die Journalistin stellte sich vor und versuchte, Ludmilas Bedenken gegenüber der Presse auszuräumen, indem sie sagte: »Ich möchte nicht irgendetwas schreiben, sondern die Wahrheit. Wie war Nadja wirklich? Nicht das Model im Rampenlicht, sondern die Tochter, die private Nadja.«

Frau Johann schluchzte und Mira kam sich wie ein Unmensch vor.

»Sie war ein gutes Mädchen, vielleicht ein bisschen wild. Aber das war eben ihr Temperament. Ich habe sie verwöhnt. Bei der Geburt war ich siebenunddreißig. Ich hatte eigentlich nicht mehr damit gerechnet, ein Kind …« Sie weinte leise und wischte sich mit einem Taschentuch über das Gesicht, bevor sie fortfuhr: »Ihr Vater hat sie nicht verstanden.«

Daraufhin begann die Frau, alle Einzelheiten aus Nadjas Kindheit und ihrer Teenagerzeit zu erzählen. Sie sprach von dem Wunsch einer schönen jungen Frau, das Leben in vollen Zügen zu genießen, und von einem Vater, der sich mit der Tochter entzweite, weil er deren Lebensstil nicht akzeptieren konnte.

»Mein Mann ist heute ein Pflegefall. Nadja hat mir finanziell unter die Arme gegriffen, dieses Heim ist nicht billig.« Frau Johann schnäuzte sich geräuschvoll. »Was soll jetzt nur werden?«

Behutsam legte Mira ihr die Hand auf den Arm.

»Nadja war vielleicht kein Engel, sie war unordentlich und nicht besonders begabt, wenn es um Hausarbeit ging; trotzdem war sie eine gute Tochter!«

»Ich habe sie zwar nur kurz gekannt, aber ich bin mir sicher, dass sie ein besonderer Mensch gewesen ist«, entgegnete Mira verständnisvoll. »Wenn ich irgendetwas tun kann?«

Die Journalistin gebrauchte diese Floskel, so wie man oft etwas sagte, auf das man nicht wirklich eine Antwort erwartete. Es war mehr oder weniger eine rhetorische Frage, aber Ludmila entgegnete mit fester Stimme: »Ja, Sie könnten tatsächlich etwas tun.«

Mira war verblüfft, aber ihr Gegenüber zog bereits einen Schlüsselring aus der Jackentasche. Umständlich machte Frau Johann einen der Schlüssel davon ab und reichte ihn ihrer Besucherin.

»Sie sagten, Sie leben auch in Frankfurt?«

Die Journalistin nickte.

»Das ist ein Zweitschlüssel zu Nadjas Wohnung. Sie hat ihn mir letztes Jahr gegeben.« Sie musste bei der Erinnerung daran wieder weinen. »Jedenfalls«, fuhr sie mit zitternder Stimme fort, »kann ich nicht selbst nach Frankfurt.« Sie blickte vielsagend auf die Krücken. »Die hier im Heim haben mir geholfen, alles in die Wege zu leiten. Eine Firma wird die Wohnung ausräumen, aber da sind noch ihre Unterlagen, Fotos, Briefe, private Dinge. Ich habe niemand, den ich darum bitten könnte …«

Mira lächelte. »Ich werde alles zusammensuchen und Ihnen schicken.«

»Das wäre nett«, sagte die Frau seufzend und lehnte sich zurück, als wäre ihr eine schwere Last von den Schultern genommen worden.

Mira hatte sich bei Frau Johann mit dem gut gemeinten Ratschlag verabschiedet, in der nächsten Zeit Fremden gegenüber zurückhaltend zu sein. Nadjas Mutter war ein liebenswerter Mensch, leider jedoch naiv und leichtgläubig. Sie wusste nichts vom Drogenkonsum ihrer Tochter und die Heimleitung hatte offensichtlich dafür gesorgt, dass entsprechende Pressemeldungen von Frau Johann ferngehalten wurden. Ein ehrgeiziger Kollege hätte diese Situation vermutlich schamlos ausgenutzt. Noch war die Journalistin unschlüssig, ob sie ihrem Chefredakteur das mit dem Wohnungsschlüssel anvertrauen sollte. Er würde daraufhin sicher ein Heer von Fotografen durch Nadjas Appartement jagen.

Nein, dachte Mira schließlich, *das ist eine private Sache.*

Wieder erinnerte sie sich an die Augen der Toten und ein kalter Schauer lief ihr über den Rücken. Sie würde die nächsten Veröffentlichungen über Nadja Johann gründlich abwägen.

* * *

Obwohl Mira nach weiteren vier Stunden Autobahn – auf der Rückfahrt hatte es einen Stau gegeben – ausgesprochen müde war, wollte sie noch in die Wohnung des toten Models.

Etwas entfernt von dem Haus fand sie einen Parkplatz. Mit einem merkwürdigen Gefühl in der Magengegend näherte sie sich dem Gebäude. Eigentlich gab es keinen Grund nervös zu sein, sie tat nichts Unrechtes. Ganz im Gegenteil, Frau Johann hatte sie schließlich um diesen Gefallen gebeten. Trotzdem zitterten ihre Finger, als sie den Schlüssel ins Schloss steckte und die Wohnungstür aufsprang. Miras Hand tastete nach dem Lichtschalter. Mit einem Schlag wurde es hell und die Journalistin erschrak beinahe zu Tode – genau vor ihr stand jemand. Sie gab einen heiseren Laut von sich, als sie ihr eigenes Spiegelbild erkannte. Am liebsten wäre sie sofort wieder gegangen.

»Ich wäre vermutlich der weltschlechteste Einbrecher«, murmelte sie mit klopfendem Herzen und schloss die Tür.

Schnell verschaffte sie sich einen Überblick. Die Wohnung war nicht allzu groß und relativ schlicht eingerichtet. Mira begann in der Küche und öffnete die Schränke, die meisten waren leer. Lebensmittel gab es nur wenige, dafür aber jede Menge Flaschen mit stillem Wasser. In diesem Raum hatte das Model offensichtlich kaum Zeit verbracht. In Bad und Schlafzimmer sah sich Mira genauer um. Es gab nirgendwo Hinweise auf Kokain oder andere illegale Substanzen. Wie Frau Johann gesagt hatte, war Nadja nicht besonders ordentlich. Überall lagen Kleidungsstücke verteilt oder waren achtlos in die Schubladen und Schränke gestopft worden. Unter dem Bett fanden sich Schuhe in allen Farben und Formen und auf dem Nachttisch stapelte sich ein Berg Modezeitschriften.

Erst im Wohnzimmer fand die Journalistin die gesuchten Unterlagen. Nadja hatte alles in die große Schublade eines antik aussehenden Schreibtisches gelegt.

Mira begann sich durch den Papierkram zu wühlen. Es fiel ihr leicht, eine gewisse Ordnung in den Wust aus beschriebenen Seiten zu bringen. Solche Dinge lagen ihr, schließlich kannte sie sich in Wirtschafts-, Finanz- und Steuerthemen als Wirtschaftsjournalistin recht gut aus – deshalb fielen ihr auch schnell die regelmäßigen Bargeldeinzahlungen auf den Bankauszügen von Nadjas Konto auf.

»Interessant«, murmelte sie und registrierte, dass sich die Einzahlungen auf die letzten zwei Monate konzentrierten. Sie entdeckte die Überweisungen an das Pflegeheim und wunderte sich nicht, dass das Model trotz der zahlreichen Aufträge in eher bescheidenen Verhältnissen gewohnt hatte.

Aber was waren das für Bareinzahlungen? Woher stammte das Geld? Sie konnte sich nicht vorstellen, dass Modelhonorare *cash* bezahlt wurden.

Schließlich fand Mira noch ein paar unbezahlte Rechnungen, die Quittung der Kreditkartenfirma und Nadjas Vertrag mit Herrmann Bieland, der eine Modelagentur betrieb. Sie stopfte alles in eine große Plastiktüte.

Auf einem Regal lagen mehrere Fotoalben, die die Journalistin ebenfalls einpackte, genauso wie einen Autoschlüssel und eine teuer aussehende Armbanduhr.

Im Papierkorb fand sie einen Zettel mit der Aufschrift »Frau Meier, muss nach Hamburg!«. Man sah, dass die Schreiberin sich eine andere Formulierung überlegt hatte, der Satz war durchgestrichen und neu begonnen worden. Schließlich war der ganze Zettel im Müll gelandet.

»Wer ist Frau Meier?«, überlegte Mira laut. Sie beschloss, die Klingelknöpfe durchzugehen, womöglich handelte es sich um eine Nachbarin – mit ihr zu sprechen wäre sicher kein Schaden.

Der nächste Artikel über Nadja sollte die junge Frau als geliebte Tochter und Freundin zeigen. Eine Alltagsbekanntschaft wäre deshalb sicher eine gute Quelle und sie wusste auch schon, unter welchem Vorwand sie Kontakt mit dieser Frau Meier aufnehmen würde.

Nach ungefähr zwei Stunden hielt Mira die Reste von Nadjas Leben in Form einer bunten Plastiktüte voller Dokumente und einiger persönlicher Kleinigkeiten in der Hand; ein Umstand, der sie in eine eigenartig melancholische Stimmung versetzte.

Schnell löschte sie alle Lichter und verließ die Wohnung.

Im Treppenhaus war es düster. Die Beleuchtung reichte kaum aus, um das Schild eine Tür weiter zu überprüfen. Aber erst die Wohnung, die gegenüber von Nadjas Appartement lag, schien die richtige zu sein. Beherzt drückte Mira den Klingelknopf und hatte dabei das eigenartige Gefühl, bereits durch den Türspion beobachtet zu werden.

Auffallend schnell wurde geöffnet, so als hätte man Mira schon ungeduldig erwartet.

»Frau Meier?«, fragte die Journalistin.

»Ja, ja, das bin ich«, antwortete ihr eine beleibte Frau in den Sechzigern, die eine Kittelschürze trug und deren Blick auf der Tüte in Miras Hand haften blieb.

»Ich bin im Auftrag von Nadjas Mutter hier. Sie hat mich gebeten, die persönlichen Unterlagen ihrer Tochter zu holen. Außerdem soll ich der Hausverwaltung den Wohnungsschlüssel übergeben. Wissen Sie vielleicht …«

»Wenn Sie möchten, kann ich das erledigen. Oh Gott, das ist alles so schrecklich. Aber kommen Sie doch bitte herein!«

Und so wurde Mira von der resoluten Frau Meier in ein vollgestopftes Wohnzimmer geführt und mit Kaffee und einer Schachtel Teegebäck versorgt. Innerhalb einer Minute wusste sie, dass Frau Meier für Nadja den Briefkasten geleert hatte, wenn diese beruflich unterwegs gewesen war. Außerdem hatte sich offensichtlich zwischen den beiden unterschiedlichen Frauen eine Art Freundschaft entwickelt.

Frau Meier musste sich die Tränen aus dem Gesicht wischen, wenn sie von dem Model sprach.

»Sie war ein nettes Mädchen«, sagte Nadjas Nachbarin bestimmt. »Manchmal leichtsinnig, aber gutherzig.«

Abrupt drehte sie sich um und deutete auf zwei Holzmasken an der Wand, die auf der Rosenknospentapete bizarr wirkten. »Die hat mir das Mädchen aus Afrika mitgebracht.«

»Afrika? Was hat sie dort gemacht?«

»Na, gearbeitet«, entgegnete Frau Meier, als wäre das offensichtlich gewesen.

»Sie meinen als Model?«

»Ja«, fuhr Miras Gastgeberin ungeduldig fort. »Die letzten Wochen war sie mehrmals dort. Ich glaube, zuletzt in Kapstadt oder Johannesburg. Sie war ziemlich begehrt«, fügte sie stolz hinzu.

»Nadja war sehr schön«, nahm Mira den Faden auf. »Kannten Sie eigentlich auch ihren Freund?«

Im Gegensatz zu Frau Johann, der der Name Matthias Lomat gänzlich unbekannt gewesen war, wusste Frau Meier bestens Bescheid. Sie machte keinen Hehl aus ihrem Missfallen.

»Dieser Lomat hatte das Mädchen nicht verdient. Wie oft saß sie bei mir und hat sich wegen des Kerls die Augen aus dem Kopf geweint. Ich habe ihr gesagt, dass der nichts taugt – aber nein, Nadja hoffte, er käme eines Tages zu ihr zurück. ›So schnell gebe ich nicht auf‹, hat sie immer gesagt.«

Frau Meier schnalzte verächtlich mit der Zunge. Dann sah sie die Journalistin freundlich an. »Wissen Sie, ich habe gesehen, dass Sie in die Wohnung gegangen sind, und ich bin froh, dass Sie bei mir geklingelt haben. Vielleicht können Sie der Mutter mein Beileid ausrichten. Ich kenne die Eltern ja nicht, aber irgendwie war das Mädchen auch für mich ein bisschen Familie.«

»Verstehe«, murmelte Mira, die inzwischen hundemüde war.

Nadjas Nachbarin lächelte. »Ich hatte gleich das Gefühl, dass Sie ein guter Mensch sind. Nicht so, wie diese komischen Typen, die vor ein paar Tagen hier waren.«

Die Journalistin horchte auf. »Wen meinen Sie damit? Etwa die Polizei?« Mira wusste bereits von Nadjas Mutter, dass sich die Beamten nach dem Verschwinden der Leiche in der Wohnung umgesehen hatten, diese aber längst wieder freigegeben worden war.

»Nein, nicht die Polizei. Die kam ja erst, als das Mädel bereits tot war.«

Jetzt konnte die Journalistin ihre Verwirrung nicht mehr verbergen.

Frau Meier, sichtlich zufrieden mit dem Interesse, das sie bei ihrem Gast geweckt hatte, beugte sich ein wenig vor: »Das war an dem Tag, als Nadja nach Hamburg geflogen ist, vormittags, also noch vor dem Unfall. Ich habe das zufällig durch meinen Spion gesehen.« Eine leichte Röte verfärbte das Gesicht der Frau.

Mira tat so, als hätte sie das nicht bemerkt und sagte stattdessen: »Und was haben die gemacht?«

»Ich bin mir nicht sicher, ob die wirklich einen Schlüssel hatten. Das konnte ich nicht sehen. Erst dachte ich, die brechen ein. Jedenfalls sind alle drei in der Wohnung verschwunden und es hat eine ganze Weile gedauert, bis die wieder herauskamen. Aber die hatten nichts dabei. Keinen Fernseher, keine Kartons, nichts. Und die Tür war wieder geschlossen. Also dachte ich, dass das schon seine Ordnung hätte. Nadja kannte eben merkwürdige Leute.«

»Haben Sie das der Polizei gemeldet?«

»Ich?«, rief Frau Meier entrüstet. »Ich sage doch, Nadja trieb sich mit ungewöhnlichen Gestalten herum. Ich hielt es für besser, ihren Ruf zu schützen.«

»Sehr vernünftig.«

»Ja, das habe ich auch gedacht. Das waren vielleicht finstere Gestalten. Die beiden Männer sahen aus wie Bodybuilder und die Frau hatte ein fürchterlich verkniffenes Gesicht, die konnte ich ziemlich gut sehen. Weiß der Teufel, was Nadja mit denen zu schaffen hatte.« Plötzlich rief sie hektisch: »Das hätte ich ja fast vergessen.«

Mira sah sie fragend an.

»Sie müssen der Mutter sagen, dass Nadjas Wagen abgeschleppt wurde.«

»Ihr Wagen?«

»Ja! Wissen Sie, bei uns sind die Parkplätze knapp, da nimmt man, was man kriegen kann. Nadja besaß einen ziemlich auffälligen roten Sportflitzer. So ein altes Modell. Meine Bekannte, die ein paar Straßen weiter wohnt, hat gesehen, wie der abgeschleppt wurde, und es mir natürlich gleich zugetragen.«

»Wann war das?«

»An dem Tag, als sie nach Hamburg geflogen ist.«

»Ich werde es der Mutter mitteilen«, antwortete Mira und fragte sich, wie Ludmila Johann das regeln sollte.

»Wissen Sie, wo der Wagen hingebracht wurde?«

»Der steht entweder beim Karusch oder beim Lussiger!«

Als Frau Meier Miras verblüfftes Gesicht sah, fügte sie verlegen an: »Na ja, sonst passiert hier ja nicht viel, da weiß man solche Dinge eben.«

Die Journalistin nickte verständnisvoll, dankte für die Gastfreundschaft und verabschiedete sich, nicht ohne der Frau ausdrücklich zu versichern, Nadjas Eltern ihr Beileid auszurichten.

Als sie wieder im Auto saß, kribbelte ihre Kopfhaut. Ein deutliches Zeichen dafür, dass sie auf etwas gestoßen war. Was hatte die Sicherheitschefin von Matthias Lomat am Tag von Nadjas Tod in deren Wohnung zu schaffen gehabt? Für Mira bestand kein Zweifel daran, dass Frau Meier Christina Geiner und deren »Wachhunde« beobachtet hatte. Was lief hier? Warum interessierte sich jemand für Nadjas Wohnung? Man war mit Sicherheit ohne Wissen des Models dort eingedrungen. Die Journalistin seufzte, sie war zu spät gekommen. Wenn es etwas Wichtiges gegeben hatte, dann war es mittlerweile in den Händen Christina Geiners.

Kapitel 3

Als Mira im Auto saß, fiel ihr Blick auf die Plastiktüte. Sie kramte den Autoschlüssel heraus, den sie in Nadjas Wohnung gefunden hatte.

Erst dachte sie daran, bis zum nächsten Tag zu warten, dann überlegte sie es sich anders. Vielleicht war noch jemand auf dem Abschlepphof.

Über ihr Handy telefonierte sie mit »Karuschs Abschleppdienst«. Sie erreichte einen sehr mürrischen Mitarbeiter, der darauf hinwies, dass gleich Feierabend sei. Erleichtert teilte er ihr kurz darauf mit, dass bei ihnen kein Fahrzeug laut Miras Beschreibung stehen würde.

»Dann fahren wir doch zu Lussiger«, sagte die Journalistin zu sich selbst und suchte über das Handy die Adresse.

Keine zehn Minuten später stand sie in einer Parklücke vor dem Hof der Firma und überlegte gerade, wie sie den Inhaber dazu bewegen konnte, Gnade vor Recht bei den Gebühren walten zu lassen, als sie einen schwarzen Geländewagen bemerkte, der eben neben der Einfahrt hielt.

Die Fahrertür öffnete sich und Mira erkannte Christina Geiner.

»Verflucht!«, entfuhr es ihr, das konnte kein Zufall sein. Und ganz sicher war diese eiskalte Ziege nicht hier, um Ludmila Johann bei der Auslösung von Nadjas Wagen behilflich zu sein. Die Journalistin musste nur eins und eins zusammenzählen. Zuerst waren die Geiner und ihre Gorillas in Nadjas Wohnung gewesen, womöglich erfolglos; deshalb versuchten sie jetzt ihr Glück mit dem Auto der Toten.

Mira wünschte, sie hätte Frank bei sich, aber ihr blieb nicht die Zeit, auf ihn zu warten. Sie musste der anderen zuvorkommen – denn wer wusste schon, was die sich einfallen lassen würde, um an den Wagen zu gelangen.

Mit weichen Knien und feuchten Händen stieg Mira aus und überquerte die Straße. Der Abschlepphof sah aus wie eine Müllhalde. Im vorderen Bereich standen aufgebockte Autowracks, daneben lag ein Berg Reifen, der Mira half, sich ungesehen an der Holzhütte vorbeizuschleichen, die als Büro diente. Sie sah die Geiner und hörte die Stimme eines Mannes: »Wenn Sie an das Fahrzeug wollen, dann brauchen Sie eine Vollmacht!«

Gut, dachte Mira, *sie versucht zuerst den offiziellen Weg!*

Schnell lief sie weiter. Im hinteren Bereich des Geländes standen mehrere Autos. Die Außenbeleuchtung spendete genug Licht, um sie den roten Lack von Nadjas Flitzer erkennen zu lassen, der direkt neben einem alten Bauwagen abgestellt war. Mira hatte ihn also gefunden. Eigentlich wollte sie doch nur Frau Johann einen Gefallen tun und jetzt war sie auf etwas gestoßen, das sie womöglich in Schwierigkeiten brachte. Sie dachte an die Szene vor Lomats Villa, dann an die tote Nadja, die so ein Ende nicht verdient hatte und schüttelte die letzten Bedenken ab.

In gebückter Haltung spurtete die Journalistin zu dem roten Fahrzeug, immer darauf bedacht, den Lichtkegeln der Hofbeleuchtung auszuweichen.

Mit zittrigen Fingern und außer Atem, weil sie die meiste Zeit vor Aufregung die Luft angehalten hatte, steckte sie schließlich den Schlüssel ins Schloss der Beifahrertür. Die Zentralverriegelung schnappte auf und sie glaubte, man könne das Geräusch, das dabei entstand, bis ans andere Ende der Welt hören.

Ihr Herz raste und es fiel ihr schwer, systematisch vorzugehen. *Wo würde ich etwas verstecken? Rückbank, Sonnenblende, unter dem Sitz? Wer versteckt überhaupt etwas in einem Auto? Eventuell der Kofferraum?*

Ihre Gedanken überschlugen sich. Und weil der Wagen so stand, dass die Front in Richtung der Holzhütte am Eingang ausgerichtet war, beschloss sie, mit dem Kofferraum zu beginnen. Vorsichtig öffnete sie den Deckel und spähte immer wieder zum Tor, doch niemand schien in der Nähe zu sein. Das wenige Licht ließ sie einen Verbandskasten, ein altes Paar Turnschuhe und den Wagenheber erkennen.

Hektisch versuchte sie, etwas zu ertasten, hob sogar den Teppich, der als Abdeckung diente hoch, und fuhr mit den Fingern über das Blech. Regelmäßig suchten Miras Augen die Umgebung des Wagens ab.

Die Zeit drängte, zumindest nahm das die Journalistin an, deren Nerven zum Zerreißen gespannt waren, als sie sich vorsichtig auf den Beifahrersitz setzte. Wenigstens war Nadja, was ihr Auto anging, ordentlich gewesen. Auf der schmalen Rückbank, im hinteren Fußraum und auch unter den Sitzen lag nicht der kleinste Krümel.

Nun war nur noch das Handschuhfach übrig. Es war nicht abgeschlossen und sie stellte enttäuscht fest, dass sich dort lediglich ein angebrochenes Päckchen Papiertaschentücher, eine Straßenkarte von Frankfurt und ein braunes Schlüsselmäppchen befanden. Nach Letzterem griff sie und öffnete den Reißverschluss. Vier einfache Schlüssel, denen nicht anzusehen war, woher sie stammten, kamen zum Vorschein.

Wenn wenigstens ein geheimnisvoller Tresorschlüssel dabei wäre, dachte die Journalistin frustriert.

Vielleicht suchte sie an der falschen Stelle. Womöglich war das, nach dem Christina Geiner Ausschau hielt, nicht auf den ersten Blick zu entdecken. Mira erinnerte sich daran, dass Nadja Drogen konsumiert hatte. Ging es darum? Hatte man in dem Fahrzeug versucht, Kokain zu verstecken? Dann würde es natürlich nicht einfach auf der Rückbank liegen.

Ihre Enttäuschung wurde immer größer. Sie konnte keinesfalls anfangen, die Türverkleidungen des Wagens abzumontieren – ganz davon abgesehen, dass sie nicht die geringste Ahnung hatte, wie so etwas funktionierte. Gerade als sie im Begriff war das Mäppchen zu schließen, hielt sie mitten in der Bewegung inne. Irgendetwas fühlte sich an dem ledernen Beutel ungewöhnlich an. Sie stülpte das Futter nach außen und schüttelte es kräftig. Die Schlüssel klimperten dabei an dem Ring, der sie fest mit dem Mäppchen verband. Lediglich ein kleiner, kantiger Gegenstand landete in Miras Schoß.

Sie hob ihn hoch, sah seine goldene Farbe und erkannte, was es war.

»Ein USB-Stick?«, flüsterte sie aufgeregt.

Ihr Gehirn arbeitete auf Hochtouren. Datenträger bedeuteten Informationen. Und Informationen konnten heutzutage Waffe, Währung und Lebensversicherung in einem sein. Schnell schob sie den Stick in ihre Jackentasche. In diesem Moment war sie sich hundertprozentig sicher, das gefunden zu haben, hinter dem auch die Sicherheitschefin von Matthias Lomat her war. Schnell verschloss sie das Schlüsselmäppchen, um es ebenfalls einzustecken, als die Stille durch das laute Gebell eines Hundes unterbrochen wurde. Sie zuckte zusammen, ließ in ihrer Panik das Mäppchen in den Fußraum fallen und erstarrte vor Angst, als sie den großen Typ in dunkler Kleidung auf sich zukommen sah. Das war einer von Lomats Wachmännern. Neben ihm ging eine weitere Person, aber es war nicht die Geiner.

Miras Herz raste, sie musste schnellstens verschwinden. Sie glitt aus dem Wagen, ging sofort in die Hocke und drückte hinter sich leise die Beifahrertür zu. Zum Abschließen blieb keine Zeit, einfach aufstehen und weglaufen konnte sie nun auch nicht mehr. In ihrer Not robbte sie mühsam unter den Bauwagen, der neben Nadjas Auto stand, und wünschte sich nur noch weit weg von diesem Ort.

Wieder bellte der Hund, jetzt vernahm sie auch das Gemurmel der Männer.

»Beeil dich, wir haben nicht viel Zeit!«, sagte einer von ihnen.

Mira sah die Waden des Mannes und glaubte, ein Riese würde vor ihren Augen Patrouille laufen. Wie hatte sie Christina Geiner auch nur so unterschätzen können?

Die Frau hatte nie vorgehabt den offiziellen Weg zu gehen, sie lenkte lediglich den Besitzer des Abschlepphofs ab, damit ihre Leute Nadjas Wagen durchsuchen konnten.

»Hey, das Auto ist offen. Wollt ihr mich verarschen? Ich dachte, ich soll es aufbrechen. Nur dass wir uns richtig verstehen, ich will trotzdem mein Geld!«, zischte der kleinere der Männer wütend.

»Ist ja gut. Und jetzt Fresse halten!«, entgegnete der Koloss, dessen Füße dicht neben Miras Kopf hin und her wippten.

Sie hörte, wie die Türen geöffnet wurden. Die Männer durchsuchten gründlich den Wagen und genau wie Mira auch den Kofferraum. Es dauerte eine Weile, bis der Große seinem Kollegen zuflüsterte: »Das wird ihr nicht gefallen. Er ist nicht da!«

»Dann sollten wir besser abhauen«, erwiderte der andere leise.

Kurz darauf entfernten sich ihre Schritte.

Mira lag immer noch wie erstarrt unter dem Bauwagen.

Ich muss hier verschwinden, schoss es der Journalistin durch den Kopf.

Aber erst das erneute Bellen des Hundes versetzte sie in Bewegung. Sie rutschte unbeholfen unter ihrem Versteck hervor und stieß sich dabei schmerzhaft den Kopf. Mit weichen Knien schlich sie erneut hinter den Berg alter Autoreifen. Die Geiner war noch im Büro und ließ sich gerade erklären, welches Prozedere nötig war, um das abgeschleppte Fahrzeug eines Bekannten auszulösen. Vermutlich stellte sie sich extrem dämlich an, um genug Zeit zu gewinnen, denn die Stimme des Abschleppunternehmers klang ziemlich genervt.

Mira hörte, wie vor dem Tor ein Wagen gestartet wurde und wegfuhr. Sie konnte nur hoffen, dass das die Helfer der Sicherheitschefin waren. Plötzlich hielt sie es nicht länger aus. Sie rannte, so schnell es ihr möglich war, vom Hof, stürmte zu ihrem Auto und raste davon. Sie hatte sich weder angeschnallt noch das Licht eingeschaltet. Erst nach einigen Metern bemerkte sie, dass etwas mit der Sicht nicht stimmte. Ihr Herz glich einem vibrierenden Gong und immer noch schoss das Adrenalin mit Höchstgeschwindigkeit durch den Körper der Journalistin. Irgendwie gelang es ihr, den Wagen zu Franks Wohnung zu steuern, der das Schlimmste vermutete, als sie ihm völlig aufgelöst um den Hals fiel.

Frankfurt – kurz vor Mitternacht in der Villa von Matthias Lomat

Es war eines dieser informellen Treffen, wie sie Matthias Lomat gern bezeichnete, bei denen er das Gefühl hatte, mehr zu sein als nur ein einfacher Dienstleister wie einst sein Vater. Er hatte den alten Herrn längst überholt. Sein ohnehin beträchtliches Privatvermögen war in den letzten fünf Jahren enorm gewachsen.

Großspurig bot er seinen Gästen ein Glas des teuren Scotchs an. Herrmann Bieland, der sich selbst stets als *Harry* vorstellte, ließ sich nicht zwei Mal bitten.

Der Fünfundfünfzigjährige gab sich immer betont jugendlich. Aber Lomat wusste, dass er bei den Frauen, die er in seiner Agentur unter Vertrag hatte, bei Weitem nicht so gut ankam, wie er das vielleicht gern gehabt hätte. Der Banker hielt Bieland für einen Proleten und war genervt von dessen Busengrapscherhumor. Allerdings spielte das überhaupt keine Rolle; es ging ums Geschäft und deshalb war Harrys Anwesenheit nun einmal unerlässlich.

Sein anderer Gast lehnte den Drink ab. Der Zweiundsechzigjährige hatte kein Interesse daran, auf die Zusammenarbeit anzustoßen – was er auch nicht vor seinem Gastgeber verbarg.

»Ich pflege Geschäfte nicht mit Alkohol zu besiegeln. Es ist doch recht einfach. Jeder hält sich an die Abmachungen und es gibt keine Probleme. Wer es verbockt, ist weg vom Fenster!«

Ein dünnes Lächeln erschien auf dem Gesicht des Mannes. Es war nicht freundlich, sondern bedrohlich gemeint und sowohl Matthias Lomat als auch Harry Bieland wussten das.

»Meine Herren, ich finde alleine hinaus«, sagte der Mann zum Abschied, drehte sich um und verließ den Raum.

Lomat konnte sich nur mühsam beherrschen. Er fühlte sich seinem Geschäftspartner unterlegen und hasste dessen Arroganz. Nur ungern ließ er sich zum Angestellten degradieren – ein Umstand, den er nicht mehr allzu lange akzeptieren würde.

Harry trat zu dem Banker und klopfte ihm mit seiner fetten Hand auf die Schulter: »Der Mann ist Schweizer, da wickelt man Geschäfte eben anders ab. Komm, lass uns noch etwas trinken.« Damit schüttete er seinen eben erst nachgefüllten Whisky in einem Zug hinunter und bediente sich selbst.

Lomat hätte ihm in diesem Moment gern die Karaffe aus der Hand gerissen und auf dem Schädel zertrümmert. Aber er atmete durch und wollte gerade etwas Unverbindliches erwidern, als es an der Tür klopfte.

Christina Geiner stand davor, in der Hand das braune Schlüsselmäppchen. Im ersten Moment huschte ein zufriedenes Grinsen über Lomats Gesicht, doch dann sah er den harten Ausdruck in den Augen seiner Sicherheitschefin.

»Wir müssen reden«, erklärte sie in einem Ton, der keinen Zweifel daran ließ, dass etwas schiefgegangen war.

Er sagte, ohne sich zu Harry umzudrehen: »Wir müssen an dieser Stelle abbrechen, mein Freund.« Dabei fixierte er weiterhin seine Angestellte, die mit einem leichten Kopfschütteln signalisierte, dass es keine Erfolgsmeldungen zu verzeichnen gab.

»Heißt das etwa, du schmeißt mich raus?«, witzelte Harry hinter ihnen.

Lomat war versucht, seinen Gast eigenhändig aus dem Ledersessel zu zerren und mit einem gewaltigen Tritt vom Grundstück zu jagen, aber stattdessen sagte er höflich: »Es tut mir leid, die Arbeit …«

Harry Bieland gab sich verständnisvoll, begann aber einen Vortrag über die Notwendigkeit von Schaffenspausen.

Die Ungeduld des Bankers wuchs und mit angespannten Kiefermuskeln zischte er: »Verschwinde endlich!«

Harrys Gesichtsausdruck veränderte sich. Für einen Moment sah er hasserfüllt zu Lomat, dann jedoch lächelte er und entgegnete: »Ich bin schon weg!«

»Was ist passiert?«, herrschte der Banker seine Angestellte an.

»Er ist weg«, antwortete diese knapp. Es machte wenig Sinn, um den heißen Brei herumzureden.

»Wie ist das möglich?«, fragte ihr Chef, aus dessen Gesicht alle Farbe gewichen war.

Nur eine Sekunde gab er sich die Blöße, seine Verzweiflung so offensichtlich zu zeigen, dann verlor er die Beherrschung. Wutentbrannt schnappte er sich die schwere Whiskykaraffe und schleuderte das Gefäß gegen die Wand. Das Glas barst, und die braune Flüssigkeit lief in Schlieren die weiße Seidentapete hinunter.

Christina Geiner wollte etwas sagen, aber Lomat ließ sie nicht zu Wort kommen. Er schrie und tobte, sprach von Unfähigkeit – ihrer Unfähigkeit.

Dieses Mal ärgerte sich die Sicherheitschefin ganz offen über die Kritik. Sie hatte das Unmögliche möglich gemacht und herausgefunden, wo sich Nadjas Auto befand. Zugegeben, an den Wagen hatten sie zu spät gedacht. Ihre Nachforschungen sowie Gespräche mit Harry Bieland hatten ergeben, dass Nadja keine engen Freundschaften gepflegt hatte. Also gab es niemanden, dem sie den Stick womöglich anvertraut hatte, und auch die Mutter in dem Pflegeheim konnte als momentane Besitzerin ausgeschlossen werden, das hatten sie überprüft. Schließlich war ihnen der Wagen eingefallen. Trotzdem konnte sich Christina keinen Vorwurf machen. Sie hatte zwei Männer zu dem roten Sportflitzer geschickt, während der Besitzer des Geländes von ihr persönlich abgelenkt worden war. Die beiden hatten ihre Anweisungen befolgt und gründlich nach dem USB-Stick gesucht. Voller Euphorie hatte sie dann den Beutel entgegengenommen, nur um zu erfahren, dass der Stick weder dort noch sonst wo im Wagen war.

»Wir vermuten, dass jemand vor uns an Nadjas Auto gewesen ist«, entgegnete sie sachlich, als der Banker seine Schimpftirade unterbrach.

»Sie vermuten?«, schrie er schrill. »Ja was denn sonst, Sie blöde Kuh!«

Die Angestellte schwieg.

»Stehen Sie nicht herum! Fangen Sie an, nach meinem Eigentum zu suchen!«, blaffte er weiter.

Christina Geiner verließ wortlos den Raum, legte jedoch zuvor noch das Schlüsselmäppchen auf den Tisch. Selbst im Flur hörte sie ihren Arbeitgeber weiterhin fluchen.

Matthias Lomat hatte das Gefühl, in der Falle zu sitzen.

»Das muss aufhören!«, rief er energisch.

Mit einer fahrigen Bewegung griff er sein Glas und leerte es auf einen Zug. Er durfte jetzt nicht die Nerven verlieren. Die wichtigsten Daten waren durch einen komplizierten Algorithmus verschlüsselt. Niemand konnte ohne Weiteres die Inhalte lesen. Somit war der Stick für den derzeitigen Besitzer im Prinzip nutzlos. Er seufzte. Und außerdem wusste er genau, auch wenn er die Geiner gerade zur Schnecke gemacht hatte, dass sie die Richtige für den Job war.

Sie würde wie ein Bluthund die Fährte aufnehmen und den USB-Stick finden. Einmal mehr dachte er, dass seine Sicherheitschefin die unweiblichste Person war, die er jemals getroffen hatte.

Frankfurt – in der Wohnung von Frank Rotha

»Wir sollten ihn uns ansehen«, unterbrach Mira ihren Freund, der nicht aufhörte, ihr wegen der Aktion auf dem Abschlepphof Vorwürfe zu machen.

»Dir hätte sonst was passieren können. Und was, wenn dich die Geiner gesehen hat?«

»Hat sie nicht«, erwiderte Mira bestimmt, »und jetzt lass uns sehen, was auf dem Stick ist.«

Frank Rotha sah seine Freundin mit hochgezogenen Augenbrauen an, verzichtete aber auf weitere Vorhaltungen. In der gleichen Situation hätte er genauso reagiert, das war eben der Job. Allerdings ging es nicht um ihn, sondern um Mira – die Frau, die er liebte. Da überwog die Angst, die er um sie hatte, bei Weitem das kollegiale Verständnis.

Mira verband den USB-Stick mit ihrem PC, gespannt starrten die beiden auf den Bildschirm. Sie sahen die vier Dateien, die darauf gespeichert waren – sich allerdings nicht öffnen ließen.

»So eine Scheiße.«

Auch Frank, der einigermaßen fit am Computer war, konnte nicht helfen.

»Wir sollten den Stick Dieter geben. Vielleicht hat der jemanden, der sich damit auskennt.«

»Nein!«, entfuhr es Mira, sodass ihr Freund sie überrascht ansah.

»Nein«, sagte sie nun ruhiger. »Dieter würde das falsch anpacken.«

»Du denkst, er zieht dich ab und übergibt die Story einem seiner fest angestellten Reporter, weil das billiger ist?«

Die Journalistin lächelte müde: »Auf die Idee bin ich noch gar nicht gekommen. Aber vermutlich wird es genau so laufen, wenn er befürchtet, ich könnte den Preis hochtreiben. Nein, mir geht es darum, jetzt nicht vorschnell irgendetwas zu veröffentlichen. Dieters Schlagzeile würde sicher gleich morgen erscheinen: ›Totes Model hatte geheimen Datenstick‹.«

Frank musste lachen. »Du lebst eben im falschen Jahrhundert. Heute recherchiert man nicht mehr wochenlang. Jeden Tag einen neuen Knüller, das ist Dieters Politik.«

»Eben, deshalb halte ich ein paar Informationen zurück. Notfalls zahle ich meine Recherchen aus eigener Tasche – aber ich will wissen, was hinter all dem steckt.«

»Investigativer Journalismus also«, entgegnete Frank mit einem Grinsen.

»Ganz genau. Und jetzt lass uns sehen, was wir haben.«

Mit gerunzelter Stirn betrachtete Mira erneut die Dateinamen. Die ersten beiden waren eine Mischung aus Buchstaben und Zahlen und ergaben keinen Sinn. Der dritte Name lautete »CargoIT« und der vierte »GvEschwitz«.

»Und was jetzt?«, fragte Frank.

»Cargo ist das englische Wort für Fracht und IT ist die Abkürzung für Italien. Vielleicht sind das Lieferungen an Italien.«

»So etwas wie Transportlisten?«

»Genau.«

»Und warum sollte ein Model wie Nadja Johann die auf einem USB-Stick speichern?«

»Das ist nicht die Frage. Vielmehr interessiert mich, warum Lomats Sicherheitspersonal hinter dem Stick her ist.«

Frank stieß einen Pfiff aus. »Du denkst an Erpressung?«

Mira schürzte die Lippen: »Ehrlich gesagt würde ich lieber an etwas anderes denken, aber die Hinweise sprechen für sich.«

Sie kramte in der Plastiktüte mit Nadjas Unterlagen und suchte die Kontoauszüge heraus. »Sieh dir an, was das Pflegeheim ihrer Eltern kostet. Und jetzt achte auf die Bareinzahlungen. Das sind enorme Beträge und die Einzahlungen begannen vor zwei Monaten. Wir wissen, dass sich Lomat vor zwei Monaten von Nadja getrennt hat. Als die beiden noch ein Paar waren, hat sie kaum Geld abgehoben oder ihre Kreditkarte benutzt.«

»Das kannst du alles aus diesem Zahlenwirrwarr herauslesen?«

Mira lächelte spitzbübisch. »Vergiss nicht, aus welchem Ressort ich ursprünglich komme.«

Er winkte ab: »Ja, ja, die trockene Welt der Wirtschaft.«

Sie überhörte seine Bemerkung und fuhr fort. »Solange die beiden zusammen waren, hat Lomat ihren Lebensunterhalt finanziert. So konnte Nadja mit dem Geld, das sie verdient hat, ihre Eltern unterstützen. Aber was passierte, als Lomat sie fallen gelassen hat? Nicht zu vergessen, dass das Mädchen regelmäßig Drogen konsumiert hat, Kokain ist nicht gerade billig.«

»Sie hat dringend Geld gebraucht.«

»Das sehe ich genauso. Wäre es da nicht naheliegend, den Exfreund zu erpressen, wenn man etwas gegen ihn in der Hand hätte?«

Frank sagte nichts.

»Du bist nicht überzeugt?« Mira sah ihn abwartend an.

»Es würde passen. Der Erpresser ist tot und nun befürchtet der Erpresste, also Lomat, dass er auffliegt, wenn man bei Nadja diesen Stick findet. Aber …«

»Was?«, hakte die Journalistin ungeduldig nach.

»Warum lässt sie den Stick einfach in ihrem Auto? Ist das nicht«, er zögerte, suchte nach dem richtigen Wort und sagte schließlich, »blöd?«

Er bemerkte Miras Ärger, weil er anfing, ihre Theorie zu torpedieren, fuhr aber trotzdem fort: »Ich meine, wenn das meine Geldquelle wäre, dann würde ich sie mir vermutlich unter die Haut nähen lassen.«

Sie schnaufte und musste zugeben, dass das ein starkes Argument war.

»Warum lässt sie den Stick einfach im Wagen?«

»Vergessen? Die Frau nahm regelmäßig Drogen. Vielleicht hat sie einfach einen Fehler gemacht«, versuchte Mira, eine Erklärung zu finden.

»Überzeugt mich nicht.«

Franks Beharrlichkeit in diesem Punkt nervte die Journalistin, vor allem weil sie einsah, dass er tatsächlich die Schwachstelle in ihrer Theorie gefunden hatte.

»Stellen wir das hintenan«, gab sie deshalb gereizt zurück und widmete sich dem vierten Dateinamen.

»GvEschwitz«, las sie laut vor. »Vielleicht sollten wir mal überprüfen, was das Internet dazu sagt.«

Und tatsächlich machten sie bei der Eingabe des Wortes in die Suchmaschine eine interessante Entdeckung: Es gab eine Frau Greta von Eschwitz, wohnhaft in München. Die Dame war bereits einige Male in den Gesellschaftsteilen und Jetset-Berichten einschlägiger Zeitschriften zu finden gewesen.

»Ich glaube, die habe ich sogar schon einmal fotografiert«, sagte Frank nun nachdenklich. Er betrachtete das Foto, bei dem man die Sechzigjährige zusammen mit anderen Damen der Gesellschaft abgelichtet hatte, laut Untertitel beim Pferderennen in Iffezheim bei Baden-Baden.

»Die mit dem Schnabelmund«, bemerkte der Fotograf und deutete auf eine der Frauen.

Mira lachte über Franks Beschreibung der aufgespritzten Lippen und entgegnete: »Über die müsste Dieter doch etwas in seinen Archiven haben?«

»Du glaubst tatsächlich, diese Frau und die Datei auf dem Stick gehören zusammen?«

»Greta von Eschwitz scheint eine reiche Adlige zu sein. Nadja Johann hat Mode und Juwelen für genau diese Frauen vorgeführt und war mit Matthias Lomat befreundet. Der führt eine Privatbank, bei der Menschen wie Greta von Eschwitz Kunde sind. Ich bin mir zwar nicht sicher, aber es ist eine mögliche Spur.«

»Und wohin soll diese Spur führen?«, Frank sah seine Freundin besorgt an.

»Ich werde nur ein wenig recherchieren«, entgegnete sie sanft.

»Keine Abenteuer«, erwiderte Frank mit kritischem Blick.

»Versprochen. Dafür fehlen mir sowieso die Nerven!«

* * *

Am nächsten Tag erzählte Mira dem Chefredakteur, dass sie vielleicht etwas entdeckt habe, aber erst noch ein paar Recherchen durchführen wolle. Dabei ließ sie auch den Namen Greta von Eschwitz fallen. Dieter hob sofort die Brauen und brannte darauf, mehr zu erfahren. Skandale um und mit einer Society-Lady ließen sich immer hervorragend verkaufen. Obwohl sich Mira mit Details zurückhielt und ihm vorerst nur einen Artikel über Nadjas Kindheit und Jugend ablieferte, ließ er sie weitermachen.

»Du hast Glück!«, sagte er triumphierend. »In zwei Tagen veranstaltet die gute Frau von Eschwitz eine Charity-Gala, die Presse ist herzlich willkommen. Was hältst du davon, uns dort zu vertreten? Du musst allerdings auch ein paar Bilder machen. Einen Fotografen gibt es nicht.«

»Das wäre super. Ich könnte Fragen stellen, ohne Verdacht zu erwecken.«

»Weißt du, Mira, du solltest dich ganz auf diese Art von Journalismus konzentrieren. Wirtschaft …« Er ließ bei diesem Wort die Lippen vibrieren und gab ein merkwürdiges Wiehern von sich. »Wirtschaft, das schreckt die Menschen ab. Die wollen viel lieber etwas von Liebe, Hass und Leidenschaft hören. Und du scheinst eine Nase dafür zu haben. Für gute Leute habe ich immer einen Job.«

Das war für Dieters Verhältnisse ein wahrer Ritterschlag und Mira gab sich geschmeichelt.

»Ich denke darüber nach«, sagte sie höflich und fragte sich, ob das nun ein Kompliment oder eine Beleidigung für ihr Ego gewesen war.

Anschließend sichtete sie die Unterlagen aus Nadjas Wohnung und machte sich einige Kopien, die sie später natürlich vernichten würde. Dann packte sie alles in einen Karton, schrieb ein paar Zeilen dazu und schickte die Sachen an Ludmila Johann. Außerdem gab sie der Heimleitung Bescheid, dass das Auto von Nadja auf dem Abschlepphof stand – sollten die alles Weitere veranlassen, sie selbst würde sich für den Rest ihres Lebens von dort fernhalten.

* * *

Am nächsten Tag saß Mira bereits im Auto und fuhr Richtung München; doch als Erstes wollte sie noch einen Abstecher nach Karlsruhe machen. Sie sah diesem Besuch in der badischen Stadt etwas besorgt entgegen – dort wohnte nämlich ihre Schwester, Sandra Kosch.

Sandra war fast zehn Jahre jünger als Mira und hatte eine Tochter namens Tia. Schon vor der Geburt des Kindes hatte sich ihre Schwester von dem Vater getrennt, der sich als notorischer Fremdgänger entpuppt hatte.

Die beiden Schwestern hatten kein besonders gutes Verhältnis mehr. Mira bedauerte das zwar, war aber nicht in der Lage gewesen, daran etwas zu ändern. Der Streit hatte nach dem Tod der Mutter begonnen. Ihr Vater, der sich, als seine Frau starb, nicht selbst versorgen konnte, war der Grund für das Zerwürfnis gewesen. Sandra wollte ihn privat betreuen. Mira dagegen hatte einen Heimaufenthalt vorgeschlagen und sich nicht bereit erklärt, ihrem Vater, den sie von jeher für einen herzlosen Egoisten gehalten hatte, Zeit und Energie zu opfern. Eine Weile ging es hin und her und schließlich warf Sandra ihrer Schwester vor, gefühllos und kalt zu sein. Das war vor fünf Jahren gewesen. Ihr Vater starb wenige Monate nach dem großen Streit und seither hatte sich der Kontakt der beiden Frauen auf ein Minimum reduziert.

Vielleicht war der Anlass schlecht gewählt, aber tags zuvor hatte Mira ihre Schwester angerufen und ihren Besuch angekündigt, nicht ohne so ehrlich zu sein und auch den Zweck ihres plötzlichen Auftauchens zu erklären.

Sandra war Systemadministratorin und arbeitete in irgendeinem privaten Forschungsinstitut in Karlsruhe. Mira schämte sich ein wenig dafür, dass sie so wenig vom Leben ihrer Schwester wusste. Ihre Nichte hatte sie schon seit einem Jahr nicht mehr gesehen, auch das sicherlich keine von Miras familiären Glanzleistungen. Deshalb machte sie nun auch einen Ausflug in die Karlsruher Innenstadt und ließ sich in der Spielwarenabteilung eines der großen Kaufhäuser beraten, was denn eine Neunjährige heutzutage unbedingt haben musste. Die Tüte mit dem unentbehrlichen Spielzeug für Kinder dieser Altersklasse hatte den Wert eines Kurzurlaubs auf den Balearen, aber Mira war gern großzügig.

Tatsächlich stand sie dann am frühen Mittag auch mit gemischten Gefühlen vor der Wohnungstür ihrer Schwester.

»Tante Mira, Tante Mira«, rief eine aufgeregte Tia, rannte ihr entgegen und schloss sie fest in die Arme. Nun, zumindest ihre Nichte schien ihr die seltene Kontaktaufnahme nicht zu verübeln.

Fest drückte sie die Kleine an sich, roch das Apfelshampoo und erinnerte sich für einen kurzen Augenblick wehmütig an die eigene Kindheit.

Das Geschenk wurde begeistert entgegengenommen und Tia versicherte ohne Pause, dass Mira die beste Tante der Welt sei.

»Du hast dich also entschlossen, uns zu besuchen?«, erklang Sandras Stimme.

»Mama«, sagte Tia vorwurfsvoll und die Journalistin war gerührt, dass das Kind sie ganz offensichtlich in Schutz nehmen wollte.

Sandra schnaubte, ließ das Thema aber vorerst fallen.

»Trinkst du einen Tee?«

»Ja, gern«, antwortete Mira. Sie wusste, dass ihre Schwester sehr viel Wert auf gesunde Ernährung legte. Koffein gehörte nicht dazu und auch wenn die Journalistin einen starken Kaffee vorgezogen hätte, nippte sie zehn Minuten später dankbar an dem dampfenden Kräutertee.

»Hast du diesen USB-Stick dabei?« Sandra war angespannt und zum Streiten aufgelegt.

Mira ignorierte das und sagte: »Ich bin dir sehr dankbar. Du bist die einzige Computerexpertin, die ich kenne und der ich vertrauen kann. Also, wenn du mal einen Blick darauf werfen könntest.«

Sandra war eine gutaussehende Frau, fast schon eine Schönheit. Mira war sich immer bewusst gewesen, dass sie in Sachen Optik ihrer jüngeren Schwester nicht das Wasser reichen konnte. Allerdings hatte das nie eine Rolle gespielt. Mira war ein völlig anderer Typ, auch was die Wahl der Partner anging.

»Du vertraust mir also?«, antwortete ihr die Schwester nun mit einem gereizten Unterton.

»Ja«, entgegnete Mira überrascht.

»Und warum hast du mir das nie gesagt?«

Die Journalistin hatte keine Ahnung, wovon ihre Schwester sprach, und machte deshalb ein entsprechendes Gesicht.

Sandra wurde wütend und Tränen füllten ihre Augen. »Warum hast du mir nicht gesagt, wie unser Vater war? Warum hast du mich in dem Glauben gelassen, du seist eine schlechte Tochter und er ein guter Mensch?«

Mira stieß geräuschvoll die Luft aus. Dieses Thema kam nun völlig unerwartet. »Ich habe es einfach nicht übers Herz gebracht … Ich wusste doch, wie sehr du ihn geliebt hast.«

»Na toll, jetzt komme ich mir erst recht wie eine blöde Kuh vor.«

Mira stand auf, setzte sich neben Sandra und schloss sie in die Arme. »Erzähl mir, was passiert ist.«

»Er hat sie betrogen, all die Jahre, immer wieder, und sie hat ihn bis zum Schluss versorgt. Sie hat sich totgeschuftet für ihn.«

»Ja, das ist der Vater, den ich kannte«, sagte Mira bitter.

»Wir haben einen Bruder!«

»Was?«, entfuhr es Mira, »dieser elende Dreckskerl.«

»Unser Bruder. Er heißt Peter und hat sich vor einem halben Jahr bei mir gemeldet. Er ist ihm wie aus dem Gesicht geschnitten. Leider ist der Kerl ein Arschloch, auch da gleicht er unserem Vater.«

Nun musste Mira lachen und Sandra stimmte unter Tränen ein. »Er wollte seinen Erbteil, stell dir das vor, nach der langen Zeit. Ich habe ihm gesagt, dass Vater als armer Mann starb, wir uns aber über eine nachträgliche Beteiligung an den Beerdigungskosten freuen würden.«

»Hey, du kannst ja richtig biestig sein«, zog Mira ihre Schwester auf.

Sandra entspannte sich. »Jedenfalls ist er daraufhin ausgeflippt. Unser Vater habe sich einen Scheißdreck um ihn gekümmert und seine Mutter einfach sitzen lassen und so weiter. Na ja, dann habe ich ein bisschen in der Vergangenheit gewühlt und heute sehe ich unseren Erzeuger mit anderen Augen.«

»Das tut mir wirklich leid«, entgegnete Mira betroffen.

»Und dich habe ich damals beschimpft, dabei kann ich jetzt verstehen, dass du nichts mit ihm zu tun haben wolltest. Und weißt du, was das Schlimmste ist? Ich habe mir als Vater meines Kindes genau so einen miesen Typ herausgesucht. Das lässt doch das Herz jedes Psychotherapeuten höher schlagen.«

»Jetzt hör aber auf. Tia ist wundervoll und du bist eine super Mutter, nur das zählt. Vergiss die Vergangenheit.«

»Bei dir war immer schon alles so einfach«, sagte Sandra seufzend.

»Das ist vermutlich die unrealistischste Aussage über mich, die ich je gehört habe«, entgegnete Mira mit einem breiten Grinsen.

Die beiden Frauen sprachen sich aus. Künftig sollte es wieder mehr gemeinsame Zeit miteinander geben.

Schließlich machte Sandra sich daran, den USB-Stick zu prüfen. »Die Verschlüsselung ist sehr gut, ich kann die Dateien nicht öffnen. Aber vielleicht ein Kollege von mir, nur ist der leider im Moment im Urlaub und kommt erst in neun Tagen wieder zurück. Erreichen kann ich ihn nicht, das ist ein echter Offline-Urlaub … Ganz nach dem Motto einsame Berghütte, kein Handy, kein fließendes Wasser, keine Außenwelt. Informatiker sind von Zeit zu Zeit so.«

Mira verbarg ihre Enttäuschung und sagte stattdessen: »Auf ein paar Tage kommt es jetzt auch nicht an.« Allerdings lehnte sie es ab, eine Kopie der Dateien bei Sandra zu hinterlegen. »Ganz ehrlich, ich habe keine Ahnung, was da drauf ist. Deshalb will ich vorerst nicht, dass dich jemand damit in Verbindung bringen kann.«

»Du glaubst, es geht um etwas Illegales?«, fragte die Schwester mit einem ungläubigen Unterton.

»Ich hoffe nicht«, entgegnete Mira ernst. »Belassen wir es einfach dabei. Wenn dein Kollege wieder da ist, komme ich mit dem USB-Stick vorbei. So kann ich gleich mein Versprechen halten, öfter nach dir und Tia zu sehen.«

»Einverstanden«, sagte die Jüngere mit einem Seufzer und schloss die Schwester zum Abschied fest in die Arme.

Kapitel 4

Zur gleichen Zeit im Mittelmeer zwischen dem europäischen Festland und Nordafrika

Das zehn Meter lange Motorboot lag ruhig im Wasser. Die drei Männer an Bord genossen jedoch weder die Sonne noch die leichte Brise, die heute herrschte, sondern blickten konzentriert auf die Küste Marokkos, der sie stetig näher kamen.

Sie würden noch mehrere Tage unterwegs sein, und obwohl das moderne Boot viel Komfort bot, interessierten sie sich nur dafür, schnellstmöglich ihr Ziel zu erreichen.

»Ich werde den Kontrollanruf machen«, sagte Remhard. Er war sozusagen als rechte Hand des Chefs dabei.

»Ja, ich bin es«, rief er in das Satellitentelefon. »Alles ruhig, ich kann von hier aus Tanger sehen.«

Der Mann am anderen Ende der Verbindung gab seine Anweisungen: »Seid wachsam, die Konkurrenz ist nicht zimperlich. Achtet auf die Ladung, wir können uns keinen Fehler erlauben!«

Remhard bestätigte die Befehle, wie er es immer tat. Noch nie hatte er Anweisungen infrage gestellt oder sich nicht an das gehalten, was man ihm aufgetragen hatte. Er war loyal, strebte nicht danach, seinen Boss vom Thron zu stürzen, und arbeitete niemals in die eigene Tasche. Damit war er immer gut gefahren und hatte meist ein angenehmes Leben gehabt.

Als das Gespräch beendet war, hob er erneut das Fernglas. Wie ein Falke auf der Suche nach Beute ließ er seinen Blick über die Wasseroberfläche gleiten. Er hasste Boote, für ihn waren das schwimmende Fallen. Vom katastrophalen Szenario eines plötzlichen Feuers an Bord einmal ganz abgesehen, war man bei einem Überfall auf diesen Dingern seiner Meinung nach total ausgeliefert.

»Schön die Augen offen halten«, sagte er zu seinen Mitarbeitern. »Ich gehe unter Deck.«

Die anderen beiden waren schweigsame Kerle, die nur gebrochen Deutsch sprachen, sich aber auch in ihrer Muttersprache wenig miteinander unterhielten. Remhard schätzte das. Gequassel bei der Arbeit lenkte nur ab.

Unter Deck begutachtete er die Ladung, die vor den Blicken der Behörden versteckt in einem doppelten Boden verstaut war. Die Stahlkisten standen verschlossen an ihrem Platz. Die Verzurrung saß fest, alles in bester Ordnung. Er würde vier Stunden schlafen, dann einen der Männer ablösen, bis alle reihum ihre Pause gehabt hatten.

Oben an Deck war es ruhig. Die beiden Wachen blickten wie befohlen immer wieder durch die Ferngläser. Plötzlich entdeckte einer von ihnen eine kleinere Motorjacht.

»Sieht aus, als kämen die hierher«, informierte er seinen Kollegen.

Der versuchte daraufhin das, was er mit bloßem Auge kaum erkennen konnte, mit dem Fernglas schärfer ins Blickfeld zu holen. »Sieht mir nach Party aus.«

Die Motorjacht war nun schon ein ganzes Stück nähergekommen, gedämpft konnte man rockige Musik hören.

»Ja, die scheinen zu feiern. Hoppla, was haben wir denn da?«, rief nun sein Kollege. »Na, die dürfen mir auch gern einmal etwas vortanzen.«

Mit einem anzüglichen Grinsen betrachtete nun auch der andere Wachmann die zwei Frauen, die sich auf der Jacht zu den schnellen Rhythmen der Musik sexy hin und her bewegten. Die winzigen Bikinis bedeckten gerade mal das Allernötigste der gebräunten Körper und die auf und ab hüpfenden Brüste der Sonnenanbeterinnen ließen die Wachmänner ihren eigentlichen Job vergessen.

Mittlerweile war die Jacht so nahe, dass ein Fernglas nicht mehr nötig war. Die Leute auf dem fremden Boot, zwei Männer und die tanzenden Frauen, grölten, winkten und forderten die Wachmänner auf mitzufeiern. Dabei schwenkten die vier ihre Champagner- und Schnapsflaschen.

Remhards Mitarbeiter lehnten mit einer entsprechenden Handbewegung ab, starrten aber weiterhin mit einem dümmlichen Grinsen zu den Frauen.

»Na los, ihr zwei starken Kerle, wir sind einsame Mädels auf hoher See«, rief ihnen eine der Tänzerinnen zu. Geschickt ließ sie das Oberteil ihres Bikinis aufspringen, sodass ihr nackter, üppiger Busen zu sehen war.

Abgelenkt von den weiblichen Reizen, ließen es die beiden Wachposten zu, dass das Boot der Partymacher längsseits kam. Ab diesem Zeitpunkt ging alles ganz schnell.

Der erste Schuss traf einen von Remhards Männern in die Brust. Schon folgte der nächste und verletzte dessen Kollegen. Noch bevor einer der beiden die eigene Waffe ziehen konnte, feuerten die Angreifer erneut mit ihren halbautomatischen Pistolen auf die verletzten Wachmänner.

Remhard hörte die Schüsse. Er hatte tief geschlafen, zu tief. Mit gezogener Pistole stürzte er nach oben. Der Mann, der immer so loyal Befehle befolgt hatte, würde diesen Auftrag nicht mehr zu Ende bringen. Obwohl er einem der Angreifer den Hals durchschoss, blieb er selbst nicht mehr lange genug am Leben, um dem Gegner beim Verbluten zusehen zu können. Remhard fiel, von mehreren Kugeln getroffen, zu Boden.

Wenige Minuten später wurden die Stahlkisten auf das andere Boot verladen. Die Leichen von Remhard und seinen Männern blieben unangetastet auf dem führerlosen Gefährt zurück. Nur ihre Waffen wurden über Bord geworfen, zusammen mit dem Toten, den die Angreifer in ihren Reihen zu verzeichnen hatten. Das Blut aus der Halsverletzung färbte das Wasser für einen Moment rot, dann spülte eine sanfte Welle diese letzte Spur des Mannes weg, so als hätte es ihn nie gegeben.

Remhards nächster Kontrollanruf würde ausbleiben und dadurch dem, der darauf wartete, signalisieren, dass die Stahlkisten ihren Bestimmungsort nicht mehr erreichen konnten.

* * *

Die Fahrt nach München war unproblematisch verlaufen. Mira hatte sogar noch die Zeit gefunden, vor der Gala vom Stachus durch die Fußgängerzone zum Marienplatz zu spazieren und sich anschließend in einem typischen Münchner Lokal am Viktualienmarkt zwei Weißwürste und eine Breze zu genehmigen.

Jetzt stand sie im Foyer des luxuriösen Hotels, in dessen »Großem Saal« an diesem Tag die Charity-Veranstaltung stattfinden sollte. Im Außenbereich war es den Presseleuten erlaubt, Fotos zu machen. Mira betätigte ihren Auslöser im Dauereinsatz. Die Redaktion würde sich schon die besten Bilder heraussuchen. Leider war es verboten, bei der Gala selbst zu fotografieren. Sogar die Handys mussten abgegeben werden.

Mira kam sich ein wenig vor, als würde sie einen Hochsicherheitstrakt betreten, so streng waren die Kontrollen für die Journalisten.

Eine Frau um die dreißig mit humorlosen Gesichtszügen erklärte, dass diese Maßnahme nötig sei, um eine entspannte Atmosphäre zu schaffen. Schließlich wolle man den Anwesenden die Spendenlaune nicht durch aufdringliche Fotografen verderben. Immerhin kämen die Einnahmen des Abends Bedürftigen zugute. Mira gab sich verständnisvoll und ließ auch die Warnung über sich ergehen, Fragen ausschließlich Personen zu stellen, die auch wirklich gewillt waren, mit ihr zu sprechen. Erst dann erhielt sie den überdimensionalen Presseanstecker, der es ihr ermöglichte, auch in ihrem grauen Kostüm von der Stange eingelassen zu werden.

Im Saal selbst staunte Mira nicht schlecht. Man hatte an nichts gespart. Wenn ein Charity-Abend in solch einem Rahmen ablief, rechneten die Veranstalter für gewöhnlich mit äußerst großzügigen Spendern.

Die Journalistin ging an der Wand entlang, umrundete den Saal und versuchte, ein Gefühl für die Menschen zu bekommen, die sich hier aufhielten. Die meisten waren sehr reich. Mira war durchaus in der Lage, teure Modelabels und wertvolle Edelsteine zu erkennen. Manche der Damen waren behängt wie Christbäume, und die Juwelen in ihren Colliers blitzten und funkelten wie Discokugeln. Eine recht füllige Frau, die mit einem Champagnerglas an der Journalistin vorbeilief, trug schwere Ringe mit gewaltigen Steinen an beinahe jedem ihrer wurstigen Finger.

Und dann entdeckte Mira ein bekanntes Gesicht. Es war Herrmann Bieland, alias Harry. Der Inhaber der Modelagentur, für den Nadja Johann gearbeitet hatte.

Mit schnellen Schritten ging sie auf ihn zu. Noch hatte das »Dinner« nicht begonnen und die langen Tischreihen mit der wunderschönen Blumendeko wirkten vorerst verwaist.

»Herr Bieland?«, fragte Mira höflich.

Er sah ihren Presseausweis und nickte freundlich. Vermutlich wurde er nicht so oft interviewt, wie er es gern gehabt hätte.

Mira nutzte ihre Chance und stellte zuerst ein paar belanglose Fragen über seine Meinung zu solchen Veranstaltungen. Dann kam sie zum Punkt.

»Wie gehen Sie mit dem Tod von Nadja Johann um? Wie standen Sie zu ihr?«

Bieland war etwas überrumpelt, fing sich aber sofort wieder und antwortete: »Wir alle bedauern zutiefst, was mit Nadja passiert ist. Wir sind eine große Familie und Nadja wird uns allen schrecklich fehlen.«

Die Journalistin betrachtete verstohlen den untersetzten Mann, der einen viel zu eng geschnittenen Anzug trug, auch wenn dieser sicher ein Vermögen gekostet hatte. Er schwitzte stark und die ersten Strähnen seines schütteren Haares klebten bereits feucht an den Schläfen.

Er nahm einen kräftigen Schluck des Aperitifs, offensichtlich nicht sein erster Alkohol an diesem Tag.

Wieder stellte Mira ein paar harmlose Fragen. Dieses Mal über den Beruf des Models. Was er jungen Frauen raten würde, die diesen Weg gehen wollten, und Ähnliches.

Dann wagte sie sich weiter vor: »Können die Models eigentlich von dem leben, was sie über Ihre Agentur verdienen – oder«, sie zögerte, tat so, als hätte sie die Frage nicht vorbereitet, »oder brauchen Ihre Models einen Nebenerwerb, um über die Runden zu kommen?«

Die Reaktion des Mannes war überraschend. Alle Farbe wich aus seinem Gesicht. Vielleicht verstand er Mira einfach nur falsch und war aufgebracht, weil er den Vorwurf des geizigen Arbeitgebers heraushörte, möglich war aber ebenso, dass die Journalistin einen empfindlichen Nerv getroffen hatte.

Jedenfalls zischte Bieland: »Es gibt keine Nebeneinkünfte!«, drehte sich um, und ließ sie einfach stehen.

Mira blickte ihm nach und fragte sich, ob sie einen Treffer gelandet hatte. Eines stand unzweifelhaft fest: Die Frage hatte diesen Mann verärgert.

Die Journalistin sah sich um und ihr Blick traf sich mit dem einer jungen Frau, die ein schlichtes, dunkles Kostüm trug. Mira nahm an, dass sie eine Hostess war. In der Hand hielt sie Broschüren, die sie an die Spendenwilligen verteilte. Es gab ungefähr ein Dutzend dieser Damen, die alle gleich angezogen waren. Schnell ging sie auf die Fremde zu und stellte sich vor.

Die andere war wortkarg und wies darauf hin, dass sie hier arbeiten müsse.

»Sie kommen mir bekannt vor«, sagte Mira und ignorierte den Einwand. Sie glaubte, plötzlich sogar ganz genau zu wissen, wo sie die Frau schon einmal getroffen hatte.

»Ich arbeite normalerweise als Model! Mein Name ist Sylvia Teicher«, antwortete diese nun knapp.

»Richtig, ich habe Sie in Hamburg gesehen, an dem Tag, als Nadja starb.«

Das Gesicht von Miras Gesprächspartnerin blieb unbewegt.

»Kannten Sie Nadja?«

»Wie man sich eben so kennt«, kam die knappe Antwort.

Sylvia war sehr blass und ihr Blick glasig, als hätte sie Fieber.

»Geht es Ihnen nicht gut?«, fragte die Journalistin deshalb ernsthaft besorgt.

»Kümmern Sie sich um Ihren eigenen Mist!«

»Ich wollte Ihnen nicht zu nahe treten, ich …«, beeilte sich Mira zu sagen.

»Sie haben mit Harry gesprochen, was wollten Sie von ihm?«, unterbrach die Frau sie schroff.

»Mich interessiert, was für ein Mensch Nadja Johann war. Wie sah ihr Alltag aus, ihr Job als Model, konnte sie von ihrer Arbeit leben?« Beim letzten Satz beobachtete die Journalistin das Gesicht ihres Gegenübers genau. Sie hätte schwören können, dass etwas darin zuckte.

»Sie sollten Nadja in Frieden ruhen lassen«, sagte Sylvia Teicher distanziert und verschwand ebenso schnell wie vor ihr Harry Bieland.

Mira hielt sich an die anderen Hostessen. Schnell stellte sich heraus, dass sie alle bei Bieland unter Vertrag waren. Wäre Nadja heute vielleicht auch hier gewesen, wenn sie nicht diesen Unfall gehabt hätte? Die meisten der jungen Frauen waren gesprächig, wenn es um den Beruf des Models ging, zeigten Bedauern über Nadjas Tod, waren aber verschlossen wie die sprichwörtlichen Austern, wenn sich Mira nach den Vorgängen in der Agentur und den Verdienstmöglichkeiten erkundigte.

Dann begann die Gala. Die Journalistin entdeckte weitere bekannte Gesichter. Matthias Lomat erschien auf der Bühne und gab den Menschenfreund, allerdings musste Mira zugeben, dass seine Spende sehr großzügig war. Am hinteren Ende des Saales erkannte sie dann auch Christina Geiner, seine Sicherheitschefin.

Sie lag also richtig, zwischen der Eschwitz und Lomat gab es eine Verbindung. Damit war ziemlich sicher, dass auch Nadja Frau von Eschwitz gekannt hatte. Was verbarg sich in den Dateien des verfluchten USB-Sticks?

Bis das Abendprogramm durch war, vergingen mehrere Stunden. Nach der Pflicht konnten die Gäste nun endlich die Kür genießen. Die Menschen standen beieinander, die Tanzfläche war eröffnet und es gab reichlich zu trinken.

Erst jetzt gelang es Mira, ein kurzes Gespräch mit Greta von Eschwitz zu führen. In natura sah die Sechzigjährige noch erschreckender aus als auf den Fotos im Internet. Zu der fortgeschrittenen Stunde war ihre Frisur aus den Fugen geraten und das dick aufgetragene Make-up fing an, den Dienst zu verweigern. Trotzdem wurde sie nicht müde, wie eine Herzogin den vorbeikommenden Gästen huldvoll zuzunicken. Wie gehabt, führte Mira zuerst ein harmloses Gespräch, um dann die gezielten Fragen zu stellen.

»Ich sehe, hier arbeiten einige Models aus der Agentur von Herrn Bieland. Kannten Sie eigentlich auch Nadja Johann?«

Die Frau, die sich etwas unappetitlich mit der Zunge über die Zähne fuhr, zögerte einen Augenblick, sagte dann aber unverbindlich: »Flüchtig! Harrys Mädchen werden oft für Veranstaltungen dieser Art gebucht. Allerdings ist der Begriff ›gekannt‹ zu hoch gegriffen. Ich habe schließlich auch keinen Umgang mit dem Kellner in meinem Lieblingsrestaurant, wenn Sie verstehen. Und jetzt entschuldigen Sie mich, meine Liebe. Im Dienste der Wohltätigkeit hat man keine freie Minute!«

Mira lächelte höflich und formte, als sie Richtung Bar lief, ein unschönes Wort mit den Lippen.

Sie hätte die Gastgeberin gern noch nach Matthias Lomat befragt, aber das konnte sie jetzt vergessen.

»Die gute Greta hat Sie abblitzen lassen, was?«

Mira wandte den Kopf. Die alkoholgeschwängerte Stimme gehörte einer attraktiven Frau Anfang fünfzig.

»Ich habe Sie beobachtet«, sagte diese jetzt und nippte an ihrem Cocktail.

»Wirklich?«, fragte die Journalistin überrascht und hoffte, endlich eine gesprächige Quelle gefunden zu haben.

»Möchten Sie auch einen?«, erwiderte die Frau, statt auf Miras Frage zu antworten, und wedelte dabei mit ihrem leeren Glas Richtung Barkeeper.

Mira war klug genug, diese Einladung nicht abzuschlagen, auch wenn sie sich eigentlich nichts aus Cocktails machte. Im angetrunkenen Zustand waren die Leute redselig, aber richtig geschwätzig wurden sie erst, wenn sie nicht alleine trinken mussten.

»Ja, gern«, sagte die Journalistin deshalb und stellte sich vor.

»Margaretha de Silva«, entgegnete die andere und fischte grazil die Kirsche aus ihrem leeren Glas.

»De Silva?« Mira kannte den Namen.

»Ja, ich bin seine Ehefrau. Sie kennen meinen Mann? Den italienischen Großindustriellen mit den vielen schmutzigen Affären?«

In der Tat war das genau der Gedanke, der Mira durch den Kopf ging: Alessandro de Silva, ein fünfundfünfzigjähriger, gut aussehender Wirtschaftsboss, unverschämt reich und mit einem Hang zu jungen, attraktiven Frauen.

»Dort steht er, bei der blonden Nutte!« Margaretha de Silva riss dem Barkeeper ungeduldig das Glas aus der Hand und nahm einen großen Schluck.

Die Journalistin griff sofort den Faden auf. Der Ehemann ihrer Gesprächspartnerin schien sich ausgezeichnet mit einer der Hostessen zu unterhalten.

»Das ist doch eine der Frauen, die bei Herrn Bieland als Model unter Vertrag stehen.«

»Ha!«, stieß Margaretha laut hervor. »Model! Dass ich nicht lache. Sie haben keine Ahnung, was da vor sich geht. All das Getue um Schönheit, makellose Gesichter ohne Falten, Körper wie in Stein gemeißelt, zum Kotzen.« Wieder trank sie einen großen Schluck und Mira befürchtete, ihre mögliche Informantin könnte in der nächsten Minute volltrunken zusammenklappen.

»Kannten Sie Nadja Johann?«

»Natürlich, die Kleine wollte sich den Lomat angeln, hat aber nicht geklappt.«

»Sie ist tot.«

»Ich weiß.«

Margaretha schien uninteressiert, also versuchte es Mira mit dem Banker. »Sind Sie mit Matthias Lomat befreundet?«

Wieder folgte das aufreizende »Ha!«. Margaretha verlagerte ihr Gewicht und rutschte mit dem Ellbogen vom Tresen, fing sich aber gleich wieder und beugte sich nun etwas vor. »Ich bin ganz sicher nicht mit diesem Mann befreundet. Aber wenn man so reich ist wie wir, dann lebt man in einem Dorf aus lauter Gleichgesinnten.«

Sie machte eine wegwerfende Handbewegung und stöhnte. Ihre Stimme wurde immer schleppender: »Wo Sie auch hingehen, immer die gleichen öden Gesichter, die gleichen öden Themen, die gleichen öden Veranstaltungen.«

»Aber diese Charity-Gala von Frau von Eschwitz ist doch eine gute Sache?«

Margaretha verzog den Mund: »Schätzchen, die liebe Greta kann froh sein, wenn sie nicht bald selbst auf Spendengelder angewiesen ist.«

Als Frau de Silva den überraschten Blick der Journalistin sah, fuhr sie mit einem gehässigen Grinsen fort: »Alter Adel, aber völlig mittellos. Ich möchte nicht wissen, wie viele der heutigen Einnahmen direkt bei Gretas Schönheitschirurgen landen werden. Ich halte den Mann übrigens für einen Stümper.«

Mira überlegte. Konnte es um die Unterschlagung von Spendengeldern im großen Stil gehen? War es das, was Nadja gewusst hatte? Wurde Greta von Eschwitz damit erpresst?

»Sie halten das für absurd?«, unterbrach Margaretha ihre Gedanken.

»Nein, aber ich frage mich, wie so etwas unentdeckt bleiben kann?«

»Oh, ganz einfach. Weil es niemanden interessiert. Glauben Sie, einer von denen, die hier spenden, muss deshalb morgen hungern? Wohltätigkeit gehört zwar dazu, ist aber nicht das große Ziel.«

Sie hatte ihr Glas beinahe leer getrunken und die Journalistin bezweifelte so langsam, dass Frau de Silva wirklich etwas wusste. Sie schien einfach nur eine verzweifelte Frau zu sein, die ihren Kummer im Alkohol ertränkte und dabei wilde Behauptungen herausposaunte.

Trotzdem stellte Mira eine weitere Frage: »Und was ist das große Ziel?«

Margaretha lachte. Ihr Gesicht verlor für einen Augenblick die Härte. Sie musste früher einmal eine sehr schöne Frau gewesen sein. »Das große Ziel ist es, das, was man hat, zu schützen und zu vermehren, um jeden Preis. Ganz einfach!«

»Und wie bewerkstelligt man das?«

Sie sah Mira einen Moment an, dann sagte sie mit plötzlich überraschend klarer Stimme: »Ich mag Sie. Sie scheinen nett zu sein. Ich habe gelesen, was Sie über diese Nadja geschrieben haben. Für meinen Geschmack zu viel Mitgefühl, aber das ist ja kein Verbrechen.«

Dann kramte sie in ihrer Handtasche und zog eine aufklappbare Visitenkarte heraus.

»Stift!«, blaffte sie den Barkeeper an. »Und füllen Sie mein Glas auf!«

Schließlich kritzelte sie etwas auf die Karte und reichte diese Mira. »Sie sind herzlich eingeladen. Machen Sie sich selbst ein Bild! Vielleicht können wir dann noch ein wenig plaudern.« Sie zwinkerte verschwörerisch und sagte mit einem entschuldigenden Lächeln: »Zeigen Sie dem Personal die Visitenkarte, dann wird man sie einlassen. Vermutlich erinnere ich mich morgen nicht mehr an Sie, und vergesse, Ihren Namen auf die Gästeliste zu setzen.«

Die Journalistin besah sich die Visitenkarte. Mittlerweile glaubte sie nicht mehr, dass Margaretha de Silva tatsächlich so betrunken war, wie es den Anschein erweckte. Zu einer Erwiderung hatte die Journalistin jedoch keine Gelegenheit mehr, weil just in diesem Augenblick Greta von Eschwitz auftauchte, sich zwischen Mira und deren Gesprächspartnerin drängte und flötete: »Margaretha, Liebste, ich brauche dich dringend an unserem Tisch!«

Die Journalistin sah nicht viel mehr als den Rücken der Gastgeberin und wusste, dass sie damit verabschiedet war.

Sie suchte sich ein ruhiges Plätzchen und las die Notiz auf der Visitenkarte.

»Liebe Frau Kosch, ich freue mich, Sie bei meiner Geburtstagsfeier zu sehen. Ihre Margaretha de Silva«

Darunter standen Ort, Datum und Uhrzeit.

Wow, ich fahre also an den Comer See, dachte die Journalistin mit einem zufriedenen Lächeln.

Wenn sie Glück hatte, dann würde ihr Frau de Silva dort ein paar interessante Details erzählen. Es wäre immerhin nicht das erste Mal, dass sich eine betrogene Ehefrau an ihrem Gatten rächt, indem sie ein aufschlussreiches Gespräch mit der Presse führt.

Wie es der Zufall wollte, entdeckte die Journalistin bei ihrer nächsten Runde durch den Saal Matthias Lomat. Er stand in einer Nische und unterhielt sich mit einem Mann, den Mira nicht kannte. Sie schätzte den Fremden auf Anfang sechzig und hatte irgendwie das Gefühl, er könnte wichtig sein. Allein Lomats Körperhaltung verriet ihr, dass der andere gesellschaftlich über dem Banker stand. Auf eine Freundschaft zwischen den beiden hätte sie jedenfalls nicht getippt. Vielleicht ein wichtiger Kunde?

Sie wollte auf die Männer zugehen, aber wie aus dem Nichts tauchte plötzlich Christina Geiner auf und versperrte ihr den Weg.

»Sie schon wieder!«, sagte die Sicherheitschefin unfreundlich. »Herr Lomat spricht heute Abend nicht mit der Presse!«

Mira zuckte vor Schreck zusammen und für einen kurzen Moment hatte sie das schreckliche Gefühl, auf ihrer Stirn würde stehen: »Ich habe den USB-Stick.«

»Sie wissen doch, dass die Presse angehalten ist, auf die Wünsche der Gäste Rücksicht zu nehmen. Herr Lomat gibt keine Interviews.«

Der Journalistin blieb nur der Rückzug. Sie riss sich zusammen, sagte höflich: »Natürlich!«, und drehte sich grußlos um.

Allerdings entging Mira nicht, wie jemand, trotz striktem Verbot, verstohlen sein Handy aus der Anzugtasche zog und heimlich ein Bild von Lomat und seinem Begleiter machte. Sie musste lächeln. Der Kerl war sehr geschickt, vermutlich ein Kollege. Sie dachte nicht weiter darüber nach und versuchte andere Interviewpartner zu finden. Allerdings fiel die Ausbeute spärlich aus.

Wobei ihr freilich bereits entgangen war, dass der Mann, der heimlich Lomat und den Unbekannten fotografiert hatte, an diesem Abend mit seinem Handy auch schon eine Aufnahme von ihr gespeichert hatte.

* * *

Noch in der Nacht führte Christina Geiner einige Telefonate. Unter anderem wollte sie mehr über eine gewisse Journalistin erfahren. Diese Mira Kosch tauchte in letzter Zeit ständig auf.

Gut, sie schrieb über die unglückselige Nadja, aber langsam sollte das Thema doch ausgereizt sein? Jedenfalls gehörte es zu den Aufgaben einer Sicherheitschefin, solche Dinge kritisch zu beobachten. Nicht dass man am Ende noch eine böse Überraschung erlebte. Natürlich tauchten bei bestimmten Veranstaltungen immer wieder die gleichen Presseleute auf, das war nicht ungewöhnlich, aber die Kosch hatte etwas an sich, das Christina wachsam werden ließ. Die Frau machte den Eindruck, als könne sie eine Recherche sehr verbissen führen. Deshalb war es besser zu wissen, ob diese Journalistin etwas im Schilde führte.

Aber nicht nur Christina Geiner führte einige interessante Telefonate, auch ein Gespräch zwischen München und Lyon sollte bald zu neuen Erkenntnissen führen:

»LeClerc«, meldete sich der neunundvierzigjährige Franzose und war gespannt, was der späte Anrufer zu berichten hatte.

»Hier ist Louis. Ich habe Bilder«, sagte der andere ohne Gruß.

»Sonst noch etwas?«, fragte Valentin LeClerc geschäftsmäßig.

Das kurze Zögern seines Gesprächspartners verriet ihm, dass es tatsächlich etwas gab.

Schließlich folgte die Antwort: »Ich bin mir nicht sicher, womöglich müsste man sich um eine Journalistin kümmern.«

»Journalistin?« LeClerc machte keinen Hehl aus seinem Missfallen. »Ist sie uns irgendwie auf den Fersen?«

»Nein, das kann ich mir nicht vorstellen. Aber sie stellt Fragen. Versucht, mehr über Lomat und Bieland zu erfahren. Ich habe sie heute auf der Gala der Eschwitz gesehen.«

»Könnte sie unserer Sache gefährlich werden?«

»Gut möglich, wer weiß das schon.«

Dieses Mal war es an LeClerc, einen Moment nachdenklich zu schweigen. »Was schlägst du also vor, Louis?«

»Ich? Das ist nicht mein Problem, ich liefere nur die Informationen. Und ehrlich gesagt, weiß ich nicht, wozu überhaupt.«

»Du weißt genau, wozu. Über kurz oder lang werden wir erfolgreich sein«, antwortete ihm LeClerc, bemüht, dabei überzeugend zu klingen.

»Elf Jahre sind eine lange Zeit, mein Freund. Ich bin versucht, neue Wege zu gehen.«

Der andere stöhnte, hatte aber volles Verständnis für diese Haltung. »Ich bitte dich, du darfst nicht aufgeben, wir haben schon so viel erreicht.«

»Ja, aber ehrlich gesagt, interessiert mich das alles nicht. Du weißt genau, warum ich das hier mache, also appelliere nicht an meine Vernunft.«

»Ich würde dich nur ungern verlieren, Louis.«

Ein heiseres Lachen erklang am anderen Ende der Leitung. »Das kann ich mir denken. Es ist schon seltsam, wie sich die Dinge manchmal entwickeln.«

Damit endete das Gespräch, und die heimlich geschossenen Aufnahmen von der Charity-Gala wurden übertragen.

Kapitel 5

Drei Tage später am Comer See

Nach dem Aufenthalt in München hatte Mira bei ihrem Chefredakteur erfreulich gutes Bildmaterial und einen erstklassigen Artikel über die Charity-Veranstaltung abgeliefert.

Ihr Freund, Frank Rotha, musste in dieser Woche bei einer Preisverleihung in den Niederlanden seine Fotos schießen und so nutzte Mira die Zeit allein, um weitere Recherchen anzustellen.

Viel bekam sie nicht heraus. Lediglich ihr Gefühl sagte der Journalistin, dass mit der Modelagentur Harry Bielands etwas nicht stimmte und dass Matthias Lomat irgendwie seine Finger im Spiel hatte. Also setzte sie voll und ganz auf Margaretha de Silva. Inständig hoffte die Journalistin, dass die Frau sie nicht plötzlich in einem Anflug von Reue von der Gästeliste gestrichen hatte.

Drei Tage nach der Gala fuhr Mira nun in aller Frühe und voller Zuversicht nach Oberitalien zum Comer See. Sie versuchte die herrliche Landschaft zu genießen und sich nicht die ganze Zeit Fragen für Margaretha de Silva zu überlegen. Das Abschalten gelang ihr jedoch nicht. Sie hatte den USB-

Stick und wusste, dass sich die Eschwitz und Lomat kannten. Außerdem war Nadja die Geliebte des Bankers gewesen und hatte zumindest oberflächlich mit der von Eschwitz Kontakt gehabt. Alles hing zusammen und es war sicher nicht nur Freundschaft, was diese drei Menschen über den elektronischen Datenträger miteinander verband.

Nicht weit vom Anwesen der de Silvas entfernt, hatte Mira eine kleine, bezahlbare Pension gefunden, in der sie ungeduldig auf den Abend wartete. Sie hatte ein schlichtes schwarzes Abendkleid dabei, übrigens das einzige, das sie besaß und das sie sich ursprünglich für irgendeinen Presseball angeschafft hatte. Mit angespanntem Gesicht steckte sie sich die Haare hoch und musste zugeben, dass sie gar nicht so übel aussah. Plötzlich wünschte sie sich, Frank könnte sie so sehen. Dann überkam sie das schlechte Gewissen. Sie hatte ihm zwar erzählt, sie müsse zu einem Event am Comer See, hatte dabei aber vermieden, auf den Zusammenhang mit ihren Recherchen in der Angelegenheit Nadja Johann hinzuweisen. Hätte er davon gewusst, hätte er sich sicher Sorgen gemacht.

Vor lauter Nervosität verließ sie ihr Zimmer schon eine Stunde vor Partybeginn und unterhielt sich mit der Pensionswirtin. Mira liebte die italienische Sprache und konnte sich ganz gut verständigen. So nutzte sie die Gelegenheit, zum einen, um ihre Kenntnisse aufzufrischen, und zum anderen, um etwas über die Familie de Silva zu erfahren. Die Besitzerin der Pension ließ sich lang und breit über ihre Landsleute aus, konnte aber außer Klatschgeschichten über Alessandros Untreue nichts Interessantes erzählen.

Das Anwesen der Familie de Silva entpuppte sich als hochherrschaftliches Schlösschen mit Türmen und Erkern, weitläufigen Gärten und einem direkten Zugang zum Comer See. Mira war beeindruckt. Margaretha hatte also nicht übertrieben, als sie ihr vom Reichtum der Familie erzählte, und auch die dahin gehenden Recherchen der Journalistin wurden nun bestätigt.

Sie war natürlich nicht untätig gewesen und hatte alles über Margaretha de Silva zusammengetragen, was sie in den Archiven finden konnte. Die Frau lebte eine typische Prinzessinnengeschichte. Vor dreißig Jahren war Margaretha selbst Model gewesen, hatte den erfolgreichen, fünf Jahre älteren Alessandro kennengelernt und bereits nach einem halben Jahr geheiratet. So weit, so gut. Kinder gab es keine und seit einigen Jahren mehrten sich die Schlagzeilen über Herrn de Silvas außereheliche Beziehungen zu jungen Frauen. Vor drei Jahren hatte es Gerüchte wegen einer Schwarzgeldaffäre gegeben, die aber nicht zu einer behördlichen Untersuchung geführt hatten.

Jemand rempelte sie von hinten an und Mira wurde aus ihren Gedanken gerissen. Sie folgte der Schar von Besuchern, die nun das breite Portal passierten und über edle Marmorplatten zum Haupteingang drängten.

Die Damen und Herren in schicker Abendgarderobe zeigten ihre Einladungen und die Journalistin kam sich albern vor, lediglich mit der kleinen Visitenkarte zu wedeln. Ohne Umstände wurde sie jedoch mit einem freundlichen »Buona sera« begrüßt und eingelassen.

Als würde die königliche Familie höchstpersönlich empfangen, mussten die Gäste nun am Ehepaar de Silva vorbeiflanieren und ihre Aufwartung machen. Mira entging dabei nicht der abschätzende Blick des Ehemanns, als sie von seiner Frau begrüßt wurde.

»Wir sehen uns später, meine Liebe. Ich habe Ihnen einiges zu erzählen!«, sagte Margaretha statt eines »Hallos«.

Mira war versucht zu glauben, dass ihre Gastgeberin diese zweideutige Bemerkung bewusst hatte fallen lassen und zwar in einer Lautstärke, die eigentlich nicht angebracht war.

Die Journalistin hatte das Gefühl, alle Blicke würden auf ihr ruhen. Dann war der Moment vorbei und sie verzog sich schnell auf die Terrasse. Auf ihrem Weg dahin sah sie einige bekannte Gesichter. Matthias Lomat war da und garantiert schwirrte auch irgendwo seine Sicherheitschefin Christina Geiner herum. Sie entdeckte Harry Bieland, der mit dem Mann sprach, welcher sich auf der Charity-Gala so angeregt mit Lomat unterhalten hatte. Auch Greta von Eschwitz schritt durch die Halle, als sei sie die Kaiserin von irgendetwas. Unter den Gästen waren auch wieder einige Models. Mira kannte mittlerweile sogar deren Namen.

Zum Aperitif wurde die illustere Gruppe an den Bootssteg gebeten. In liebevoller Kleinarbeit hatten begabte Dekorateure die Kulisse eines Piratenfilms erschaffen. Es brannten Fackeln und in metallenen Becken loderten Feuer. An den Geländern des Stegs hatte man feinmaschige Fischernetze aufgehängt, in die man anstatt der üblichen Plastikseesterne Ketten mit leuchtenden Glasperlen gewoben hatte. Als Piraten verkleidete Kellner liefen herum und reichten den Gästen winzige Schatztruhen, in denen sich das leckerste Fingerfood befand, das Mira jemals zu sich genommen hatte. Und natürlich gab es Unmengen von Champagner.

Die Journalistin suchte sich ein ruhiges Plätzchen und beobachtete die Szene.

Alessandro hielt noch eine kurze Rede zum Geburtstag seiner Frau, die diese mit einem gelangweilten Gesichtsausdruck zur Kenntnis nahm. Anschließend mischte sich die Gastgeberin unter ihre Besucher. Der Journalistin entging nicht, dass Margaretha auch diesmal wieder dem Alkohol reichlich zusprach. In einem einfacheren Rahmen hätte man wohl davon gesprochen, dass sich das Geburtstagskind ganz offensichtlich abschießen wollte. Aber in so vornehmen Kreisen ignorierte man einfach Frau de Silvas zu lautes Lachen und ihren unsicheren Gang.

Mit einem zufriedenen Gesichtsausdruck kam die Frau schließlich auch auf Mira zu.

»Und? Habe ich Ihnen zu viel versprochen? Alles öde, öde, öde.«

Die Journalistin grinste. »Wird Luxus öde, wenn man ihn jeden Tag um sich hat?«

Einen Moment sah Margaretha verdattert zu ihrem Gast, dann entspannten sich ihre Züge. »Sie halten mich für undankbar? Vermutlich haben Sie recht. Ich wollte das ganze Paket. Reichtum, ein sorgenloses Leben und die perfekte Partnerschaft. Das war wohl ein wenig zu viel.«

Den letzten Satz sprach sie mit einer erschreckenden Bitterkeit aus und blickte zu ihrem Mann, der schamlos mit einer jungen Frau flirtete.

»Sehen Sie diese Brosche? Mein Geburtstagsgeschenk!«

Mira konnte nicht umhin, das perfekt gearbeitete Schmuckstück mit dem großen Diamanten in der Mitte zu bewundern. Margaretha hatte damit ihre mintgrüne Seidenstola verschlossen, die ihr fast bis zu den Knöcheln reichte.

»Das bekommt man, wenn jemand ein schlechtes Gewissen hat«, erklärte sie kalt. »Aber, und das ist für Sie der interessantere Aspekt, so kann man auch sein Vermögen vor dem Verfall schützen, es lagerfähig und leicht transportierbar machen. Also, was denken Sie? Ist das nun ein Geschenk oder ein Investment?«

»Wir sind wieder bei dem großen Ziel, nicht wahr?«, erwiderte Mira vorsichtig.

Margaretha trat jetzt dicht an sie heran: »Behalten Sie immer das Ziel vor Augen.«

Die Journalistin wiederholte, was ihr Frau de Silva auf der Charity-Gala gesagt hatte. »Es geht darum, das, was man hat, zu schützen und zu vermehren.«

»So ist es, meine Liebe.«

»Sie sagten auch: um jeden Preis. Wie haben Sie das damals gemeint?«

»Es gibt Möglichkeiten …«

Mitten im Satz wurde Margaretha barsch unterbrochen.

»Liebling!«, stieß Alessandro de Silva mühsam beherrscht hervor.

Seine Frau verstummte.

»Frau Kosch, ich bitte Sie, uns zu entschuldigen, aber man verlangt nach dem Geburtstagskind.«

Mit einem kalten Lächeln bot er seiner Frau den Arm, den diese nach einem kurzen Zögern nahm.

Verfluchte Scheiße!, dachte Mira und hätte Herrn de Silva am liebsten in den Hintern getreten.

Jetzt konnte sie nur hoffen, dass sich später eine Gelegenheit ergeben würde, das Gespräch fortzusetzen.

Kurz nach diesem unerfreulichen Zwischenfall wurden die Gäste ins Schloss gebeten, wo die eigentliche Feier stattfinden sollte.

Sosehr sich Mira in den nächsten Stunden auch bemühte, gelang es ihr nicht, mit Margaretha erneut zusammenzutreffen. Man schirmte sie regelrecht von ihr ab.

Mit den anderen Gästen kam sie kaum ins Gespräch, man mied sie, wusste offensichtlich, dass sie Journalistin war, und wollte nichts mit ihr zu tun haben. Schnell fühlte sie sich wie das sprichwörtliche fünfte Rad am Wagen, tat den anderen aber nicht den Gefallen, einfach zu gehen.

So leicht werdet ihr mich nicht los, dachte sie kampflustig.

Also bediente sie sich an dem riesigen Büfett, das man im Haus aufgebaut hatte, und schlenderte neugierig durch die vielen Zimmer, in die der Zutritt gestattet war. Dabei machte sie mehrere Entdeckungen, die sich im Nachhinein als sehr aufschlussreich herausstellen sollten.

Sie bemerkte zum einen neben Christina Geiner weiteres Security-Personal. Große, grobschlächtige Typen in schwarzen Anzügen, die finster dreinblickten. Einmal konnte die Journalistin beobachten, wie einer von ihnen mit dem Mann ins Gespräch vertieft war, den sie zusammen mit Lomat gesehen hatte. Die Mienen der beiden waren ernst und es hatte den Anschein, der riesenhafte Wachmann bekomme von dem Fremden Anweisungen.

Außerdem schnappte sie Gesprächsfetzen auf. Lomat redete mit Alessandro de Silva. Alles konnte die Journalistin nicht verstehen, aber der entscheidende Satz des Bankers entging ihr nicht. Wütend zischte der nämlich: »Entweder du bekommst deine Gattin in den Griff oder jemand anders kümmert sich darum.«

Die Worte machten Mira Angst, deshalb bespitzelte sie anschließend so unauffällig wie möglich Margarethas Mann. Die vielen Gäste und die eifrig herumwuselnden Angestellten machten es ihr nicht leicht, ihm zu folgen. Sie verlor ihn kurzzeitig aus den Augen, entdeckte ihn aber zu guter Letzt wieder, als er seine Frau etwas unsanft in den Garten führte.

Margaretha schwankte schon bedenklich. Niemand schien von dem Paar Notiz zu nehmen und Mira beeilte sich, den beiden nach draußen zu folgen. Sie hatte Glück und konnte unauffällig hinter einer Hecke Position beziehen.

Alessandros Stimme war kaum zu verstehen. Erneut waren es nur einzelne Satzfetzen, die die Journalistin aufschnappte.

»Du machst mir Probleme …«

»Wie bedauerlich!« Margarethas Stimme dagegen war laut, fast schrill. Sie schien Spaß daran zu haben, ihren Mann zu ärgern.

»Diese Journalistin, warum ist sie hier?«

Mira erschrak.

»Sie ist eine Freundin?« Da Frau de Silva die Antwort als Frage formulierte, deutete sie ganz gezielt an, dass sie das eben nicht war.

»Ich rate dir, den Mund zu halten.«

»Ich rede, mit wem ich will!«

»Du versoffenes Miststück!«, rief Alessandro.

Daraufhin vernahm Mira ein Klatschen und wenige Sekunden später stürmte eine aufgelöste Margaretha an ihr vorbei.

Die Journalistin trat einen Schritt zurück in den dunklen Schatten der Bäume, die von der Außenbeleuchtung nicht erreicht wurden.

Mit klopfendem Herzen sah sie einen fluchenden Herrn de Silva vorbeihetzen, der sich die Wange rieb.

Sie atmete durch, nur um im nächsten Augenblick zu Tode zu erschrecken.

»Sie sind scheinbar eine neugierige Frau!«, sagte jemand hinter ihr.

Mira fuhr herum. Der Fremde trat aus der Dunkelheit und lächelte höflich. Er sprach Deutsch mit französischem Akzent. Sie hatte den Mann schon einmal gesehen. Ihre Augen verengten sich zu Schlitzen und sie stützte ihre Hände in die Hüften, als sie sagte: »Nicht neugieriger als Sie!«

Jetzt lachte der Mann und die Journalistin musste zugeben, dass es ein sehr charmantes Lachen war.

»Ich bin nur zufällig hier vorbeigekommen!«, entgegnete er.

»Oh, ich meine nicht Ihren Gartenspaziergang, ich spreche vom illegalen Fotografieren während der Charity-Veranstaltung vor drei Tagen.«

Der Mann verzog das Gesicht und antwortete belustigt: »Und ich dachte, ich hätte mich wie ein Geist bewegt.«

»Tja, so kann man sich täuschen«, erwiderte Mira erst vorsichtig, dann stellte sie eine direkte Frage: »Wer sind Sie?«

»Ein Gast, genau wie Sie. Sie können mich Louis nennen.« Er deutete eine kleine Verbeugung an.

»Und was wollten Sie auf der Gala?«

»Was wollten Sie dort?«

Mit diesem Hin-und-her-Gefrage kamen sie nicht weiter. Deshalb entschied sich Mira an der Stelle für mehr Offenheit. Womöglich konnte sie auf diese Weise etwas von dem Fremden erfahren.

»Ich interessiere mich für die Wahrheit. Ich schreibe über Nadja Johann, ein Model, das vor Kurzem auf tragische Weise starb. Ich möchte mehr über ihr Leben erfahren. Jetzt sind Sie dran.«

Er trat auf sie zu. »Sie mögen vielleicht nur auf Informationen aus sein, die Nadjas Leben betreffen, aber damit wühlen Sie automatisch auch in der Privatsphäre anderer Menschen.«

»Menschen wie Matthias Lomat?«

»Zum Beispiel!«

»Was ist mit Alessandro de Silva?«

Er antwortete Mira nicht.

»Es gibt etwas, nicht wahr? Matthias Lomat, Alessandro de Silva, Greta von Eschwitz, was könnte ich da finden?«

Louis stieß geräuschvoll die Luft aus: »Keine Ahnung!«

Mira hielt den Mann für einen Lügner und entgegnete genervt: »Was würde ich finden, wenn ich in Ihrem Leben wühlte?«

Nun veränderten sich seine Gesichtszüge, er kam etwas näher. »Sie sollten sehr vorsichtig sein. Bedenken Sie Folgendes: Man kann nicht immer wissen, mit wem man es zu tun hat.« Er sah sie eindringlich an und sie bekam Angst. Dann nickte er ihr zu und ließ sie alleine zurück.

Mira fragte sich, ob sie eben einen Hinweis, einen Rat oder eine Drohung erhalten hatte. Eines war ihr nach diesem Gespräch aber klar geworden: Irgendetwas Merkwürdiges lief hier ab. Und da sie immer noch im Dunkeln tappte, beschloss sie, erneut nach Margaretha zu suchen.

Es waren die Schreie und Rufe, die Mira eine halbe Stunde später zum Bootssteg eilen ließen. Mehrere der Besucher folgten ihr. Jemand rief, man müsse einen Arzt verständigen, und plötzlich verstummten die Musik und das Gelächter. Schlagartig wussten alle Anwesenden, dass etwas Schlimmes passiert war.

Mira war eine der Ersten, die Margarethas Leiche zu Gesicht bekam. Zu diesem Zeitpunkt hatte man den Körper der Frau bereits aus dem Wasser gezogen.

Im Polizeibericht würde es später heißen, Frau de Silvas Absatz hätte sich in einem der Deko-Fischernetze am Bootssteg verfangen, was einen Sturz ins Wasser zur Folge gehabt hätte. Die Stelle direkt am Ufer war nicht tief, aber das Fischernetz und die Stola hatten die Bewegungsfreiheit der Frau erheblich eingeschränkt. Dazu kam die schwere Kopfverletzung, verursacht durch die scharfen Steine im Wasser.

Die Journalistin wusste jedoch in diesem Moment noch nichts davon, sondern sah nur den Körper der toten Frau, der wie verschnürt auf dem Bootssteg lag. Der mintgrüne Stoff der Stola erweckte den Eindruck, eine Meerjungfrau wäre im Netz eines Fischers gelandet und hätte nun ihr Leben ausgehaucht. Nasse Haarsträhnen fielen durch die Maschen. Vom Blut rosa verfärbtes Wasser tropfte auf das Holz und im Licht der immer noch brennenden Fackeln funkelte die Diamantbrosche geradezu herausfordernd in die Gesichter der Umstehenden.

Mira hielt die Hand vor den Mund. Sie wich zurück und kämpfte gegen die aufsteigende Übelkeit an.

Jemand trat neben sie. Es war Louis. Sein Kopf beugte sich leicht zu ihrem Ohr: »Niemand wünscht sich so einen Geburtstag, habe ich recht? Sie sollten sehr vorsichtig sein!«

Im nächsten Moment war er verschwunden. Sie wollte ihn suchen, aber da erschienen auch schon die schwarz uniformierten Security-Männer und forderten die Gäste auf, ins Haus zurückzugehen. Die italienische Polizei kam, stellte Fragen und schickte, als sie erfuhr, dass Mira von der deutschen Presse war, die Journalistin so schnell wie möglich zurück in ihre Pension. Es fing bereits an, hell zu werden, als sie endlich in einen unruhigen Schlaf fiel.

Am folgenden Tag in einem Businessjet über Italien

Der fünfundvierzigjährige Renaldo Cargossa lehnte sich in seinem Sitz zurück. Er kam gerade aus Madrid, wo er auf einen lukrativen Deal gehofft hatte. Aber er war schon wieder vorgeführt worden. Langsam, aber sicher glitt ihm alles durch die Finger.

Er schnippte ungeduldig mit denselben und die Flugbegleiterin, die hinter seinem Rücken eine Grimasse schnitt, kam herbeigesprungen und fragte ihn liebenswürdig nach seinen Wünschen.

Kurz darauf reichte sie ihm einen doppelten Grappa.

Cargossa nahm gierig einen großen Schluck, verzog das Gesicht, als die scharfe Flüssigkeit seine Kehle hinunterlief, und sah sich in der Maschine um. Er würde versuchen, das Flugzeug zu verkaufen. Mit dem Erlös konnte er sich noch eine Zeit lang über Wasser halten.

Natürlich ahnte die Öffentlichkeit momentan nichts von seinen finanziellen Schwierigkeiten. Würde das nach außen dringen, dann wäre er weg vom Fenster. Einem Bankrotteur gab man kein Geld mehr. Zugegeben, er war nicht ganz unschuldig an seiner Misere. Er hatte sich auf ein großes Risiko eingelassen, alles auf eine Karte gesetzt und hinterher festgestellt, dass es die falsche gewesen war. Dabei hatte es so einfach ausgesehen, die feindliche Übernahme der »Mont.L.-France S.A.« erfolgreich durchzuziehen. Aber die Bosse des Konzerns hatten rechtzeitig reagiert und seinen geschickt eingefädelten Aktientransaktionen entgegengewirkt. Dieser Fehlschlag hatte Cargossas eigene Liquidität extrem belastet, auch weil er danach die Gelder des Hauptinvestors ersetzen musste.

In allerletzter Minute hatte er einen Konkurs abwenden können, weil ihm nochmals Kredit gewährt worden war. Seither stiegen die Schulden stetig an und seine einst so großzügigen Geschäftspartner, die ihn erst auf die Idee mit der »Mont.L.-France« gebracht hatten, entpuppten sich bald als schrecklicher Fluch.

Von wegen partnerschaftlicher Umgang, dachte Cargossa ärgerlich.

Man wollte ihn bis auf die Unterhose ausziehen, aber das würde der Italiener nicht hinnehmen. Beim letzten Termin hatte man damit gedroht, ihn fallen zu lassen. Daher war er gezwungen gewesen, zum Gegenschlag auszuholen. Seine Warnung auszupacken, wenn man ihm den Geldhahn zudrehen würde, hatte ihre Wirkung nicht verfehlt. Seit zwei Wochen ließ man ihn in Ruhe.

Cargossa dachte deshalb ernsthaft darüber nach, wie er die Angst seiner ungeliebten Partner noch besser für die eigenen Zwecke nutzen konnte.

Er trank den Rest des Grappas, während er aus dem Fenster sah. Die Sicht war klar und er begann gerade, entsprechende Pläne auszuhecken, als plötzlich ein eigenartiges Geräusch seine Aufmerksamkeit erregte.

Im nächsten Augenblick kippte das Flugzeug zur Seite. Das Grappaglas rutschte von dem kleinen Klapptisch, die Stewardess im hinteren Bereich schrie auf und Cargossa klammerte sich instinktiv an seinen Sitz.

Wenige Sekunden später sackte der Jet ab. Jetzt hatte Cargossa Angst. Das war weder ein Luftloch noch ein ungeschicktes Flugmanöver gewesen. Er schrie: »Was soll das?«

Die Flugbegleiterin stürmte an ihm vorbei, vermutlich um ins Cockpit zu gelangen.

»He, was ist los?«, rief er ihr zu.

Die Frau konnte ihm nicht mehr antworten, denn genau in diesem Moment ging die Maschine in den Sturzflug und ihr Körper prallte gegen die Bordwand.

Fast senkrecht raste der Jet Richtung Erdboden. Dabei drehte er sich wie ein Kreisel um seine eigene Achse. Die »Mayday«-Rufe des Piloten blieben ungehört, genauso wie Cargossas Schreie. Er registrierte noch das schrille Piepsen, das aus dem Cockpit drang, dann schloss er die Augen.

Das Flugzeug zerschellte an einer kleinen Gebirgskette. Die Trümmer verteilten sich großflächig über das unwegsame Gelände.

Renaldo Cargossa, der einzige Passagier, und die Besatzungsmitglieder waren durch den Aufprall übel zugerichtet worden. Cargossa hatte es samt Sitz aus der Maschine katapultiert. Sämtliche Knochen waren gebrochen, sein Gesicht zerschlagen. Er lag unweit des abgerissenen Fahrwerks. Die Hitze, die durch das brennende Kerosin entstand, verschonte allerdings seinen Leichnam, im Gegensatz zu den Körpern der toten Besatzungsmitglieder, von denen man nur noch schwarz verkohlte Überreste bergen würde.

Kapitel 6

Am gleichen Tag – Flug nach Rom

Mira konnte es nicht fassen, schon wieder nach Italien unterwegs zu sein. Erst tags zuvor hatte sie am frühen Morgen die Pension am Comer See verlassen und eine sehr anstrengende Fahrt hinter sich gebracht. Kaum in Frankfurt angekommen, hatte Dieter auch schon den nächsten Auftrag für sie.

»Wieder ein Mega-Event. Mode und Edelsteine in Rom. Mensch, Mira, da sind jede Menge Promis. Du kennst die Szene doch mittlerweile und vermutlich tauchen da auch ein paar deiner alten Bekannten auf. Außerdem schicke ich Frank mit. Ihr seid ein gutes Team«, hatte ihr der Chefredakteur den Job schmackhaft gemacht.

Die vielen Autostunden hin und zurück zum Comer See, die Ereignisse in der Villa der de Silvas und der viel zu kurze Schlaf der letzten Nacht hatten der Journalistin die Kräfte geraubt. Eigentlich war sie nahe daran gewesen abzulehnen, aber dann hatte sie der Drang, die Wahrheit herauszufinden, doch zusagen lassen.

»Dieter war ja ganz aus dem Häuschen wegen des Artikels über Margaretha de Silva«, sagte Frank neben ihr und riss seine

Freundin aus ihren Gedanken. Eine der Flugbegleiterinnen bot ihr eine Tasse Kaffee an, die sie gern annahm.

»Ob die auch eines Tages einfach abhaut?«, fragte Mira mit einem müden Lächeln und sah der Frau hinterher.

Frank verstand erst nicht, was sie meinte, bis ihm einfiel, dass sie auf die Reportage über erwachsene »Ausreißer« anspielte.

»Du willst nicht über das reden, was am Comer See passiert ist?«

»Das ist es nicht. Ich kann es nur einfach noch nicht begreifen. Da ist so viel geschehen und alle waren da. Und gleichzeitig habe ich nichts in der Hand. Lediglich Vermutungen, Eindrücke und natürlich das Gefühl, dass Margarethas Unfall gar kein Unfall war.«

»Vielleicht hättest du der Polizei erzählen sollen, was du an dem Abend gehört und beobachtet hast.«

»Ach was«, entgegnete Mira genervt. »Die wollten mich ja noch nicht einmal befragen. Als Journalistin war ich für die ein rotes Tuch. Und was hätte ich schon zu Protokoll geben können. Ich habe die Gäste belauscht und dabei herausgehört, dass man Margarethas Verhalten nicht gutgeheißen hat. Das hätte sicher nicht zu weiteren Ermittlungen geführt. Keine Chance.«

»Aber ein Unfall ist doch naheliegend. Du hast selbst gesagt, dass die Frau eine Trinkerin war.«

»Ja, sie hatte getrunken und geschwankt, vielleicht ist sie tatsächlich gestürzt, aber …« Mira brach ab und sah aus dem kleinen Kabinenfenster.

Frank griff nach ihrer Hand. »Vielleicht solltest du ein paar Tage ausspannen. Wir könnten wegfahren.«

Sie zögerte mit der Antwort.

Ihr Freund seufzte laut. »Du kannst die Sache nicht auf sich beruhen lassen, habe ich recht?«

»Ich bin eine schreckliche Frau, ich weiß«, sagte sie mit einem entschuldigenden Lächeln.

»Du bist genauso, wie ich dich will!«, entgegnete der Fotograf und drückte ihr einen Kuss auf den Mund. »Also gut, dann gibt es keine kuscheligen Wellness-Tage für zwei, dann recherchieren wir im Dienste der Wahrheit«, sagte er mit unerschütterlicher guter Laune und Mira fragte sich nicht das erste Mal, welche gute Fee ihr Frank ins Leben gezaubert hatte.

Nach der Landung in Rom begann das Gerangel um ein Taxi. Rom war eben Rom. Der Verkehr erschlug zwar selbst die hart gesottensten Autofahrer, aber die Lebendigkeit der italienischen Metropole ergriff auf eine Art und Weise Besitz von den Besuchern, dass diese sich beim Abflug einfach schwören mussten, bald wiederzukommen.

Trotz ihrer Erschöpfung ließ es sich Mira nicht nehmen, konzentriert aus dem Fenster zu sehen, um nichts von den Monumenten und berühmten Bauwerken zu verpassen, für die diese Stadt so berühmt war. Unter diesen Eindrücken war die Fahrt viel zu schnell vorbei und der Manager des kleinen Hotels in einer der zahlreichen Seitenstraßen nahm sie kurze Zeit später auf wie lang verschollene Familienmitglieder.

Das wenige Gepäck brauchten sie nicht auszuräumen und bis zum Beginn der ersten Show war noch Zeit.

Mira, die immer noch gegen die Müdigkeit ankämpfte, gelüstete es nach einem echten italienischen Kaffee, deshalb fragte sie, sehr zur Freude des Hoteliers, nach der Bar.

Die beiden Journalisten setzten sich an die Theke und genossen das aromatische tiefschwarze Getränk. Hinter dem Barmann hing ein großer Flachbildschirm. Momentan liefen mit gedämpfter Lautstärke die Nachrichten.

Mira sah automatisch hin. Das italienische Fernsehen zeigte Bilder eines Flugzeugabsturzes. Sie hörte die Sätze, versuchte die schnell gesprochenen Worte zu verstehen und erstarrte auf einmal.

»Können Sie das bitte lauter stellen?«, fragte sie den Angestellten auf Italienisch.

Er kam ihrer Bitte nach und als Frank wissen wollte, was denn los sei, antwortete sie ihm mit einem ungehaltenen »Psst!«.

Als die Sendung vorbei war, bat sie den Barmann, ihr zu bestätigen, was sie gerade verstanden hatte.

Ihr Freund sah sie erwartungsvoll an.

»Ich glaube, ich habe gerade das Geheimnis um einen weiteren Dateinamen auf dem USB-Stick gelüftet«, entgegnete Mira leise.

Zur gleichen Zeit in Lyon

Valentin LeClerc trat einen Schritt von der Wand zurück. Er hatte sich die Mühe gemacht, einige der Fotografien, die in seinem Besitz waren, an das Mauerwerk zu pinnen.

Mit einem Stirnrunzeln betrachtete er die Fotografien einer Jacht, die in marokkanischen Gewässern mit drei Toten an Bord gefunden worden war.

Es musste ein regelrechter Kugelhagel auf die Passagiere niedergeprasselt sein. Ein weiteres Bild zeigte die Kabine unter Deck. Dort gab es einen doppelten Boden, der nicht so leicht entdeckt werden konnte. Leider war das Versteck beim Auffinden des Bootes geöffnet und leer gewesen. Mit einem ungeduldigen Schnauben widmete sich LeClerc nun den Bildern der Leichen. Nur eine hatte er bis jetzt identifizieren können. Es handelte sich um einen gewissen Hans Remhard. Ein Schweizer, der für Mario Sieber arbeitete.

»Sieber«, murmelte LeClerc. »Noch mehr Fragen«, setzte er ärgerlich nach, nahm einen Stift und ein großes leeres Blatt Papier.

Zuerst setzte er die Namen von Nadja Johann, Margaretha de Silva und Renaldo Cargossa untereinander. Sie alle hatten einen tödlichen Unfall gehabt und waren in irgendeiner Verbindung zu Lomat gestanden. LeClerc ergänzte den Namen des Bankers und zog die Linien zwischen den Personen. Zuletzt notierte er Siebers Namen. Auch an dessen Kontakt mit Lomat gab es keinen Zweifel, genauso wenig wie an seiner Verbindung zu Remhard, dem Toten auf der Jacht.

LeClerc betrachtete sein Werk und fluchte leise: »*Merde!* Das bringt mich keinen Schritt weiter!«

Als das Telefon klingelte, nahm er ungeduldig ab. Erleichtert stellte er fest, dass es Louis war.

»Wo bist du?«, fragte LeClerc als Erstes.

»Noch in Straßburg, geschäftlich.«

»Renaldo Cargossa ist tot!«

»Was?«, entfuhr es Louis ungläubig. »Wie? Wann?«

»Sie bringen es bereits in den italienischen Nachrichten, möglich, dass in diesem Zusammenhang dein Name fällt. Es war ein Flugzeugabsturz.«

Es kam keine Antwort. Fast glaubte LeClerc, sein Gesprächspartner hätte aufgelegt, aber bevor er sich vergewissern konnte, ob der andere noch am Apparat war, fragte dieser mit gepresster Stimme: »Ein Unfall?«

»Sieht so aus! Aber das muss nichts bedeuten«, beeilte sich LeClerc zu erwidern.

»Natürlich nicht«, entgegnete Louis ruhig.

»Ich habe den Artikel deiner Journalistin über den Tod Margaretha de Silvas gelesen. Sie schreibt nichts darüber, dass die Frau angetrunken war. Warum nicht?«

Der andere schnaufte. »Woher soll ich das wissen? Vielleicht Respekt vor der Toten, vielleicht will sie den Eindruck erwecken, sie hätte sie nicht so gut gekannt.«

»Denkst du, die de Silva hat ihr etwas gesagt?«

»Bis jetzt steht nichts in der Zeitung, also …«, antwortete Louis voller Ironie.

»Ich meine es ernst, könnte die Kosch etwas wissen?«

»Gut möglich. Und sie wird sich damit nicht zufriedengeben. Ich schätze sie so ein, dass sie erst Ruhe gibt, wenn aller Dreck nach oben geschaufelt wurde.«

»Gut«, erwiderte LeClerc, »dann wird sich eine Kontaktaufnahme wohl nicht vermeiden lassen. Immerhin geht es um unsere Sicherheit. Ich werde mir etwas überlegen.« Dann wechselte er das Thema. »Ich habe den Namen des Fremden, den du bei Lomat in München und auf der Geburtstagsfeier der de Silva gesehen hast. Er heißt Mario Sieber, zweiundsechzig, Schweizer und Anlageberater.«

»Anlageberater? Das ist alles? Das erklärt natürlich seine Verbindung zu Lomat.«

»Nicht ganz. Es gibt Gerüchte über ihn.«

»Gerüchte?«, wiederholte Louis spöttisch.

»Manchmal kann auch an denen etwas dran sein. Jedenfalls konnte man ihm nie irgendetwas nachweisen, aber manche glauben, er sei eine ganz große Nummer, sozusagen eine graue Eminenz im Einfädeln von gewissen Geschäften.« LeClerc erzählte ihm von der Jacht, den Leichen und dem toten Remhard, Siebers Angestelltem.

»Um was für Geschäfte soll es dabei gehen?« Jetzt war Louis' Interesse geweckt.

»Geschäfte der üblen Sorte: Geldwäsche, Drogenschmuggel und …«, LeClerc zögerte, »und Waffendeals.«

Zur gleichen Zeit in Rom

Frank Rotha riss die Augen auf. »Du weißt, was in den Dateien steht?«

»Nein«, entgegnete Mira ungeduldig. »Natürlich nicht. Es geht um die Dateinamen. Zwei bestehen nur aus Zahlen und Buchstaben und bilden kein sinnvolles Wort. Aber beim dritten und vierten ist das anders. Bei der Abkürzung »GvEschwitz«, gehen wir davon aus, dass damit Greta von Eschwitz gemeint ist. Also wäre es doch naheliegend, dass sich hinter dem Dateinamen Nummer vier auch eine Person verbirgt.« Mira sprach schnell. Sie war aufgeregt und konnte selbst kaum fassen, auf eine Spur gestoßen zu sein.

»Du meinst, mit ›CargoIT‹ ist keine Ladeliste gemeint, sondern …?«

»Renaldo Cargossa!«, ergänzte Mira.

Frank sah zum Fernseher. So viel hatte er verstanden. Dieser Mann war tot; ein Flugzeugunglück. »Ist das nicht zu weit hergeholt?«, fragte er nun skeptisch.

Mira ließ sich nicht beirren. »Vielleicht, wenn Cargossa nicht jemand gewesen wäre, der sein Geld mit großen Finanzdeals verdient hat. Dafür braucht man im Normalfall die entsprechenden flüssigen Mittel. An der Stelle denke ich an den Banker Matthias Lomat.«

»Schön, das wäre möglich. Aber erstens wissen wir nicht, ob Lomats Bank in dieser Größenordnung Kredite vergibt, und zweitens steht da nicht ›RCargossa‹, sondern nur ›CargoIT‹.«

»Stimmt, aber«, Mira sah ihn triumphierend an, »wenn man weiß, dass der Mann einen Spitznamen hatte, der sogar allgemein bekannt ist«, sie deutete mit dem Kopf Richtung Fernseher, »und der ›Cargo‹ lautet, dann …« Sie musste nicht weitersprechen.

Frank hatte verstanden und pfiff anerkennend. »Renaldo Cargossa ist also Cargo! Cargo aus Italien.«

»So sieht es aus!«

»Aber das liefert uns keine neuen Erkenntnisse, oder?«

»Weiß nicht …«, antwortete ihm Mira nachdenklich und verzog angestrengt das Gesicht. »Ich könnte versuchen, mehr über diesen Cargossa herauszufinden. Vielleicht würde uns das weiterbringen.«

Plötzlich grinste Frank. »Ich glaube, da kann ich helfen.«

Dieses Mal war es seine Partnerin, die überrascht schaute.

»Ich habe einen guten Bekannten hier in Rom. Vittorio Borga. Der Mann ist Reporter und kennt die Welt der italienischen Wirtschaftsbosse wie kein Zweiter. Ich werde ihn anrufen, er schuldet mir sowieso noch einen Gefallen.«

* * *

Frank gelang es tatsächlich, den Mann zu erreichen, und glücklicherweise hielt der sich auch gerade in der italienischen Hauptstadt auf. Sie vereinbarten einen Termin für den späten Nachmittag. Da waren die ersten Laufstegshows bereits vorbei und bis zur Abschlusspräsentation am Abend blieb ein ausreichender Zeitpuffer.

Auf dem Weg zum Veranstaltungsort versuchte sich Mira auf die geplanten Interviews vorzubereiten, konnte sich aber schlecht konzentrieren.

Sie waren spät dran und kurz vor dem Ziel wurde ihre Fahrt abrupt gestoppt. Ein langer Zug von Demonstranten bahnte sich seinen Weg um das Gebäude, in dem das Mega-Event stattfinden sollte.

Mira sah neugierig auf die Plakate und Frank eilte auf die Straße, um zu fotografieren.

Die Parolen waren prägnant und laut. Die Menschen forderten den Boykott gewisser Modemarken, weil diese in Billiglohnländern fertigen lassen würden, in denen Kinderarbeit an der Tagesordnung war. Ebenfalls machten sich die Menschen gut hörbar für bessere Arbeitsbedingungen stark, sowohl was die Textilindustrie als auch was den Diamantenabbau in den Minen Afrikas anging. Jemand hob einen großen Pappdeckel in die Höhe, auf dem stand: »Wir wollen keine Blutdiamanten!« Ein anderer prangerte die grausame Zucht von Pelztieren an.

Die Schattenseiten der »schönen Welt« waren nicht von der Hand zu weisen. Mira würde die Demonstration in ihrem Artikel zur Sprache bringen, egal ob das Dieter gefiele oder nicht. Schließlich konnte man die Kehrseite der Medaille nicht einfach ignorieren. Sie nahm sich vor, falls sie die Gelegenheit dazu bekäme, einige Designer direkt auf jene Punkte anzusprechen.

Auch bei dieser Veranstaltung hatte Mira das Gefühl, in eine andere Welt einzutauchen. Die Düfte edler Parfüms drangen ihr in die Nase, als sie an einer Gruppe Italienerinnen vorbeiging, die im Foyer an ihren Zigarettenspitzen zogen und in der Hand ein Champagnerglas hielten. Die Damen waren, charmant ausgedrückt, bereits im Rentenalter und die Journalistin fragte sich insgeheim, ob die Designer beim Entwurf ihrer sündhaft teuren Modelle wirklich eine Klientel in dieser Altersstufe im Sinn hatten.

Frank stupste sie an. »Sieh mal da vorne!«

Mira verstand. Eine italienische Filmdiva kam direkt auf sie zu; völlig unbewacht von Leibwächtern, Managern oder Agenten.

Die Frau blieb mit einem freundlichen Lächeln stehen, als die deutsche Journalistin in gutem Italienisch um ein Interview bat.

Nach fünf Minuten waren alle Fragen beantwortet und Mira strahlte.

»Wow, Dieter wird dich fragen, ob du ihn heiraten willst, wenn er deinen Artikel liest«, sagte Frank lachend.

»Halt die Klappe«, erwiderte seine Freundin mit gespieltem Ernst. Sie hatte gerade eine der berühmtesten Schauspielerinnen der Filmgeschichte interviewt und fühlte sich albernerweise deshalb großartig.

»Meinst du, ich kann Feierabend machen, jetzt wo es nichts mehr gibt, was das toppen kann?«, sagte sie mit einem Grinsen zu ihrem Freund.

»Nicht, wenn wir noch auf der Suche nach weiteren Hinweisen sind«, antwortete der und deutete auf einen Gang, in dem gerade Harry Bieland verschwand.

»Dann sollten wir uns beeilen!«, entgegnete Mira und sofort kehrte die Anspannung zurück.

Hinter den Kulissen der Shows ging es gewohnt hektisch zu. Diese Veranstaltung war noch größer als das Mode-Event in Hamburg.

Die meisten Models, die in Bademäntel gehüllt, mit halb geschminkten Gesichtern und aufgedrehten Haaren ihren Auftritt abwarteten, unterhielten sich gern mit den Presseleuten. Eine willkommene Ablenkung, um die Zeit zu überbrücken.

Mira sah Sylvia Teicher. Auch heute wirkte die junge Frau angeschlagen. Man hatte versucht, die dunklen Ringe unter ihren Augen mit Make-up zu kaschieren, aber der ungesunde Eindruck blieb trotzdem.

Für eine Sekunde hatte die Journalistin das Gefühl, das Model wollte auf sie zukommen, doch plötzlich erschien Harry Bieland. Er nahm Sylvia zur Seite und sprach ungeduldig auf sie ein. Dass die Frau keine guten Wünsche von ihm mit auf den Weg bekam, war eindeutig.

Die Journalistin glaubte sogar, erkennen zu können, dass das Model mit den Tränen kämpfte.

Dann rief eine der Visagistinnen: »Signorina Teicher!«

Sylvia ließ Harry stehen und lief mit hoch erhobenem Haupt und starrem Blick zum Schminkplatz.

Frank berührte seine Freundin am Arm: »Komm, gleich beginnt die erste Schmuckpräsentation.«

Mira nickte und flüsterte: »Aber nachher muss ich unbedingt versuchen, mit Sylvia Teicher zu sprechen.«

Sie zeigte ihm die Frau, die nun mit geschlossenen Augen ihr Make-up auffrischen und schwungvolle Pinselstriche über sich ergehen ließ.

»Ich habe so ein Gefühl, dass sie etwas weiß.«

Die Juwelen wurden dieses Mal nicht an den Hälsen und Armen der jungen Frauen präsentiert, sondern vorsichtig wie rohe Eier auf samtenen Kissen getragen. Von den Menschen hinter den Steinen sah man nur die Augen. Die Träger waren in schwarze, eng anliegende Ganzkörperanzüge geschlüpft und glichen damit Tauchern in Neoprenkleidung.

Der Raum lag komplett im Dunkeln und nur der Schmuck wurde durch geschickten Einsatz verschiedenfarbiger Spots auf extravagante Weise beleuchtet.

Für die musikalische Untermalung sorgte ein Streichquartett, das je nach dargebotenem Stein leichte oder dramatische Töne spielte.

Zuletzt kam der Star der Show: Ein gewaltiger, funkelnder Rosa-Diamant wurde unter den entzückten Rufen der überwiegend weiblichen Zuschauer begrüßt wie ein niedliches Hundebaby. Und auch Mira konnte nicht leugnen, dass eine große Faszination von dem Stein ausging. Sie wusste schon genau, wie sie diesen Moment in ihrem Artikel beschreiben würde.

Dann begannen die verschiedenen Modeshows und die Journalistin konzentrierte sich darauf, einige Publikumsreaktionen einzufangen.

Außerdem traf sie ein junges Designerduo, das es sich zur Aufgabe gemacht hatte, Mode zu produzieren, die unter einem Ökosiegel und ausschließlich in Italien gefertigt wurde. Material für Dieter hatte sie jetzt erst einmal genug.

Eigentlich hätte sie müde sein müssen, aber stattdessen überkam sie eine eigenartige Unruhe. Zum einen war sie unzufrieden, weil sie in eigener Sache an diesem Tag nichts erreicht hatte, zum anderen wuchs die Neugier. Was würde ihr Franks Freund erzählen können? Hoffentlich lieferte er nicht nur weitere Klatschgeschichten, die zwar amüsant, aber wenig hilfreich wären.

»Können wir gehen?«, riss Frank seine Freundin aus ihren Gedanken und griff nach ihrer Hand.

Die beiden bemerkten nicht, dass man sie beobachtete. Sylvia Teicher sah Mira und dem Fotografen mit zusammengekniffenen Lippen hinterher.

* * *

Mira und Frank wollten sich mit Vittorio Borga in einer typisch italienischen Trattoria treffen. Mira hatte mit einem Mal ein Loch im Bauch. Obwohl die Küche des Lokals am Nachmittag geschlossen hatte, war die Wirtin, eine gemütliche ältere Frau mit breiten Hüften, so freundlich, Mira eine große Portion Fettuccine mit Tintenfisch zuzubereiten.

Kurze Zeit später stellte ihr die Italienerin den Teller mit der dampfenden Pasta vor die Nase und Mira hätte schwören können, noch nie so hervorragend gegessen zu haben.

Vittorio Borga erschien etwa zehn Minuten später. Er war ein großer, dunkelhaariger Mann Ende zwanzig mit einem ordentlich gestutzten Bart. Außerdem trug er einen Anzug, was Mira tatsächlich überraschte. Irgendwie hatte sie sich Franks Freund mehr in Jeans und Sweatshirt vorgestellt, aber so ging man eben manchmal auch den eigenen Vorurteilen auf den Leim.

Sie begrüßten sich und da Vittorio hervorragend Deutsch sprach, musste sich Mira nicht mit Übersetzen quälen. Zuerst diskutierten sie ein paar Minuten über das gerade stattfindende Mode-Event, kamen dann jedoch schnell zur Sache.

Die Journalistin fasste ihr Anliegen knapp zusammen. Sie wollte Borga nicht hinters Licht führen oder ihn belügen, aber natürlich konnte sie einem ihr völlig Fremden nicht alles verraten. Deshalb behielt sie auch die Sache mit dem USB-Stick für sich und verallgemeinerte den Grund für ihre Recherchen.

»Ich bin eigentlich vom Wirtschaftsressort«, erklärte sie dem Italiener. »Zufällig sind wir auf etwas gestoßen, das mit einer Privatbank in Deutschland zu tun hat. In diesem Zusammenhang ist der Name von Renaldo Cargossa aufgetaucht. Frank sagte mir, Sie kennen sich mit den italienischen Wirtschaftsgrößen aus …«

Borga lächelte äußerst charmant und zeigte dabei seine strahlend weißen Zähne. Automatisch dachte Mira daran, den Mann ihrer jüngeren Schwester vorzustellen. Dann schob sie den Gedanken schleunigst zur Seite und konzentrierte sich auf das Gespräch.

»Sie wollen mir nicht verraten, um was es genau geht«, sagte Borga nun amüsiert.

Zu ihrem Ärger errötete Mira.

»Keine Sorge, das müssen Sie auch nicht. Ich arbeite im Moment an anderen Dingen und Frank hat mir einmal einen großen Gefallen getan, also wenn ich helfen kann, dann … wie sagt man auf Deutsch? Verfügen Sie über mich.«

Die Journalistin lächelte erleichtert und warf einen dankbaren Blick in Franks Richtung. »Ich muss so viel wie möglich über Cargossa erfahren. Wo hielt er sich vorwiegend auf, welche Geschäfte hat er gemacht, was gibt es über sein Privatleben zu berichten, Frau, Kinder, Geliebte, Geliebter?«

Borga hob die Brauen. »Ihnen scheint es ernst zu sein.«

Sie antwortete müde. »Ich wäre Ihnen wirklich sehr dankbar.«

Der Italiener hatte einen Rucksack dabei, der einen eigenartigen Kontrast zu seinem Anzug bildete.

Als würde er Miras Gedanken lesen, sagte er: »Auf dem Motorroller ist der praktischer als eine Aktentasche.«

Dann kramte er eine vollgestopfte Mappe heraus und legte sie auf den Tisch.

»Meine Recherchen«, erklärte er überflüssigerweise. »Ich lege manchmal Dossiers an, mein eigenes Privatarchiv, wenn Sie so wollen.«

Die Journalistin kannte dieses Vorgehen von ihrer eigenen Arbeitsweise und nickte anerkennend. Über die Jahre konnte man unmöglich alle Einzelheiten im Kopf behalten.

Der Italiener sortierte die Notizzettel, Zeitungsausschnitte und Fotografien auseinander und begann mit seinem Bericht. Zuerst nannte er Mira die Eckdaten von Renaldo Cargossa: Tag der Geburt, Ort, Name der Eltern und so weiter. Dann folgte ein Lebenslauf.

»Cargossa, den die meisten seiner Bekannten ›Cargo‹ nannten, hat ziemlich viel erreicht«, erläuterte ihnen Borga. »Wie er zu dem Spitznamen kam, kann ich übrigens nicht sagen. Ich weiß aber, dass er aus einfachen Verhältnissen stammte und sehr clever war. Ausgezeichnete Abschlüsse, angesehene Wirtschaftsschulen und entsprechende Auszeichnungen. Allerdings fiel er nach seinem Studium nicht gerade als Menschenfreund auf. Cargossa galt seit seiner Jugend als kaltschnäuzig und rücksichtslos. Es gab immer den Verdacht, er hätte Kontakte zur Mafia, die ihm bei seinen Geschäften hilfreich wären.«

»Was genau hat er eigentlich gemacht?«, mischte sich Frank ein.

»Tja, das ist das Schöne in der modernen Welt. Menschen gehen Berufen nach, die man nicht mehr mit einem Wort beschreiben kann. Während jeder sofort weiß, was ein Bäcker, Metzger oder Friseur tut, wirken Menschen wie Cargossa nebulös. Er selbst bezeichnete sich als Finanzberater.«

Mira sah Franks Gesichtsausdruck und musste trotz des Ernstes der Situation grinsen.

Borga reagierte ebenfalls. »Er warb damit, Investoren zu einem geeigneten Produkt zu verhelfen. Ich habe euch die Werbebroschüre mitgebracht. Für mich war Cargossa nie ein seriöser Geschäftsmann, da er stets skrupellos agiert hat, auch was Firmenübernahmen anging.«

Die Journalistin horchte auf. »Auch feindliche Übernahmen?«

»Ja. Allerdings hat er seinen letzten Coup in den Sand gesetzt.«

»Wie das?«, hakte Mira nach.

»Offensichtlich hat er sich eingebildet, die ›Mont.L.-France S.A.‹ übernehmen zu können. Das ist ein französischer Konzern.«

»Und was machen die?« Franks Stimme ließ erkennen, dass er nicht wirklich eine brauchbare Information erwartete. Umso mehr überraschte ihn Borgas Antwort.

»Waffen!«

Die Reaktion seiner Zuhörer ließ den Italiener rasch fortfahren. »Oh, natürlich spricht man im Zusammenhang mit der ›Mont.L.-France‹ meist nicht über Waffen. Der Konzern ist breit aufgestellt. Am ehesten verbindet man das Unternehmen mit der Stahlindustrie, es gibt aber auch eine Tochtergesellschaft, die im Ölgeschäft tätig ist.« Er kramte in seinen Unterlagen und las das Folgende von seinen Notizen ab. »Abbau von Coltan und Diamanten in Afrika, Zulieferbetriebe für die Automobilindustrie, Engagement im Bereich der Computertechnik und so weiter.« Borga blickte auf. »Aber wenn man die Geschäftsberichte aufmerksam studiert, dann ist und bleibt die Waffenproduktion der lukrativste Sektor des Konzerns.«

»Und Cargossa wollte sich das alles unter den Nagel reißen?«, fragte Frank verblüfft.

»Ja, er beziehungsweise seine Investorengruppe, wer auch immer sich dahinter verbarg, hätten sich nach der Übernahme vermutlich die dicksten Brocken herausgepickt, diese gewinnbringend verkauft und die Schulden auf die schwächeren Firmen des Konzerns abgewälzt. Am Ende hätte er die dann in Konkurs gehen lassen.« Er sah von Mira zu Frank und sagte ärgerlich: »Scheiß auf hunderte von Mitarbeitern. Zurück bleibt verwüstetes Land, das war Cargossas Markenzeichen.«

»Aber bei den Franzosen hat er es nicht geschafft«, hakte die Journalistin neugierig nach.

»Nein!«, antwortete ihr Borga mit einem breiten Grinsen. »Das ging ordentlich in die Hose, die haben den Kopf des Unternehmens gründlich unterschätzt.«

»Und wer ist das? Da gibt es doch immer jede Menge Vorstände«, warf Frank ein.

Der Italiener blickte ihn zufrieden an. »Normalerweise ist das so. Bei ›Mont.L.-France‹ treten in der Öffentlichkeit nur angestellte Direktoren auf, allerdings gibt es noch einen Mann dahinter. Vermutlich hat der Cargossa die entscheidende Lektion erteilt. Er heißt Montagne, Franzose. Fünfzig Jahre alt.«

Er griff nach der Kopie eines alten Zeitungsausschnitts. »Ich nehme an, das ist der Grund für Ihr Interesse«, sagte er und sah mit zusammengekniffenen Augen zu Mira. »Um was geht es wirklich?«

Die Journalistin erwiderte seinen Blick erstaunt. »Wie meinen Sie das?«

»Schon gut, Sie wollen es für sich behalten, aber erzählen Sie mir nicht, Sie hätten *das* nicht gewusst.«

»Was?«, fragte Mira ungeduldig.

»Na, die Sache mit Montagnes Familie.«

»Was ist mit seiner Familie?«, mischte sich jetzt Frank ein. »Du kannst uns glauben, dass wir von diesem Montagne hier und heute das erste Mal hören.«

Borga schnaufte ein wenig ungläubig, lenkte aber schließlich ein. »Schon gut, es ist eure Story. Jedenfalls habe ich euch einen elf Jahre alten Artikel mitgebracht, in dem die französische Presse von einem tragischen Flugzeugabsturz berichtet. Neben der toten Besatzung fand man auch die Leichen von

Louis Montagnes Frau und Tochter. Er selbst war nicht an Bord gewesen.«

Mira nahm den Zeitungsausschnitt, den ihr Borga reichte. Sie hörte die Worte des Italieners und hatte plötzlich das untrügliche Gefühl, dass da etwas war. Sie runzelte die Stirn, konzentrierte sich.

Borga sagte gerade: »Seither tritt Louis Montagne nur selten in der Öffentlichkeit auf.«

Mit einem Mal konnte es die Journalistin fassen. »*Louis* Montagne?«, rief sie unvermittelt und betonte den Vornamen des Mannes.

»Ja«, entgegnete Borga. »Ist Ihnen etwas eingefallen?«

»Haben Sie ein Bild?«, fragte sie ungeduldig und hätte dem Italiener am liebsten die Mappe aus der Hand gerissen, um selbst nachzusehen.

Borga legte fein säuberlich einen Zeitungsausschnitt nach dem anderen auf die Tischplatte.

»Hier, aber das ist aus dem Archiv und nicht gerade brandaktuell. Wenn ich gewusst hätte, dass Sie sich für Montagne interessieren ...«

Mira griff nach dem Stück Papier. Das Gesicht, das man darauf sah, war unscharf und krisselig und zeigte einen jüngeren Mann.

Trotzdem erkannte ihn die Journalistin sofort. »Louis«, murmelte sie fassungslos. Das war also Louis, der Mann, der auf der Gala der Eschwitz heimlich fotografiert hatte, der Mann, der in Margaretha de Silvas Haus und bei der Leiche der Gastgeberin aufgetaucht war. Sie hatte gedacht, Louis sei sein Nachname. Ungläubig betrachtete sie erneut die Kopie des Zeitungsausschnitts. Was hatte der Waffenproduzent Louis Montagne mit der Sache zu tun?

»Wissen Sie noch mehr über den Franzosen?«, unterbrach sie Borga, der gerade weiter über Cargossa berichten wollte.

»Sie kennen ihn also doch?«, ließ der Italiener nicht locker.

»Ich bin ihm begegnet und er hat sich lediglich als ›Louis‹ vorgestellt.« Sie sah zu Frank.

»Das war Louis Montagne?«, fragte er ungläubig.

Borga verstand nicht, über was die beiden sprachen, und unterließ es, weiter nachzuhaken. Stattdessen strapazierte er sein Gedächtnis. Entschuldigend sagte er: »Louis Montagne war nie bedeutsam für meine Recherchen. Ich bin vor allem im Zusammenhang mit Cargossa auf ihn gestoßen. Was ich weiß, sind nur allgemeine Dinge.«

»Bitte erzählen Sie es mir trotzdem«, bat ihn Mira aufgeregt.

»Also schön. Der Mann scheint ein harter Hund zu sein, zumindest in geschäftlichen Angelegenheiten. Die Angestellten in seinen Firmen werden gut bezahlt, es gibt nie Probleme bei Lohnverhandlungen und im Allgemeinen auch keine Streiks. Die ›Mont.L.-France‹ gilt als sicherer Arbeitgeber, so wie einige der Automobilkonzerne in Deutschland. Natürlich spricht man im Zusammenhang mit dem Betrieb weniger über die Waffenproduktion und mehr über die anderen Geschäftsbereiche, aber wie ich schon sagte, das Geld wird mit den Waffen verdient. Montagne ist gesellschaftlich hoch angesehen, hält sich aber mit öffentlichen Auftritten zurück.«

»Was ist mit seinem Beziehungsleben?«

Vittorio Borga lächelte. »Keine Ahnung, das weiß ich nicht.«

»Und der Flugzeugabsturz?«

»Ich kenne nur die Pressemeldung.« Er deutete erneut auf den Zeitungsartikel. »Sie vermuten einen Zusammenhang zwischen dem Unglück vor elf Jahren und dem Absturz von Cargossas Maschine, nicht wahr?«

»Ich schließe es nicht aus«, sagte Mira ehrlich. »Irgendwie ist es doch merkwürdig, wenn der bedrohlichste Gegner so stirbt, wie die Ehefrau und das Kind.«

»Sie meinen, es war ein Racheakt?«

»Das würde nur Sinn ergeben, wenn Montagne Cargossa die Schuld am Tod seiner Familie geben würde«, warf Frank ein. »Aber deren Absturz war bereits vor elf Jahren und dabei handelte es sich um einen Unfall.«

Mira schien anderer Meinung zu sein. »Erstens kann man das manchmal gar nicht feststellen, dann wählen die Behörden eben die einfachste Theorie, und zweitens, selbst wenn Cargossa nichts mit dem Tod von Montagnes Familie zu tun hat, war er immerhin drauf und dran, ihm die Firma wegzunehmen.«

»Das ist unlogisch«, hielt Frank dagegen. »Er hatte Cargossa doch schon in die Eier gezwickt, indem er dessen feindliche Übernahme verhindert hat. Warum ihn noch umbringen? Abgesehen davon ist es sicher nicht einfach, ein Flugzeug so zu manipulieren, dass der Absturz wie ein Unfall aussieht.«

»Für dich und mich wäre das ein Problem, aber gewiss nicht für einen Mann wie Montagne.«

»Und seine Familie, wer hätte die dann umgebracht?« Der Fotograf gab nicht nach.

»Ach, ich weiß nicht«, entgegnete Mira verärgert. »Das ist alles so verworren! Ich denke, das Beste wäre, ich würde direkt mit Montagne reden.«

Borga, der sich beim Wortwechsel der zwei amüsiert zurückgelehnt hatte, sagte jetzt mit einem Kopfschütteln: »Viel Spaß dabei. Ich glaube, der Mann hat im letzten Jahrzehnt mit keinem einzigen Journalisten mehr gesprochen!«

Schließlich erhob sich der Italiener. »Ich muss los, hoffentlich konnte ich helfen.«

Mira und Frank bedankten sich überschwänglich und versprachen, wenn ihre Nachforschungen Ergebnisse brächten, ihn darüber zu informieren.

»Und? Was hast du als Nächstes vor?«, fragte Frank seine Freundin, als sie wieder alleine waren.

»Ich werde einen Termin mit Louis Montagne vereinbaren!«

Ohne seine Antwort abzuwarten, griff sie nach ihrem Handy und bat die Dame von der Telefonauskunft, sie mit der Firmenzentrale der ›Mont.L.-France S.A.‹ zu verbinden. Mit radebrechendem Französisch und einem unsicheren Schulenglisch ließ sich die Journalistin zum Vorstandssekretariat durchstellen. Dort wünschte sie, mit Louis Montagne zu sprechen.

Das »Ich bedaure« der geschulten Telefonstimme unterbrach sie sofort mit: »Schreiben Sie meine Handynummer und meinen Namen auf, dann informieren Sie Monsieur Montagne. Sagen Sie ihm, ich habe interessante Neuigkeiten für ihn. Er soll mich zurückrufen. *Au revoir.*«

Als die Journalistin so abrupt aufgelegt hatte, blickte ihr Freund sie mit großen Augen an und sagte spöttisch: »So kommst du also immer zu deinen Interviewterminen? Du bist grob, unfreundlich und fordernd. Dieses Vorgehen ist offensichtlich ein bisher gut gehütetes Geheimnis in der Branche.«

Mira lachte aus vollem Herzen und entspannte sich dabei. »Hör auf, du weißt genau, dass ich sonst anders bin. Aber das musste sein. Sieh es als Test. Wenn Montagne darauf reagiert, dann wissen wir, dass er genau wie wir hinter etwas her ist. So, wie er sich bisher benommen hat, kann das gar nicht anders sein.«

Frank wurde wieder ernst. »Möglich, dass auch er auf der Suche ist, aber denkst du, ihr habt die gleichen Ziele?«

»Ich …«, Mira konnte nicht mehr antworten, denn in diesem Augenblick klingelte ihr Handy.

Sie meldete sich und nach wenigen Sekunden sagte die Journalistin, nicht ohne einen triumphierenden Blick in Franks Richtung zu werfen: »Monsieur Montagne, wie nett, dass Sie mich so schnell zurückgerufen haben.«

Kapitel 7

Zur gleichen Zeit in Frankfurt – Privatbank von Matthias Lomat

Der Termin sollte eigentlich nicht lange dauern. Der übliche Austausch einiger Informationen. Eigentlich etwas, das man auch problemlos per E-Mail hätte erledigen können.

Matthias Lomat hatte deshalb ein ungutes Gefühl gehabt, als er am Morgen den Anruf erhalten hatte und ein persönliches Treffen vorgeschlagen worden war.

Jetzt saß sein Geschäftspartner mit übereinandergeschlagenen Beinen in dem breiten Ledersessel für Besucher, immer darauf bedacht, die Bügelfalte seines tadellos sitzenden Anzugs nicht aus der Form zu bringen, und sah ihn abschätzend an. Der Zweiundsechzigjährige hatte seine beiden Leibwächter nicht wie gewöhnlich nach draußen geschickt, was den Banker ebenfalls beunruhigte.

Er versuchte, sich nichts anmerken zu lassen, und sagte stattdessen: »Wir können also wie gehabt verfahren. Sie stellen die Transportbehältnisse?«

Sieber schien ihm nicht zuzuhören, sondern starrte mit seinen kalten Augen vor sich hin. Dann jedoch richtete er sich plötzlich auf. Die Leibwächter hinter ihm reagierten sofort darauf und nahmen Haltung an.

Sieber kam um Lomats Schreibtisch herum und lehnte sich gegen die Tischplatte. Als der Banker aufstehen wollte, hielt ihn der andere davon ab, indem er ihm die Hand auf die Schulter drückte.

»Bleiben Sie ruhig sitzen«, säuselte er freundlich, aber Lomat wusste instinktiv, dass es so nicht gemeint war.

Der Mann begann zu sprechen und der Banker, der jetzt zu seinem Geschäftspartner aufblicken musste, schwankte emotional zwischen unbändiger Wut und panischer Angst.

»Wir müssen einmal ein Erwachsenengespräch führen«, hörte er die Stimme des Schweizers, die durch ihren Akzent täuschend harmlos klang.

»Selbstverständlich, ich …«

»Unterbrechen Sie mich nicht, Lomat. Tun Sie das nie wieder!«, zischte Sieber wütend.

Wie um dies zu unterstreichen, bewegte daraufhin einer der Leibwächter seinen Kopf hin und her, bis man ein lautes Knacksen vernehmen konnte.

Der Banker schwieg.

»Gut!«, fuhr der andere ruhig fort. »Ich möchte etwas klarstellen. Bei den Geschäften, die Sie mit mir machen, verdienen alle Beteiligten gutes Geld. Vor allem, wenn sie sich an die Regeln halten.«

Er wandte sich an seine Begleiter und warf denen ein »Stimmt doch, oder?« entgegen. Woraufhin die beiden mit unbewegten Mienen nickten.

»Wenn sich alle an die Regeln halten, dann habe ich keinerlei Probleme. Das verstehen Sie doch sicher?«

Lomat wollte etwas sagen, überlegte es sich anders und erwiderte nichts.

»Aber was soll ich tun, wenn jemand aus der Reihe tanzt?«

Jetzt konnte sich der Banker doch nicht länger beherrschen und rief: »Um was geht es hier eigentlich?« Erneut wollte er aufstehen, um seine Position zu verbessern, als Sieber blaffte: »Sitzen bleiben!«

Mit einer Kopfbewegung forderte er die Leibwächter auf, sich hinter den Stuhl des Bankers zu stellen. Der fühlte sich immer mehr bedroht und griff nach dem Telefon.

»Wen wollen Sie anrufen? Die Polizei? Wohl kaum. Ihre Sekretärin? Glauben Sie etwa, das zarte Persönchen in Ihrem Vorzimmer könnte Ihnen momentan behilflich sein?« Sieber lachte und es klang grauenvoll, so als wäre jemand am Ersticken.

Lomat zog seine Hand zurück. Der Schweizer hatte recht, er konnte niemanden anrufen und seine Angestellte wäre kaum eine Hilfe. Ausgerechnet jetzt war sein Security-Team nicht da, weil ja immer noch dieser verfluchte Stick gefunden werden musste.

Plötzlich wich alle Farbe aus Lomats Gesicht. Ging es etwa darum? Wusste Sieber von der Existenz des USB-Sticks?

»Gut, Sie nehmen Vernunft an, dann fahren wir fort«, sagte der Schweizer mit einer gefährlichen Schärfe. »Mir ist meine letzte Ladung abhandengekommen.«

Der Banker musste sich beherrschen, um seine Erleichterung zu verbergen. Es ging also nicht um den Stick.

Sieber stieß sich vom Schreibtisch ab und fing an, ihn zu umrunden. Dabei fuhr er mit seinen manikürten Fingern über die polierte Mahagoniplatte. Er streifte über die Kugelschreiber, griff nach dem Hefter und blieb stehen. »Ich bin ein Mann, dem man mit Missgunst begegnet. Die wenige Konkurrenz, die ich habe, ist unerbittlich, wenn es darum geht, mich vom Markt zu verdrängen.« Er legte den Kopf schräg, sah kurz zu Lomat und setzte seine Runde fort. »Ihnen brauche ich das natürlich nicht zu sagen. Wir alle kämpfen täglich ums Überleben. Aber«, jetzt schwoll Siebers Stimme an, »aber ich werde keinesfalls zusehen, wie irgendein dahergelaufenes Würstchen meine Pläne durchkreuzt.«

Mittlerweile stand er rechts neben Lomat. »Ich will es kurz machen. Natürlich kann alles Zufall gewesen sein, auch das gibt es. Die Konkurrenz wird nun mal immer gewitzter. Das bedeutet, wir müssen den Verlust unter unvorhersehbaren Risiken verbuchen. Aber in 99,9 Prozent aller Fälle passiert so etwas, weil jemand geredet hat.«

»Ich weiß überhaupt nicht, wovon Sie sprechen!«, begehrte der Banker jetzt das erste Mal auf. »Ich habe nichts mit Ihrer Ladung zu tun.«

»Wirklich nicht?«

»Nein«, erwiderte Lomat mit einer Spur von Zorn. »Warum sollte ich?«

Sieber antwortete: »Sie wussten von dem Transport. Und ich kenne Sie noch nicht allzu lange. Vielleicht wäre heute ein guter Zeitpunkt, unsere Beziehung zu vertiefen.«

Im nächsten Moment packten die Leibwächter den Banker, drückten ihn in seinen Bürostuhl und drehten ihm den Kopf zur Seite.

Lomat konnte sich nicht mehr bewegen und sah hilflos im Augenwinkel, wie Sieber mit dem Hefter wedelte.

»Herr Lomat, ich hoffe, Sie sind immer sehr, sehr vorsichtig und achten auf Ihre Gesundheit.« Der Satz war kaum zu Ende gesprochen, da spürte der Banker kühles Metall an seiner Schläfe.

»Auch im Büro passieren Unfälle«, sagte Sieber gehässig und drückte den Hefter, den er über das Ohr des Bankers geschoben hatte, zusammen.

Lomat schrie auf. Ein infernalischer Schmerz durchfuhr seinen Körper, als sich die scharfe Metallklammer in seine Ohrmuschel bohrte.

Die Männer ließen ihn los. Sieber stellte das Gerät an seinen Platz zurück, so als hätte er es sich eben einmal ausgeliehen, um Papiere zusammenzuheften, und ging Richtung Tür. »Ich hoffe, es wird nie einen Grund geben, Ihnen zu misstrauen«, sagte der Mann. Kurz bevor er den Raum verließ, drehte er sich noch einmal um. Er sah zu Lomat, der mit schmerzverzerrtem Gesicht die Hand an sein blutendes Ohr hielt.

»Sie sollten zum Arzt gehen, mein lieber Lomat, mit einer Sepsis ist nicht zu spaßen.«

* * *

Nach dem Telefonat mit Louis Montagne war alles ganz schnell gegangen. Mira befand sich bereits auf dem Weg nach Frankreich. Montagne hatte ihr ein Treffen in Straßburg für den darauffolgenden Tag vorgeschlagen. Das hatte zur Folge, dass die Journalistin den nächsten Flug nehmen musste und deshalb die Abendshows verpasste.

Frank hatte sie ungern alleine gehen lassen, aber er wusste nur zu gut, dass sich Mira nicht hätte aufhalten lassen.

»Ich treffe mich mit dem Mann in einem großen Hotel, nicht hinter den Bahngleisen. Also keine Sorge, mir wird nichts passieren«, waren ihre Worte zum Abschied gewesen.

Der Fotograf machte sich nun mit halbem Herzen auf den Weg zu der großen Abschlussveranstaltung. Natürlich war er beunruhigt. Ohne Begeisterung schoss er daher seine Fotos. Routinemäßig ging er zwischen den einzelnen Laufsteg-Shows durch die Gänge, auf der Suche nach einem interessanten Schnappschuss.

Plötzlich rief jemand nach ihm: »He, Sie?«

Frank drehte sich um und musste kurz überlegen, woher er die junge Frau kannte. Dann fiel es ihm wieder ein. Hinter ihm stand Sylvia Teicher.

»Wo ist Frau Kosch?«, fragte sie nervös und sah sich um.

Der Fotograf hätte nicht sagen können, ob das Model nach Mira Ausschau hielt oder befürchtete, jemand könnte sie beobachten.

»Frau Kosch musste abreisen«, antwortete er höflich.

Die Enttäuschung in ihrem Gesicht entging ihm nicht. Er erinnerte sich daran, dass Mira die Vermutung geäußert hatte, Sylvia Teicher besitze interessante Informationen.

Ohne lange zu überlegen, sagte er deshalb: »Falls es um Miras Artikel geht, können Sie auch gern mit mir sprechen.«

»Sie sind ihr Freund. Ich habe Sie zusammen gesehen«, entgegnete Sylvia und zupfte unsicher am Gürtel ihres Bademantels.

»Stimmt!«

»Sie wissen, über was Frau Kosch schreibt?«

Frank war sich nicht sicher, ob die Frau ihn testen wollte. Er ließ sich aber nicht aus der Ruhe bringen und antwortete: »Sie schreibt unter anderem über Nadja Johann, deren Leben und ob der Verdienst beim Modeln ausreicht …«

Daran, dass sein Gegenüber für einen kurzen Moment das Nesteln am Bademantel unterbrach, erkannte er, dass seine Antwort dem entsprach, was Sylvia hatte hören wollen.

»Nadja«, murmelte die junge Frau nun und sah zur Seite. Einen Augenblick schien sie zu überlegen, dann sagte sie gefasst: »Wenn ich Ihnen erzähle, was bei der Agentur Bieland vor sich geht«, sie trat dichter zu Frank, packte seinen Arm und signalisierte ihm, ihr in eine Ecke zu folgen. »Wenn ich Ihnen Beweise liefere, Namen und Daten, was ist dann für mich drin?«

Frank war überrascht. Bei der Agentur Bieland? Er dachte kurz an das, was sie an diesem Tag über Montagne erfahren hatten, und konnte sich nicht vorstellen, wie Harry Bieland da hineinpasste. Trotzdem beeilte er sich zu antworten: »Das entscheidet unser Chefredakteur, aber soviel ich weiß, zeigt der sich bei brauchbarem Material recht großzügig.« Der Fotograf hatte keine Ahnung, ob das den Tatsachen entsprach, wollte die mögliche Informantin jetzt aber auf keinen Fall verlieren. »Ich muss ihm natürlich irgendetwas liefern.«

»Verstehe«, sagte das Model und sah sich wieder um.

»Klären Sie ab, ob er bereit ist zu zahlen, dann erfahren Sie alles.« Sie beugte sich noch näher zu ihm und er bemerkte trotz der dicken Schminke, wie schlecht sie aussah. Sie flüsterte ihm eine Zahl zu und er sah sie verblüfft an.

»Sie denken, das ist zu viel?«

Frank zuckte hilflos mit den Schultern, dachte an die vielen Nullen und an Dieter, den Chefredakteur.

Sylvia deutete seine Reaktion falsch. »Na schön, Sie glauben nicht, dass die Informationen Ihr Geld wert sind?«

Sie drängte ihn noch weiter in die Ecke. »Was denken Sie, warum ich mich wie eine Bettlerin an Sie wende?«, zischte das Model nun wütend. »Weil ich keine andere Wahl habe«, beantwortete sie ihre eigene Frage. »Heute ist meine letzte Show, ich werde aussteigen, gezwungenermaßen, und deshalb brauche ich Geld.«

»Was heißt gezwungenermaßen?«, hakte Frank nach, der nun ebenfalls flüsterte.

Sie sah zu Boden und er glaubte, Tränen in ihren Augen zu sehen, aber plötzlich hob sie den Kopf und sagte ganz ruhig: »Ich bin krank. Sehr krank.« Ihre Stimme war rau. »Ich werde bald auf Hilfe angewiesen sein. Es gibt eine Spezialklinik in den USA. Die Chancen stehen schlecht, eigentlich bin ich bereits tot.« Jetzt lief doch eine Träne über ihr Gesicht und grub sich durch den dick aufgetragenen Puder.

»Ich«, Frank stotterte, »das tut mir leid.«

Sie zog die Nase hoch. »Sie fragen sich, was Bieland damit zu tun hat?«

Der Fotograf nickte.

»Harry hatte immer schon eine Vorliebe für junge, schöne Frauen. Seine Modelagentur hat ihm die Ware quasi frei Haus geliefert. Zugegeben, er ist gut im Geschäft. Wenn man bei ihm unter Vertrag ist, läuft es. Die Buchungen für Kampagnen und Shows bleiben nicht aus.«

Frank hatte so langsam eine Idee und fragte behutsam: »Aber er hat Sie zu mehr gezwungen?«

Sylvia lachte auf. Es klang bitter und enttäuscht. »Das würde ich gern behaupten können, aber das wäre nicht die Wahrheit.« Sie sah Frank einen Moment an, dann sprach sie weiter: »Ich habe immer recht verschwenderisch gelebt. Wie ich das Geld verdient habe, ging es auch wieder fort. Natürlich kam es zu Engpässen. Ich ging zu Harry und fragte ihn, ob er kurzfristig einen Job für mich hätte. Er schüttelte bedauernd den Kopf, rückte dann aber mit einem ›besonderen Vorschlag‹ heraus. Von wegen, er könne mir vielleicht doch helfen, falls ich, na ja …« Sie machte eine wegwerfende Handbewegung. »Was soll ich lange um den heißen Brei reden? Es ging um Prostitution.«

»Harry Bieler hat Sie als Prostituierte vermittelt?«

»Sie haben es erfasst«, antwortete sie gereizt. »Mädchen, die Geld brauchten und interessiert waren, wurden finanzkräftigen Kunden zugeführt, die, wie es hieß, auf der Suche nach ›sauberen‹ jungen Frauen waren. Und Harry hat dafür Provision kassiert.«

Sylvia sah ihm an, was er fragen wollte, und kam ihrem Gesprächspartner zuvor, indem sie sagte: »Ja, ich habe mich angesteckt. Ohne Gummi konnte man in einer Nacht mehr verdienen als ein Büroangestellter im halben Jahr.«

Kurz schwiegen beide, dann fuhr Sylvia fort: »Ich kann Ihnen Namen liefern, Details, was Sie wollen. Ich biete mich als Quelle an. Sie würden sich wundern, wer alles unsere Dienste in Anspruch genommen hat und immer noch nimmt.«

»Und Sie wären bereit auszupacken?«

»Natürlich, ich habe nichts mehr zu verlieren.«

Wieder dachte Frank an den Chefredakteur, aber mittlerweile war er sich sicher, dass Sylvias Honorar kein Problem darstellen würde.

»Ich muss jetzt gehen«, unterbrach die junge Frau seine Gedanken. »Wir treffen uns morgen Vormittag. Gegenüber meinem Hotel gibt es ein kleines Café.« Sie nannte ihm die Adresse. »Warten Sie dort gegen elf Uhr auf mich, wenn Ihre Zeitung bereit ist zu bezahlen.«

Der Fotograf war einverstanden. Sylvia wollte sich umdrehen, da hielt er sie noch zurück.

»Was war mit Nadja?« Ihm waren die Bargeldeinzahlungen auf deren Konto eingefallen. »Hat sie sich auch auf diese Art Geld dazuverdient?«

Sie schien erst nichts sagen zu wollen, dann entschied sie sich doch anders. »Schreiben Sie das bloß nicht«, entgegnete das Model wütend. »Nadja hatte damit nichts zu tun. Sie hatte einen anderen Weg gewählt.«

»Meinen Sie die Beziehung mit Matthias Lomat?«

Jetzt rümpfte Sylvia die Nase. »Lomat? Dieses Arschloch, der hat Nadja vor zwei Monaten fallen lassen.«

»Wie kam sie dann an Geld? Hat sie ihn vielleicht erpresst?«

Ein breites Grinsen bildete sich auf dem Gesicht der jungen Frau ab. »Das wäre ja dann einmal eine gute Nachricht.«

»Sie wissen es aber nicht?«, bohrte Frank weiter.

»Nein.«

»Waren Sie denn mit Nadja befreundet?«

Sylvia stieß geräuschvoll die Luft aus. »Also schön. Nadja und ich, wir waren einfach nur Kolleginnen. Vor ein paar Wochen änderte sich das jedoch, aber davon weiß niemand. Ich hatte eine schlimme Phase. Meine Krankheit verschlechterte sich plötzlich …«

Sie sah Frank trotzig an, bevor sie weitersprach: »Während einer Modemesse bin ich auf der Toilette zusammengebrochen.

Nadja kam dazu und …« Nach einer kurzen Pause fuhr sie fort: »Ich hatte keine Kraft mehr, mir Ausreden auszudenken. Ich erzählte ihr von meiner Krankheit und der Angst vor dem Tod.« Sie schluckte. »Nadja war sehr mitfühlend. Auch als ich ihr anvertraute, dass ich das Geld für eine Behandlung in einer Spezialklinik in den USA nicht zusammenbekommen würde. Zwei Tage später sagte sie mir, sie wolle mir helfen. Sie habe eine Möglichkeit, ein wenig abzuknapsen, so hat sie es genannt. Und dann schenkte sie mir etwas.«

»Was?«, fragte Frank sofort.

»Ich kann es Ihnen morgen zeigen. Also wenn Sie das wissen möchten, dann sollten Sie besser dafür sorgen, dass wir ins Geschäft kommen. Ansonsten versuche ich, die Story an jemand anderen zu verkaufen.«

»Nur eine Frage«, hielt sie Frank erneut zurück. »Warum haben Sie das Mira nicht schon früher erzählt?«

»Weil ich erst jetzt weiß, dass mich Harry fallen lässt, und das wird er mir büßen!«, antwortete ihm Sylvia kalt. Im nächsten Moment eilte sie durch den langen Gang und verschwand hinter einer der Türen.

Frank griff nachdenklich nach seinem Handy und schlug den Weg in die entgegengesetzte Richtung ein. Als er um die Ecke kam, wäre er beinahe mit Harry Bieland zusammengestoßen. Der Fotograf erschrak. Waren sie etwa von dem Agenturleiter belauscht worden? Bieland hastete ohne Gruß vorbei und Frank suchte sich einen ruhigen Platz, um mit Mira und anschließend mit Dieter zu telefonieren.

* * *

Harry Bieland war sich nicht sicher, was er tun sollte. Niemals hätte er damit gerechnet, dass ihn diese dämliche Kuh aufs Kreuz legen würde. Aber was er gehört hatte, konnte er nicht ignorieren. Ihm blieb daher keine andere Wahl, er musste schnellstens Matthias Lomat anrufen.

»Was willst du?«, fragte der wenig charmant, als er sein Telefon abnahm.

»Wir haben ein Problem«, sagte Bieland vorsichtig.

»Schon wieder?«

»Es ist nicht das, was du denkst.«

»Ach, und was ist es dann?« Lomat machte keinen Hehl aus seinem Ärger.

»Eines der Mädchen will der Presse von den ›gewissen‹ Dienstleistungen erzählen«, berichtete Harry zögernd.

»Du und diese verdammten Weiber«, blaffte der Banker am anderen Ende der Leitung. »Ich habe dir gesagt, dass du das anders handhaben musst. Über kurz oder lang bringt so etwas nichts als Ärger.« Es folgte eine kurze Gesprächspause, dann sagte Lomat gehässig: »Aber ehrlich gesagt, weiß ich nicht, was du jetzt von mir willst.«

Bieland ballte die freie Hand zur Faust. Dieser Lomat war ein Schweinehund, aber der brauchte nicht zu glauben, dass er sich so einfach aus der Affäre ziehen konnte.

»Wenn mich die Behörden unter die Lupe nehmen, dann werde ich womöglich gezwungen sein, mich kooperativ zu zeigen. Ich meine, was hätte ich dann noch zu verlieren?«, entgegnete Bieland und der drohende Unterton in seiner Stimme war unüberhörbar.

Lomat atmete geräuschvoll aus. »Also schön, hat sie schon mit der Presse Kontakt aufgenommen?«

»Ja, sie will sich morgen mit einem Mann treffen.« Er nannte dem Banker Ort und Zeitpunkt.

»Kennen wir den Kerl?«

»Ich denke nicht. Ich glaube, er ist Fotograf.«

»Und was weiß er bis jetzt?«, fragte Lomat wütend.

»Noch nichts«, log Bieland.

Er behielt wohlweislich für sich, dass Sylvia Teicher bereits eine ganze Menge verraten hatte. Sicherlich war es klüger, den Banker im Glauben zu lassen, alle Geheimnisse wären noch unter Verschluss. Wäre das Problem mit der Teicher erst einmal gelöst, gäbe es keine Story, höchstens vage Vermutungen, und damit würde wieder Ruhe einkehren.

»Also schön«, erklang Lomats Stimme, »ich werde mich darum kümmern.«

Keine fünf Minuten später telefonierte der Banker mit seiner Sicherheitschefin. Christina Geiner erschien kurz darauf in der Villa.

»Was ist mit Ihrem Ohr?«, fragte sie statt einer Begrüßung und starrte überrascht auf den unförmigen Verband.

»Das geht Sie wohl kaum etwas an«, entgegnete der Mann schroff.

»Da ich Ihrem Sicherheitspersonal vorstehe, sollte ich wissen, wenn etwas vorgefallen ist.«

Wütend fuhr er herum. »Ganz genau, das sollten Sie wissen. Aber Sie tun es nicht. Also, was sagt das über Sie aus?« Er war laut geworden und konnte sich mit einem Mal nur noch mühsam beherrschen.

»Entschuldigung«, sagte die Geiner, um das Thema abzuschließen, brachte ihren Chef damit aber noch mehr auf die Palme.

»Sparen Sie sich das«, blaffte er zurück. »Was ist mit dem USB-Stick?« Er wusste genau, dass es diesbezüglich keine neuen Hinweise gab.

Christina Geiner wollte antworten, aber er kam ihr zuvor. »Vermutlich nichts Neues?« Sein Ton war geringschätzig.

Die Sicherheitschefin bestätigte das.

»Na schön«, sagte er schließlich mit einem plötzlichen Anflug von Gönnerhaftigkeit und wurde, bei dem Versuch, seinen Kopf schräg zu legen, schmerzhaft an sein verletztes Ohr erinnert. »Wir haben ein Problem in Rom.«

Christina Geiner sah ihn erstaunt an, stellte aber keine Fragen, bis er mit seinen Anweisungen fertig war.

»Ich werde das Notwendige veranlassen«, antwortete sie ihm sachlich. »Gibt es ein Preislimit?«

»Das Übliche«, erwiderte Lomat und widmete sich wieder seinen Unterlagen auf dem Schreibtisch.

Seine Angestellte wartete noch eine halbe Minute, aber da er den Kopf nicht mehr hob, war sie offensichtlich verabschiedet.

Am nächsten Morgen in Straßburg

Mira war am Abend zuvor spät in Straßburg angekommen. Da gerade irgendein Kongress stattfand, hatte sie mehr als Glück gehabt, überhaupt noch ein Hotelzimmer zu finden. Die Nacht war wieder einmal kurz gewesen. Sie hatte mehrere Telefonate mit Frank und Dieter geführt. Der Chefredakteur hatte sich wiederum mit dem Management der Zeitung beraten müssen. Schließlich war man übereingekommen, die Teicher als Quelle zu bezahlen und die Story über Harry Bieland, seine Funktion als Zuhälter und die Namen der Freier zu drucken. Frank hatte also grünes Licht für sein Treffen mit Sylvia.

Dieter hatte sich zwar darüber gewundert, dass Mira nicht mehr in Rom, sondern in Straßburg war, aber da sie ihm stets gute Arbeit abgeliefert hatte, vertraute er ihr auch dieses Mal.

Die Journalistin sprang unter die Dusche, zog sich rasch an und machte sich auf den Weg zum Treffpunkt. Unterwegs kaufte sie sich ein Croissant und trank in einem Bistro auf die Schnelle einen kleinen starken Kaffee. Pünktlich erreichte sie Montagnes Hotel, das im Gegensatz zu ihrem einem Palast glich.

In der ausladenden Lobby musste sie zuerst einmal Ausschau nach einem Empfangsmitarbeiter halten. Man lotste sie freundlich zu einem Tresen und sie trug ihr Anliegen vor.

»Ja, Frau Kosch«, sagte die nette Hotelangestellte auf Deutsch. »Monsieur Montagne hat sie uns bereits angekündigt. Er hat Suite Nummer 212. Sie können hinauf.«

Die Frau deutete auf den Fahrstuhl gegenüber und Mira bedankte sich.

Im Aufzug ging die Journalistin noch einmal durch, was sie sagen wollte. Den USB-Stick hatte sie zu diesem Termin nicht mitgebracht. Der lag sicher im Safe ihres Hotels. Erst wenn sich ihr Gesprächspartner kooperativ zeigen würde, bekäme er alle Informationen. Vorerst musste es ihm genügen, was sie mitzuteilen hatte.

Im zweiten Stock stieg sie aus und suchte nach Montagnes Zimmer. Ärgerlich stellte sie fest, dass ihre Hände zitterten, als sie an die Tür klopfte. Es gab überhaupt keinen Grund, nervös zu sein.

Niemand öffnete auf Miras Pochen und so versuchte sie es erneut. Als wieder keine Antwort kam, sah sie ärgerlich auf die Uhr und bewegte den Türgriff hin und her.

In diesem Moment tauchte ein Zimmermädchen auf. Irgendetwas an Miras unglücklichem Gerüttel verleitete die Frau wohl zu der Annahme, die Journalistin hätte sich ausgesperrt.

Die Hotelangestellte sagte etwas auf Französisch. Vermutlich stellte sie Mira die Frage, ob sie ihre Schlüsselkarte vergessen habe. Mira nickte ohne weiter nachzudenken und im nächsten Moment schob das hilfsbereite Zimmermädchen die eigene Karte durch das elektronische Schloss. Mit einem »Bonne journée!« verabschiedete sich die Frau und Mira stand völlig perplex vor der offenen Tür.

Normalerweise wäre sie nie auf die Idee gekommen, unerlaubt das Zimmer eines Fremden zu betreten. Für gewöhnlich schnüffelte sie auch nicht in den Privaträumen ihrer Interviewpartner herum, aber unter den gegebenen Umständen konnte ein Blick sicher nicht schaden.

Mira atmete tief durch, trat ein und schloss die Tür hinter sich. Sie blinzelte. Ihre Augen mussten sich erst an das dämmrige Licht gewöhnen. Jemand hatte die Jalousien heruntergelassen und so den größten Teil des Tageslichtes ausgesperrt.

Die Suite war äußerst geräumig und mit einem modernen Badezimmer ausgestattet, in dem lediglich eine Shampooflasche und Rasierzeug darauf hindeuteten, dass gerade ein Gast die Unterkunft bewohnte. Außerdem gab es ein separates Schlafzimmer, in das sich Mira nun mit schlechtem Gewissen schlich. Im Schrank hingen zwei Anzüge und drei Hemden. Die restliche Wäsche lag in einer Schublade. Den einzigen Rückschluss, den sie anhand des wenigen Gepäcks ziehen konnte, war, dass Montagne offensichtlich nur wenige Tage in Straßburg sein würde.

Schließlich betrat sie den Wohnbereich. Auf einem kleinen Schreibtisch am Fenster stand ein Aktenkoffer. Die Journalistin trat näher, er war unverschlossen und so klappte sie ihn auf. Zuoberst lagen Geschäftsberichte. Mira sah die Zahlenkolonnen und das Firmenlogo der »Mont.L.-France S.A.«. Mit spitzen Fingern schob sie die Papiere vorsichtig zur Seite. Darunter kam ein Stapel Fotografien zum Vorschein. Sie erkannte die Männer auf dem obersten Bild. Lomat und der Fremde. Rasch nahm sie es beiseite, um das nächste zu betrachten. Als hätte sie etwas Heißes berührt, schnellte ihre Hand jedoch sofort wieder zurück. Erschrocken sah sie das zum Vorschein gekommene Foto. Es war ein Bild von ihr. Mira wusste sogar, wo es aufgenommen worden war. Es stammte von der Charity-Gala in München. Montagne hatte sie dort also fotografiert. Wozu? Sie hatte zu diesem Zeitpunkt überhaupt keine Ahnung von der Existenz des Mannes gehabt. Wieso also hatte er sich für sie interessiert?

Sie wollte gerade alles wieder an seinen Platz rücken, da erklang plötzlich eine Stimme.

»Was machen Sie hier?«

Mira schnellte herum.

An der Tür stand Montagne und richtete eine Waffe auf sie.

Kapitel 8

Zur gleichen Zeit in Rom

Frank Rotha hatte sich in dem kleinen Café in eine Nische am Fenster gesetzt. Leider war das Wetter etwas ungemütlich, sodass er auf einen Tisch im Freien verzichten musste. Vermutlich wäre es Sylvia Teicher ohnehin angenehmer, abseits neugieriger Blicke Platz nehmen zu können.

Er war gespannt, was ihm die junge Frau noch zu erzählen hatte. Vor ihm lag bereits der Fragenkatalog, den Mira am Vortag per E-Mail geschickt hatte. Danach war sie noch mindestens eine Stunde alles telefonisch mit ihm durchgegangen, bis er sie irgendwann mit den Worten »Ein bisschen mehr Vertrauen in meine Fähigkeiten, ich glaube, ich bekomme das hin« unterbrochen hatte.

Seine Freundin hatte gelacht und versucht, unbeschwert zu klingen, aber es war ihr nicht gelungen, ihn über ihre Anspannung hinwegzutäuschen, dafür kannte er sie einfach zu gut.

Es war kurz nach elf Uhr und mittlerweile hatte auch von Frank Rotha die Nervosität Besitz ergriffen. Hoffentlich tauchte das Model überhaupt auf. Sie hatten noch nicht einmal die Telefonnummern ausgetauscht. Was, wenn der Frau etwas dazwischengekommen war?

Es vergingen weitere endlos scheinende fünf Minuten, bevor er Sylvia Teicher auf der anderen Straßenseite erkannte. Sie trug einen hellen Trenchcoat, unter dem man einen schwarzen Rollkragenpullover erkennen konnte. Ihr helles Haar und das blasse Gesicht bildeten dazu einen harten Kontrast.

Frank war versucht zu winken, aber durch die spiegelnde Fensterscheibe des Cafés hätte sie ihn vermutlich nicht gesehen.

Abseits der Hauptstraßen war der Verkehr weniger stark und so spazierte Sylvia zielsicher über die Fahrbahn. Das Fahrzeug, das nur knapp fünfzig Meter entfernt mit laufendem Motor am Straßenrand parkte, beachtete sie nicht. So entging ihr auch, dass es genau in diesem Moment rücksichtslos vor ein heranfahrendes Auto gesetzt wurde und mit Vollgas auf sie zuraste.

Frank Rotha konnte die Szene von seinem Platz aus genau beobachten. Alles ging so schnell, dass ihm weder ein Eingreifen noch ein Warnruf möglich gewesen wäre.

Sylvia drehte zu spät den Kopf. Sie starrte mit offenem Mund in Richtung des dunklen Geländewagens. Der erhöhte weiter das Tempo und erfasste die junge Frau frontal. Ihr Körper, der seitlich an der vorderen Stoßstange hängen blieb, wurde einige Meter mitgezogen. Dann klatschte die schlanke Gestalt von Sylvia Teicher auf die Straße und eines der hinteren Räder überrollte sie brutal.

Menschen sahen sich um, eine Frau schrie auf, eine andere griff schnell nach der Hand ihres Kindes und zog es mit sich um die nächste Ecke.

Frank sprang auf, rannte aus dem Café und bahnte sich hastig einen Weg durch die ersten Schaulustigen.

Autofahrer hielten an und jemand rief, er habe das Kennzeichen des Unfallverursachers. Ein Passant zog sein Handy aus der Tasche, um den Notarzt zu verständigen.

Der Fotograf war der Erste, der sich über Sylvias Körper beugte. Ihre Arme und Beine waren unnatürlich verdreht, aus dem Mund sickerte ein Rinnsal aus Blut und ängstlich sahen ihre Augen zu Frank.

Sie lebte noch, gerade so, erkannte ihn und versuchte zu sprechen. Er näherte sich mit dem Ohr ihren Lippen. »Nadjas Geschenk«, flüsterte sie, dann folgte ein Röcheln, und der Blick der jungen Frau verschleierte sich. Sylvia Teicher war tot.

Frank keuchte, seine Gedanken überschlugen sich. Was war hier gerade passiert? Von Weitem hörte er die Sirenen der italienischen Polizei.

Er sah ungläubig zu der toten Frau am Boden, da entdeckte er es. In Sylvias rechter Hand lag ein Papiertütchen. Ein Blutstropfen perlte von dem weißen, undurchsichtigen Seidenpapier ab.

Nadjas Geschenk, jetzt verstand er die letzten Worte der Toten. Schnell griff er nach dem Tütchen und ließ es in seiner Tasche verschwinden. Anschließend durchsuchte er rasch den Trenchcoat, aber Sylvia hatte nichts Ungewöhnliches bei sich. Er stand auf. Für die junge Frau konnte er nichts mehr tun. Dann fiel ihm die kleine Digitalkamera ein, die er stets bei sich trug. Für einen Moment überkamen ihn Skrupel, letzten Endes zog er sie doch aus der Tasche und knipste eilig einige Bilder des Leichnams.

Die Zuschauer waren mittlerweile zahlreicher geworden und ein Mann, der nicht weit hinter ihm stand, fing an zu schimpfen.

Der Fotograf hatte genug gesehen. Noch bevor die Polizei den Unfallort erreichte, war er verschwunden.

Eine Frau auf der anderen Straßenseite hatte ebenfalls ihre Kamera gezückt. Sie stand im Schatten einer Häuserwand, sodass sie niemandem auffiel. Mit ihrem Zoomobjektiv machte sie hervorragende Bilder von der Toten auf der Straße und dem Typ, der als Erster neben ihr aufgetaucht war. Die Aufnahmen würden heute noch an ihre Auftraggeber nach Frankfurt gehen.

Es dauerte ewig, bis Frank Rotha sein Hotel betrat. Irgendwie hatte er die Orientierung verloren und war durch zahllose Straßen geirrt, bis er sein Ziel endlich erreicht hatte.

Im Hotelzimmer hielt er den Kopf unter kaltes Wasser. Seine Hände gehorchten ihm kaum, und obwohl er sich nichts aus harten Spirituosen machte, öffnete er gierig eines der Grappafläschchen aus der Minibar. Endlich schwand das hämmernde Herzklopfen. Er warf sich auf den Sessel und atmete durch. Wie elektrisiert richtete er sich jedoch sofort wieder auf. Das Tütchen? Er kramte hektisch in seiner Jackentasche und hatte schon Angst, er hätte das kleine gefaltete Papier verloren. Mit zitternden Fingern legte er es vor sich auf den Tisch. Etwas von Sylvias Blut hatte ein seltsames Muster darauf hinterlassen. In ihm stieg Übelkeit auf.

»Reiß dich zusammen«, ermahnte er sich selbst.

Schließlich faltete er das dünne Seidenblatt auseinander. Frank glaubte zu wissen, was er finden würde. Er dachte an Nadjas Drogenkonsum und ihr Versprechen, Geld für Sylvia aufzutreiben.

Aber als der Inhalt nun endlich sichtbar wurde, rief er überrascht: »Verfluchte Scheiße, was hat das nun wieder zu bedeuten?«, und ließ sich erschöpft in seinen Sessel zurücksinken.

Straßburg – im Hotel von Louis Montagne

Im ersten Moment konnte Louis Montagne nur einen Schatten wahrnehmen. Dann erkannte er Mira Kosch.

Er hielt seine Pistole weiter auf die Journalistin gerichtet, während er ärgerlich sagte: »Herrgott, warum brechen Sie in mein Hotelzimmer ein?«

»Ich bin nicht eingebrochen«, entgegnete Mira stotternd. »Das Zimmermädchen dachte, ich hätte mich ausgesperrt, Sie waren nicht da …«

»Sie haben mich erschreckt«, antwortete der Franzose daraufhin und ließ endlich die Waffe sinken.

»Ich habe *Sie* erschreckt?« Miras Stimme war schrill. Nur langsam löste sich ihre Anspannung. Für einen Moment hatte sie tatsächlich geglaubt, Montagne wollte sie erschießen.

Der Mann sah sie prüfend an. »Sie haben meine Sachen durchsucht.«

»Und Sie haben eine Fotografie von mir, was hat das zu bedeuten?«

Montagne schüttelte leicht den Kopf, gab ihr keine Antwort, sondern sagte stattdessen: »Ich werde uns Kaffee bestellen.«

Schon hatte er den Hörer in der Hand und sprach mit dem Zimmerservice.

Mira wandte sich wieder dem Koffer zu und nahm die Fotografien heraus.

Montagne erhob keinen Einspruch, als sie die Aufnahmen durchsah. Das Bild von Lomat und dem Fremden kannte sie ja bereits. Der Name »Mario Sieber«, den vermutlich ihr Gastgeber auf der Rückseite notiert hatte, wurde von ihr ebenfalls registriert. Auch ihr eigenes Porträt war nun keine Überraschung mehr. Es folgten weitere bekannte Gesichter. Christina Geiner, Greta von Eschwitz, Herr und Frau de Silva, Harry Bieland und noch ein paar Politiker, Geschäftsleute und sonstige Berühmtheiten.

»Wozu haben Sie die?«, fragte Mira ohne aufzublicken. »Sie werden wohl kaum vorhaben, die Fotos gewinnbringend an die

Klatschpresse zu verkaufen.« Jetzt erst hob sie den Kopf und sah ihm direkt ins Gesicht.

Er lächelte, es war nur ein leichtes Zucken der Mundwinkel, dann wurde er wieder ernst. »Liebe Frau Kosch, Sie haben gesagt, Sie hätten Informationen für mich. Momentan erwecken Sie aber eher den Eindruck, dass Sie mit leeren Händen dastehen und sich erhoffen, irgendetwas von mir zu erfahren. Das war nicht der Deal«, entgegnete der Franzose.

Es klopfte und Montagne ging zur Tür, wo er einen Servierwagen entgegennahm. Der Kaffee duftete herrlich und die Minicroissants, die auf den Servietten speckige Abdrücke hinterließen, sahen verlockend aus. Doch Mira war nicht zum Frühstücken hier. Ihr Gastgeber sah sie erwartungsvoll an.

Die Journalistin setzte sich in einen der Sessel. Sie musste ihm etwas liefern, sonst würde er das Gespräch abbrechen, daran gab es kaum Zweifel.

»Also schön, fangen wir an«, sagte sie schließlich. »Ich erzähle Ihnen etwas und anschließend beantworten Sie mir einige Fragen.«

Er reichte ihr eine Tasse Kaffee, bediente sich ebenfalls und setzte sich seinem Gast gegenüber.

Mit einer einladenden Handbewegung forderte er sie auf zu beginnen.

Während Mira sprach, rührte er in seiner Tasse.

»Ich habe aus sicherer Quelle erfahren, dass Harry Bieland neben seiner Modelagentur auch einen ›speziellen‹ Service für wohlhabende Kunden anbietet. Es ist davon auszugehen, dass auch der Banker Matthias Lomat von den Prostitutionsgeschäften weiß.«

Plötzlich fiel ihr Margaretha de Silva ein. An jenem Abend in München hatte diese gesagt: »Mein Mann steht dort, bei der blonden Nutte.« Mira war blind und taub gleichzeitig gewesen. Frau de Silva hatte ihr womöglich ganz unverblümt die Wahrheit gesagt. War das Zufall gewesen oder hatte Margaretha tatsächlich Bescheid gewusst?

Montagne beobachtete seine Besucherin. Sie war wirklich gut darin, Dinge ans Licht zu bringen. Hoffentlich waren das auch brauchbare Informationen.

»Hing Lomat da mit drin?«, fragte er deshalb interessiert.

»Verstehe, Sie sind hinter Lomat her«, entgegnete Mira zufrieden. Vielleicht kamen sie jetzt weiter.

Montagne schwieg abwartend.

»Bis jetzt haben wir dafür keine Anhaltspunkte, aber wir erfahren noch heute weitere Details.«

»Und um mir das zu sagen, sind Sie extra nach Straßburg gekommen?«

»Nein, eigentlich wollte ich Ihnen mitteilen, dass Renaldo Cargossa mit Matthias Lomat in Verbindung stand.«

Dieses Mal hatte sie die uneingeschränkte Aufmerksamkeit des Franzosen.

»Was wissen Sie über diese Verbindung?«

Auf diese Frage war Mira vorbereitet. Sie hatte von Anfang an damit gerechnet, dass sie bei diesem Gespräch bluffen musste. Natürlich wusste sie nicht, ob es wirklich eine Verbindung zwischen Cargossa und Lomat gab, nahm es aber an.

»Es gibt vermutlich Dokumente über Cargossa, an denen Lomat interessiert sein könnte«, antwortete sie deshalb vorsichtig.

»Dokumente? Was für Dokumente?«

»Elektronische.«

Montagne machte ein missbilligendes Gesicht. »Reden Sie nicht um den heißen Brei herum, das können Sie sicher deutlicher ausdrücken«, blaffte er ärgerlich.

»Hören Sie, ich werde Ihnen keine Details nennen, solange ich nicht weiß, hinter was Sie her sind. Nach Nadja Johanns Tod stieß ich auf diese Dokumente. Ich bin mir sicher, dass hier irgendetwas läuft, das mit Lomat, Greta von Eschwitz und womöglich auch mit Renaldo Cargossa zu tun hat. Fakt ist außerdem, dass Matthias Lomat nach etwas sucht, und ich vermute, es sind besagte Dokumente. Mehr weiß ich selbst noch nicht, aber ich bin dabei es herauszufinden.«

»Sie sind eine kluge Frau, aber ich bin kein dummer Mann. Sie haben gedacht, Sie präsentieren mir irgendwelche halbgaren Vermutungen und ich lasse daraufhin die Katze aus dem Sack?«

Mira hätte das mit einem klaren »Ja« bestätigen können, sagte aber stattdessen ausweichend: »Ich weiß, dass Ihre Familie bei einem Flugzeugabsturz ums Leben kam.«

Bei diesen Worten nahm Montagnes Gesicht einen harten Ausdruck an. Es war, als hätte er plötzlich eine Maske aufgesetzt. Ein wenig machte ihr diese Veränderung Angst, trotzdem sprach sie weiter: »Und ich weiß, dass Cargossa auf dieselbe Art starb.«

Fast hatte es den Anschein, der Franzose wolle ihr nicht antworten, dann plötzlich sprach er mit belegter Stimme: »Sollte ich irgendetwas von dem, was ich Ihnen jetzt erzähle, morgen in der Zeitung lesen, klage ich Ihnen die Seele aus dem Leib.«

Mira sah ihn mit hochgezogenen Augenbrauen an. »Sie wissen genau, dass ich nicht deswegen hier bin.«

Montagne fixierte sie einen Moment lang, dann nickte er und begann zu erzählen: »Meine Tochter war zu diesem Zeitpunkt neun Jahre alt.«

Genau wie meine Nichte Tia, dachte Mira mitfühlend.

»Uns ging es ausgezeichnet«, fuhr er fort. »Ich hatte alles erreicht. Mein Vater hat mir mehrere kleine Unternehmen hinterlassen, die ums Überleben kämpften. Ich habe mich damals entschlossen, den Schwerpunkt auf die Waffenproduktion zu legen. Innerhalb kürzester Zeit waren wir eines der bedeutendsten Unternehmen der Branche. Aber je weiter man nach oben kommt, desto enger wird es auf der Treppe. Eines Tages bekam ich Besuch von einem sogenannten Zwischenhändler, man wollte mich zu unsauberen Waffengeschäften überreden. Ich lehnte ab, drohte mit den Behörden und im Gegenzug wurde mir gedroht. Ich nahm das nicht ernst, bis eines Tages …«

»Der Absturz?«, ergänzte Mira leise.

»Ja, der Absturz. Was denken Sie denn?«, er sah sie direkt an und ihr entging nicht die Verzweiflung, die in seinem Blick lag.

»War die Redlichkeit es wert, meine Familie zu opfern? Wäre es nicht einfacher gewesen, gegen ein Waffenembargo zu verstoßen? Wann kommt denn nun die Belohnung für die Anständigen?« Die letzte Frage stellte er voller Sarkasmus. »Ich hatte mich für das Richtige entschieden und danach lief alles in die falsche Richtung.«

Die Journalistin ließ ihm einen Moment Zeit, dann fragte sie behutsam: »Und Sie sind sicher, dass es kein Unfall war?«

Er schnalzte verächtlich mit der Zunge. »Ich bin mir ganz sicher. Aber die Behörden blieben bei der Unfalltheorie. Ich halte es nach wie vor übrigens für besser, das auch als offizielle Version stehen zu lassen.«

Sie verstand. Er wies sie noch einmal auf die Vertraulichkeit des Gesprächs hin.

»Haben Sie der Polizei damals erzählt, dass Sie zu der Zeit bedroht wurden?«, stellte Mira ihre nächste Frage.

»Natürlich! Man hat Untersuchungen angestellt, konnte jedoch nichts finden. Ich gab den Beamten eine Beschreibung des Mannes, der mich mehrmals in meinen Geschäftsräumen aufgesucht hatte. Eine Woche später stand ein junger Kommissar vor meiner Tür. Er zeigte mir das Bild eines Leichnams. Es war der Mann, der bei mir gewesen war. Jemand hatte ihm in den Kopf und die Brust geschossen.«

»Also wurde der Mörder bestraft?«

Montagne lachte auf. »Seien Sie bitte nicht so naiv. Das war kein missglückter Überfall auf einen Kiosk, bei dem man versehentlich meine Frau und meine Tochter erschossen hat. Das war von einem Profi durchorganisiert. Der Typ, der damals bei mir vorsprach, war nichts weiter als ein Handlanger. Deshalb wurde er auch beseitigt, damit sich die Spur nach der treibenden Kraft dahinter verlieren musste.«

»O. k.«, erwiderte Mira. »Demnach suchen Sie immer noch nach dem Drahtzieher?«

Montagne zuckte dieses Mal nur mit den Schultern, es war Antwort genug.

»Dachten Sie, Cargossa wäre es gewesen? Ich meine, immerhin wollte er sich Ihr Unternehmen aneignen. Vielleicht hat er schon vor elf Jahren versucht, Einfluss zu nehmen.«

Der Franzose winkte ab, bevor er ungeduldig antwortete: »Cargossa war ein gefährlicher Spekulant, ein gemeiner Schweinehund, aber kein Killer. Außerdem wäre er zu der Zeit noch gar nicht einflussreich genug gewesen, um so etwas durchzuziehen.«

»Und glauben Sie wirklich, den, der für alles verantwortlich ist, nach so langer Zeit noch zu finden?«

»Ich muss es weiter versuchen.«

»Wie wollen Sie das anstellen? Es liegt elf Jahre zurück.«

»Ich bekomme gelegentlich Hinweise«, sagte Montagne auf eine Art und Weise, die der Journalistin deutlich zu verstehen gab, dass er nicht verraten würde, woher sie kamen.

»Hinweise, die Sie dazu veranlassen, auf exklusiven Veranstaltungen die Gäste auszuspionieren?«

»Sagen wir so: Informationen haben die Eigenschaft, in Bewegung zu sein. Manchmal schnappt man etwas auf, erhält einen Fingerzeig, einen kleinen Tipp. Man stößt auf einen Banker und dessen Entourage … Ihnen brauche ich sicher nicht zu erklären, wie das läuft. Man folgt einer Spur und findet etwas, das man nicht vermutet hätte. Und irgendwann kommt man dabei auch seinem eigenen Ziel näher.«

Mira nickte. Sie konnte zwischen den Zeilen lesen. »Sie werden mir sicher nicht verraten, was hinter dem Interesse an Lomat steckt.«

»Genauso wenig, wie Sie mir vermutlich diese elektronischen Dokumente zeigen werden.«

Die Journalistin hatte bereits mit dem Gedanken gespielt, Louis Montagne einzuweihen, aber ganz offensichtlich arbeitete der wiederum mit jemandem zusammen. Bevor sie nicht genauer wusste, mit wem sie es zu tun hatte, hielt sie es für klüger, den USB-Stick nicht zu präsentieren.

»Denken Sie denn, dass der, der Ihre Familie getötet hat, auch für Cargossas Tod verantwortlich ist?«, fragte Mira schließlich und ließ das Thema Lomat fallen.

»Möglich. Vielleicht war es aber doch nur ein Unfall.«

Sie merkte dem Franzosen an, dass er davon keinesfalls überzeugt war.

»Und Margaretha de Silva?«

Jetzt schien ihr Gegenüber wieder neugierig. »Hat sie Ihnen diese geheimnisvollen Dokumente gegeben?«

»Nein, Margaretha hatte damit nichts zu tun. Sie war eine Zufallsbekanntschaft, wie Sie gesagt haben: ›Man folgt einer Spur und findet etwas, das man nicht vermutet hätte‹. Denken Sie, man hat sie ermordet?« Der Satz kam ihr nur schwer über die Lippen. Es auszusprechen war ihr Eingeständnis, dass sie gerade äußerst gefährliche Wege beschritt.

»Ich weiß es nicht, aber ich bin der Meinung, wir alle sollten sehr vorsichtig sein bei dem, was wir als Nächstes tun.«

Auch dieses Mal lag in Montagnes Aussage Warnung, Drohung und Ratschlag zugleich.

Die Journalistin stand auf. Sie würde nicht mehr erfahren.

Der Franzose erhob sich ebenfalls. »Hier«, sagte er freundlich und gab ihr einen Zettel, auf dem eine Handynummer stand. »Wenn Sie Hilfe brauchen, dann rufen Sie mich an.«

Eigentlich wollte Mira mit einem flotten Spruch antworten, aber das ernste Gesicht des Mannes hielt sie davon ab. Falls das Angebot ehrlich gemeint war, dann wäre sie eines Tages vielleicht froh darüber, auf jemanden wie ihn zurückgreifen zu können.

Fünf Minuten später machte sie sich auf den Weg zu ihrem Hotel. Sie hatte ein paar Neuigkeiten erfahren. Unter anderem kannte sie einen weiteren Namen. »Mario Sieber«, das war auf der Rückseite der Fotografie gestanden. Sie würde versuchen, mehr über den Mann herauszufinden. Mit Sicherheit hatte Montagne dessen Namen nicht ohne Grund notiert. Dem Franzosen war offensichtlich entgangen, dass ihr der Vermerk aufgefallen war, und Mira hatte es für besser gehalten, erst einmal selbst zu recherchieren, bevor sie ihre Fragen stellen würde. Wenigstens wusste sie nun mehr über Montagnes Motive.

Jetzt war sie gespannt, was Frank bei seinem Gespräch mit Sylvia Teicher herausgefunden hatte. Sie schaltete ihr Handy ein und sah, dass ihr Freund mehrmals versucht hatte, sie zu erreichen.

Aus irgendeinem Grund überkam sie sofort ein schlechtes Gefühl, als sie die eingegangenen Nachrichten sah. Frank war niemand, der vor lauter Ungeduld seine Freundin mit SMS oder Rückrufbitten auf dem Anrufbeantworter bombardierte.

»Frank?«, ihre Stimme klang besorgt, als er abnahm.

»Ich bin am Flughafen, wo bist du?«, antwortete er atemlos. Im Hintergrund hörte sie typische Geräusche, wie Lautsprecherdurchsagen und Stimmengewirr.

»Auch auf dem Weg zum Flughafen, ich habe noch eine Stunde Zeit. Ich war …«

Frank unterbrach sie. Er hatte keine Ahnung, wie er es ihr schonend sagen sollte, deshalb sprach er es einfach aus: »Sylvia Teicher ist tot.« Noch bevor Mira fragen konnte, folgten die

Details. »Sie wurde überfahren, vor meinen Augen. Sie hat die Straße überquert und wurde von einem Wagen erfasst. Fahrerflucht …«

»Oh, mein Gott, Frank. Wie geht es dir?«

»Ich will nur noch nach Hause.«

»Natürlich!«

»Mira?«

»Ja?«

»Tu mir einen Gefallen, setz dich ins Taxi, lass dich direkt zum Flughafen bringen und bleib dort bis zum Abflug. Ich will mir jetzt keine Sorgen um dich machen müssen.«

Normalerweise hätte die Journalistin Franks Befürchtungen heruntergespielt, aber dieses Mal sagte sie einfach: »Natürlich, ich rufe dich an, wenn ich eingecheckt habe.«

Mira rannte beinahe in ihr Hotel, packte in Windeseile und ließ sich zum Flughafen bringen.

Frank, der in Rom noch durch die Kontrollen musste, war schrecklich nervös. Er hatte »Nadjas Geschenk« einfach in seine Hosentasche gesteckt und betete nun, dass man ihn nicht aufforderte, diese zu leeren. In seiner Not hatte er auf die unauffälligste Lösung gesetzt. Mit Schweißperlen auf der Stirn passierte er den Personendetektor, ohne dass irgendwem etwas auffiel. Vermutlich war seine Paranoia übertrieben, aber momentan hätte ihn selbst das Husten eines Flohs in Angst und Schrecken versetzt.

Frankfurt – am Abend in der Villa von Matthias Lomat

»Wir haben vielleicht ein Problem«, sagte Christina Geiner knapp.

Lomat, der an einem Scotch nippte, stellte abrupt das Glas ab. »Was für ein Problem?« Seine Stimme klang gereizt.

»Ich hatte jemand vor Ort«, antwortete ihm seine Angestellte. Als sie bemerkte, dass er nicht verstand, sprach sie weiter: »Bei der Sache in Rom.«

»Ich denke, da lief alles glatt?«

»Ja, Sylvia Teicher hatte einen bedauerlichen Unfall mit Fahrerflucht«, erklärte Lomats Sicherheitschefin emotionslos. »Allerdings finde ich interessant, wer noch dort war.«

»Vermutlich der Pressetyp, dem sie von Bielands Nutten-Deals erzählen wollte.« Der Banker schloss für einen Moment die Augen, um nicht die Geduld zu verlieren. Dann sagte er gepresst: »Spucken Sie es endlich aus. Was gibt es noch?«

Die Geiner legte ihm ein Foto vor die Nase. Auf der Aufnahme konnte man Frank Rotha erkennen, der sich über den Körper der verletzten Sylvia Teicher beugte.

»Und?«, erwiderte Lomat zornig. »Muss ich den Penner kennen?«

»Bedauerlicherweise ist dieser *Penner«,* sie betonte das letzte Wort besonders, »niemand anderes als der Freund von Mira Kosch.«

Lomat überlegte kurz, dann fiel es ihm ein. »Die Schlampe, die um Margaretha de Silva herumgeschwänzelt ist?«

Christina Geiner nickte.

»Was hat das zu bedeuten?« Er schien etwas von seiner Selbstsicherheit verloren zu haben. »Kann sie etwas wissen?«

Seine Angestellte verzog nachdenklich das Gesicht. Wieder einmal stellte Lomat fest, wie hässlich diese Frau doch war.

»Ich denke nicht, dass sie bereits etwas weiß, sonst hätten wir garantiert schon in der Zeitung davon gelesen.«

»Aber Sie glauben, sie ist uns auf der Spur?«

Christina Geiner hielt seinem Blick stand. »Die Frau taucht für meinen Geschmack in letzter Zeit zu oft auf. Natürlich kann der Kontakt zwischen Sylvia Teicher und Frank Rotha Zufall gewesen sein. Seine Zeitung ist schließlich auflagenstark und damit auch zahlungskräftig, aber mir gefällt das nicht. Und außerdem …« Die Frau verstummte.

Lomat horchte auf. Er war kein Idiot. Seine Angestellte hatte recht, man musste diese Entwicklung im Auge behalten. Trotzdem ging ihm die Geiner auf die Nerven, was mit daran lag, dass sie meist schlechte Nachrichten brachte. So war ihm auch in diesem Moment klar, dass noch mehr Unangenehmes folgen würde. »Reden Sie schon«, drängte er ungeduldig.

»Ich befürchte, dass die Teicher der Presse bereits Informationen gegeben hat.«

»Bieland hat das bestritten«, hielt Lomat dagegen.

Für einen winzigen Augenblick konnte man die Geringschätzung, die seine Sicherheitschefin für Bieland empfand, in deren Gesicht ablesen, dann war Christina Geiners Ausdruck wieder völlig neutral und sie sagte lediglich: »Gut, ich werde die Kosch und ihren Freund im Auge behalten.«

Am späten Abend in Frankfurt

»Nadjas Geschenk« lag vor ihnen auf dem Tisch.

»Was machen wir jetzt damit?«, fragte Frank.

Dieter, der Chefredakteur, raufte sich die Haare. Ihm standen zähe Verhandlungen mit der hauseigenen Rechtsabteilung bevor. Nicht nur wegen dieses Mitbringsels seines Fotografen, sondern auch wegen des Artikels über Bielands Bordellbetrieb. Zumindest war das die Bezeichnung, die Dieter gern in der Schlagzeile verwendet hätte, die er aber garantiert nicht würde durchsetzen können.

»Erst einmal verwahren«, sagte er zu Frank. »Ansonsten werden uns die Behörden einen Strich durch die Rechnung machen. Dann weiß morgen jeder davon.«

»Ich glaube ehrlich gesagt nicht, dass sich irgendwer einen Reim darauf machen könnte«, meldete sich Mira zu Wort, deren Gedanken sich überschlugen. »Darüber darf vorerst nichts veröffentlicht werden«, sagte sie sehr bestimmt in Dieters Richtung.

»Was soll das heißen? Ich meine, das ist eine wahnsinnige Story. *Das Vermächtnis eines toten Models,* was für ein Knüller!«

Mira verzog den Mund und sah zu ihrem Freund, als wollte sie sagen: »Typisch Dieter!«

Dann entgegnete sie: »Nein!«

Der Chefredakteur sah sie entgeistert an.

»Wenn du das jetzt bringst, versaust du uns eine Riesen-Story. Hau von mir aus den Bieland mit seinen illegalen Prostitutionsgeschäften in die Pfanne. Berichte über Sylvia Teichers Tragik und ihren Tod, den wohl niemand wirklich für einen Unfall halten wird, aber *davon* vorerst kein Wort.« Sie deutete auf ›Nadjas Geschenk‹. Dabei wirkte sie wie eine Mutter, die ihrem Kind verbietet, vom frisch gebackenen Kuchen zu naschen.

Sie sah Dieter an: »Ich verspreche dir eine Mega-Schlagzeile. Ich bin so dicht dran, ich weiß, dass da etwas Großes dahintersteckt, aber ich brauche noch mehr Zeit.«

Sie hatte ihrem Boss gegenüber noch nie so engagiert ihre Interessen vertreten. Frank war überrascht und auch für den Chefredakteur war das eine neue Seite an seiner Journalistin. Und er war durchaus in der Lage, Miras Verhalten richtig zu deuten.

»Na schön«, sagte er bedächtig. »Du wirst mir das exklusiv liefern?«

»Wenn du willst, unterschreibe ich dir dafür, aber bitte«, sie sah ihn an und ihr Blick war eindringlich, »lass es mich richtig machen.«

Dieter nickte. »Einverstanden. Machen wir es richtig! Ich werde jemanden zu Bieland schicken, der ihn mit dem Vorwurf der Zuhälterei konfrontieren wird, und was hast du vor?«

Mira hatte bereits einen Plan, deshalb sagte sie, ohne zu zögern: »Ich muss mit jemandem sprechen, der sich mit Diamanten auskennt, und den hier nehme ich mit.« Sie hob den Schmuckstein, der auf so magische Weise das Licht brach, in die Höhe. Fasziniert ließ sie das kleine Juwel zwischen Daumen und Zeigefinger hin und her rollen. Sie hoffte inständig, dass er echt war. Was für eine unerwartete Überraschung. Nadja Johann hatte ihrer Kollegin einen Diamanten geschenkt und behauptet, davon noch mehr abknapsen zu können. Jetzt war es an Mira, herauszufinden, welches Geheimnis sich hinter all dem verbarg.

Kapitel 9

Am nächsten Tag in Frankfurt

Mira und Frank waren unterwegs zu einem Termin mit Bernhard Kaltor. Der Mann war Juwelier und Goldschmiedemeister. Dieter hatte ihnen den Kontakt vermittelt. Vor über dreizehn Jahren hatte Kaltor der Zeitung als Berater zur Seite gestanden, als es um eine größere Reportage über Blutdiamanten gegangen war.

Die Journalistin saß hinter Frank auf dessen Motorrad und grübelte darüber, wie Nadja Johann an den Diamanten gekommen sein mochte.

Etwas abseits der großen Geschäftsstraßen hatte Bernhard Kaltor seinen Laden. Als Mira diesen sah, wurde sie jedoch unsicher, ob der Mann wirklich der richtige Gesprächspartner für sie war. Die Auslagen wirkten übersichtlich, die Schmuckstücke und Uhren hatten moderate Preise und wertvolle Diamantcolliers suchte man vergebens.

»Das sieht ja nicht gerade nach Glamour und Glitzer aus«, bemerkte sie und Frank gab ihr recht.

»Stimmt, das Geschäft erinnert mich an das, in dem ich für gewöhnlich die Batterie meiner Uhr wechseln lasse.«

Obwohl Mira immer mehr befürchtete, Dieters Experte könnte womöglich eine Enttäuschung sein, betrat sie das Geschäft und sah sich suchend um.

Das gedämpfte Klingeln der elektronischen Türglocke ließ kurze Zeit später eine junge Frau mit Nasenpiercing und tätowierten Armen erscheinen.

»Sie wünschen?«, fragte sie höflich und schenkte ihnen ein strahlendes Lächeln.

Mira stellte sich vor. »Wir haben einen Termin mit Herrn Kaltor.«

»Oh ja«, entgegnete die Frau geschäftsmäßig. »Der Chef ist in der Werkstatt, kommen Sie!«

Schon verschwand sie durch eine Tür und die Journalistin beeilte sich, ihr zusammen mit Frank zu folgen.

Überrascht sah sich Mira nun im hinteren Teil des Ladens um. Dieser Bereich war um einiges größer als der Verkaufsraum. Alles wirkte sehr modern und hell und erinnerte ein wenig an ein Labor. Hier arbeiteten noch drei weitere Frauen, die durch Vergrößerungsgläser blickten und lange, schmale Pinzetten in ihren behandschuhten Fingern hielten. Auf den Tischen lagen verschiedene Schmucksteine, aber auch Chronografen und Ringe. Eine betagte Kaminuhr, deren Innenleben auf einer durchsichtigen Folie ausgebreitet worden war, wirkte seltsam fehl am Platz. Hätte man behauptet, dieser Raum sei eine Produktionsstätte für Computerchips, dann wäre es der Journalistin nicht schwergefallen, das zu glauben. Auch Bernhard Kaltor passte nicht zu dem verstaubten Eindruck, den man beim Betreten des Geschäfts hatte, sondern eher in die Welt der IT-Spezialisten.

Er war ungefähr Anfang fünfzig, groß und schlank. Gutgelaunt streckte er nun seinen Besuchern die Hand entgegen. Dann bot er Kaffee an und bat die beiden in sein Büro. An einem Tisch mit Glasplatte und Chromfüßen forderte er sie auf, Platz zu nehmen.

»Sie wirken überrascht«, sagte er als Nächstes. »Und sind hoffentlich nicht enttäuscht«, sprach er mit einem freundlichen Lächeln weiter. »Geben Sie es zu: Sie haben sich diesen Ort nicht so vorgestellt.«

Mira hatte keinen Grund, das zu leugnen, und antwortete diplomatisch: »Vielleicht ein wenig anders sortiert.«

Kaltor lachte jetzt laut. »Sie hatten sich ein Funkeln und Glitzern beim Betreten des Geschäfts erhofft, stimmt's?«

Die Journalistin konnte nicht anders, als das mit einem Nicken zu bestätigen. Frank fiel es schwer, sein Grinsen zu verstecken.

»Wir haben hier keine Laufkundschaft mit großer Börse. Ich habe mich auf Sonderanfertigungen und Reparaturen spezialisiert und verkaufe den größten Teil meiner mittelpreisigen Ware über das Internet. Die Zeiten haben sich geändert.«

»Aber Sie handeln auch mit Diamanten?«

In diesem Moment ging die Tür auf und das Mädchen mit den Tätowierungen brachte den Kaffee.

Bernhard Kaltor bediente seine Gäste, während er antwortete. »Oh, handeln ist das falsche Wort. Ich habe ein paar sehr schöne Verlobungsringe, eine Brosche und Armbänder mit Diamantenbesatz, aber meine Kunden haben preislich gesehen eine gewisse Schmerzgrenze, wenn Sie verstehen …«

Die Journalistin wurde daraufhin direkter: »Aber Sie kennen sich mit Diamanten aus? Ich brauche nämlich jemanden, der mir einen Stein schätzt, und Dieter, unser Chefredakteur …«

Ihr Gegenüber hob die Hand: »Keine Sorge, das Wissen darüber gehört zu meinem Beruf wie der Umgang mit Sprache zu dem Ihren.«

»Das freut mich zu hören«, entgegnete Mira zufrieden und zog den Schmuckstein der toten Sylvia Teicher aus der Tasche.

»Können Sie mir sagen, ob der echt ist? Und wenn ja, welchen Wert er hat?«

Der Juwelier nahm den Diamanten behutsam entgegen. Er öffnete eine Schublade und holte eine Lupe heraus. Dann legte er das Steinchen auf ein weißes Papier und betrachtete es genau. Anschließend bat er seine Gäste, ihm zu folgen. Nachdem er den Diamanten vermessen und gewogen hatte, bekamen sie seine Antwort: »Ich würde Ihnen zweitausend Euro dafür bezahlen.«

Frank stieß ein »Oha!« aus und auch Mira, die sich noch nie intensiv mit dem Thema befasst hatte, sagte überrascht: »Obwohl er so klein ist?«

»Der Wert hängt natürlich vom Gewicht, sprich den Karat ab, aber wichtig ist auch die Reinheit. Ihr Stein ist sehr rein, fast ohne Einschlüsse und es gibt so gut wie keine Bearbeitungsspuren. Die Farbe ist klar, ein feines Weiß, und wir haben einen ausgezeichneten Brillantschliff.«

»Können Sie auch feststellen, woher er kommt?«, hakte nun Frank nach.

Kaltor sah ihn mit großen Augen an. »Er hat keine Laserkennzeichnung. Wenn eine Expertise erstellt wird, werden sogenannte Gutachternummern vergeben und meist eingraviert. Anhand derer könnte womöglich eine Rückverfolgung zum Labor gelingen. Aber eine solche Kennzeichnung fehlt.«

»Also, wenn der Stein gestohlen wäre, dann könnte man mir das nicht nachweisen?«, fragte Mira interessiert.

»Nein, bei diesem Stein sehe ich da keine Möglichkeit. Allerdings würden Sie eventuell Probleme beim Verkauf bekommen. Ein seriöser Käufer würde vermutlich nur mit vorhandenem Gutachten kaufen.«

»Wenn ich knapp bei Kasse wäre und diesen Diamanten zu Geld machen müsste, würde ich mich also an einen unseriösen Käufer wenden?«

Kaltor lächelte: »Ich hoffe, Sie benötigen diese Antwort im Rahmen Ihrer Recherche und nicht, um eine kriminelle Handlung zu begehen.«

»Keine Sorge, alles rein hypothetisch.«

»Dann, denke ich, würden sich Mittel und Wege finden. Manchmal genügt es, von einem Erbstück zu sprechen, und wenn der Preis unter dem aktuellen Marktwert liegt, wird sich für einen Stein wie den Ihren sicher ein Abnehmer finden.«

»Und wenn ich mehrere davon habe?«

Der Juwelier stieß geräuschvoll die Luft aus. »Ich bin nur ein einfacher Goldschmied. Da müssten Sie vielleicht mit jemandem sprechen, der sich mit solchen Dingen tagtäglich befasst, die Polizei, der Zoll, keine Ahnung. Ich war zwar seinerzeit als Berater für Ihre Zeitung tätig, aber als Schmucksachverständiger und nicht als Experte für illegale Diamanten-Deals.«

»Aber Sie haben sich mit dem Thema befasst und auch sicher eine Meinung dazu«, hakte Mira nach.

»Natürlich, irgendwann war das Wort ›Blutdiamanten‹ in aller Munde. Was damit gemeint ist, lässt sich einfach erklären: In afrikanischen Bürgerkriegsgebieten bedienten sich die Rebellengruppen an den Diamantenminen, um mit dem Erlös Waffen zu kaufen und ihre grausamen Kriege zu finanzieren. Durch den sogenannten Kimberley-Prozess versuchte man, den Handel mit diesen Konfliktsteinen in den Griff zu bekommen. Dazu wurde ein Zertifizierungssystem eingeführt, durch das garantiert werden sollte, dass nur legal abgebaute, konfliktfreie Diamanten in den Handel gelangen.« Er machte eine wegwerfende Handbewegung.

»Der gesunde Menschenverstand sagt mir jedoch, dass jeder Konflikt jemanden hervorbringt, der Waffen braucht. Und die Konflikte reißen leider nicht ab. Natürlich greift derjenige, der an die Macht will, dann auf das Naheliegendste zurück. In einem Land mit großen Diamantenvorkommen wird er versuchen, dieses zu Geld zu machen. Zertifikate und Kontrollen haben sicher ihre Daseinsberechtigung, aber es scheint doch unmöglich, den illegalen Handel dadurch gänzlich zu verhindern. Nun zu Ihrer Frage.« Er räusperte sich und betrachtete seine Besucher, so als wollte er sich vergewissern, dass er deren ungeteilte Aufmerksamkeit hatte. »Diamanten fanden immer schon ihren Weg zu einem neuen Besitzer und konnten letzten Endes auch stets zu Geld gemacht werden. Warum sollte das heute also nicht mehr möglich sein? Viele Menschen setzen auf Diamanten, um ihr Vermögen zu sichern. Wenn Sie mir also sagen, Sie haben ein Säckchen mit Diamanten zweifelhafter Herkunft, ob gestohlen, gefunden oder illegal geschürft, dann sage ich Ihnen, zum richtigen Preis werden Sie dafür einen Abnehmer finden.«

Mira nickte konzentriert und dachte ganz automatisch an Margaretha de Silva. Immer wieder hatte diese vom großen Ziel gesprochen. Bei dem es darum ging, *das, was man hat, zu schützen und zu vermehren.*

Nadja hatte ihrer Kollegin einen Diamanten geschenkt. Frau de Silva erhielt eine Diamantbrosche von ihrem Ehemann, gab es da eine Verbindung? Die Journalistin erinnerte sich an die großen Schmuckschauen, das Funkeln und Glitzern der Edelsteine, das Entzücken der weiblichen Zuschauer und an die Models mit ihren schlanken Hälsen, die die Juwelen erst ins richtige Licht rückten. Was hatte Nadja damit gemeint, sie werde etwas abknapsen? Wo hätte das Model die Diamanten beschaffen können?

Spontan stellte sie eine Frage: »Wie schnell würde ein Experte eine Fälschung erkennen?«

»Das kommt darauf an, wie gut der Experte ist«, antwortete Kaltor spontan.

»Nehmen wir an, in einem Collier werden einzelne kleine Steine ausgetauscht, wann würde er das bemerken?«

Der Juwelier hob die Schultern. »Wenn es gut gemacht ist und er keine Kontrollen durchführt, vielleicht nie.«

»Und wenn ein Stein eine Lasermarkierung hat, dann wird es schwer, ihn zu verkaufen, wenn er gestohlen ist?«

Bernhard Kaltor gab ihr die nächste überraschende Antwort: »Nicht unbedingt. Sie können so eine Markierung entfernen, vorausgesetzt, Sie sind bereit, den dabei entstehenden Materialverlust zu akzeptieren.«

»Ist es denn schwierig, an einem Collier einen Stein auszutauschen?«

Jetzt lachte der Juwelier. »Nicht, wenn man die richtige Ausbildung, geeignetes Werkzeug und genügend Zeit hat.«

Durch Miras Kopf jagten die wildesten Spekulationen, die alle einiges gemeinsam hatten: Diamanten, Diebstahl und kriminelle Geschäfte.

Bernhard Kaltor sah sie abwartend an. Die Journalistin wusste, dass sie vorerst alles Nötige erfahren hatte, und verabschiedete sich dankbar von ihrem Gastgeber. Der drückte ihr noch eine Visitenkarte in die Hand, für den Fall, dass es weitere Fragen gäbe, bei denen er behilflich sein könnte.

Draußen auf der Straße steuerte Mira zielsicher das nächste Café an. Sie ignorierte im Gegensatz zu Frank die verlockende Kuchentheke und ließ sich an einem Tisch in der Ecke nieder. Als wenig später eine große Tasse Cappuccino vor ihr stand, rührte sie gedankenverloren darin herum.

Schließlich war es Frank, der sie aus ihren Grübeleien riss. »Du glaubst immer noch, Nadjas Geschenk an Sylvia, dieser Diamant, stammt von einer der Schmuckshows.«

Die Journalistin rümpfte die Nase. »Es würde einfach so hervorragend zusammenpassen!«, sagte sie übertrieben verzweifelt und Frank musste unwillkürlich lächeln.

»Es ist unlogisch und das weißt du auch«, entgegnete er geduldig und verspeiste genüsslich sein großes Stück Käsekuchen.

»So unlogisch nun auch wieder nicht.«

Er wollte etwas erwidern, aber Mira ließ ihn nicht zu Wort kommen.

»Models wie Nadja kommen während der Shows dem wertvollen Geschmeide ganz nah. Hinter der Bühne herrscht Hektik, das Licht ist schlecht, überall sind Menschen … Wäre es da wirklich so abwegig, dass etwas verschwindet?«

»Nein«, antwortete Frank mit vollem Mund. »Aber wir reden ja nicht über gestohlenen Schmuck, sondern über einzelne Steine. Du hast Kaltor gehört. Man braucht Fachwissen, Zeit und das passende Werkzeug, um einen echten Stein aus einem Collier herauszubrechen und durch einen falschen zu ersetzen.«

»Und wenn nicht nur ein Stein, sondern das ganze Schmuckstück ausgetauscht wurde?«, rief Mira plötzlich aufgeregt.

Ein älterer Mann, der am Nachbartisch in seine Zeitung vertieft war, sah überrascht auf und die Journalistin senkte die Stimme. »Was, wenn ganze Colliers gegen Fälschungen ausgetauscht werden? Dafür benötigt man nicht viel Zeit.«

»Unsinn!«

In manchen Momenten ihrer Beziehung wünschte sich Mira, dass Frank seine Meinung etwas weniger unverblümt ausdrücken würde, dieser hier war jetzt einer der Momente.

»Wieso?«, entgegnete sie deshalb gereizt.

»Zum einen braucht man Experten und Zeit, um solche Fälschungen herzustellen. Außerdem benötigt man dazu eine Vorlage. Und zum anderen wäre das doch nicht unentdeckt geblieben. Deiner Theorie zufolge werden regelmäßig hochpreisige Diamantenketten geklaut. Das hätte doch sicher schon längst jemand bemerkt. Ich meine, wir reden jetzt nicht über einen abhandengekommenen Bleistift mit Hotellogo. Selbst wenn man den Verlust nach der Show nicht gleich registrieren würde, was ich für unwahrscheinlich halte, käme man doch spätestens in den Räumen des Herstellers dahinter, dass man eine Fälschung nach Hause gebracht hat. Aber davon ist mir bisher nichts zu Ohren gekommen.«

Rücksichtsvollerweise wiederholte er das Wort »Unsinn« nicht, aber es war ihm anzusehen, dass er daran dachte.

»Und wenn man das bisher aus ermittlungstechnischen Gründen geheim gehalten hat?«

Frank schüttelte nur den Kopf und Mira seufzte laut. Der Herr mit der Zeitung sah missbilligend in ihre Richtung.

»Du hast recht, das wäre längst durchgesickert.« Sie trank von ihrem Cappuccino, der mittlerweile lauwarm geworden war. »Es ist zum Verrücktwerden«, sagte sie resigniert. »Diamanten, Models, Waffenhändler, Banker ... Das schreit doch geradezu nach einem Zusammenhang.« Sie rieb sich die Augen.

»Vielleicht hilft es, wenn wir etwas über diesen Mario Sieber erfahren.«

Sie winkte ab. »Eine Sackgasse. Ich habe nicht einmal im Internet etwas gefunden. Ich bat Dieter um Unterstützung, aber bisher Fehlanzeige.«

»Ihr habt ja gerade erst angefangen«, wollte Frank seiner Freundin gut zureden.

»Wenn schon die erste Internetrecherche nichts ergibt, dann ...« Sie brach ab. Ihr Gesichtsausdruck hellte sich auf. »Womöglich ist aber genau das der Hinweis. Wir finden nichts über diesen Sieber, weil er nicht will, dass man etwas findet. Vielleicht ist der Mann nicht nur irgendein Privatier, der Lomats Dienste als Banker in Anspruch nimmt, sondern jemand, der allen Grund hat, die eigene Person aus der Öffentlichkeit herauszuhalten.« Sie überlegte kurz, dann sagte sie:

»Vielleicht sollte ich mich nochmals mit Louis Montagne in Verbindung setzen.«

»Meinst du, der würde dir etwas verraten?«

»Wer weiß? Morgen kommt der Kollege meiner Schwester aus dem Urlaub zurück. Vielleicht erfahren wir dann etwas über die Dateien auf dem USB-Stick.«

»Soll ich dich nach Karlsruhe begleiten?« Frank war normalerweise keine Glucke, doch nach den Vorfällen der letzten Tage war seine Besorgnis nicht unbegründet.

»Warum nicht«, entgegnete Mira, »dann lernst du gleich den Rest meiner Familie kennen.« Den letzten Satz sagte sie recht beiläufig. Trotzdem beobachtete sie jede Regung ihres Freundes. Wie würde er auf diesen »nächsten Schritt« in ihrer Beziehung reagieren?

»O. k.«, antwortete er ohne große Gefühlsregung und winkte die Kellnerin an den Tisch, um zu bezahlen.

Erleichtert nahm die Journalistin zur Kenntnis, dass ihr Partner keinerlei Bedenken hatte, sich ihrer Familie zu stellen.

Am nächsten Tag, zwei Uhr früh, in Frankfurt

Harry Bieland verließ die Bar gegen zwei Uhr morgens. Was für eine beschissene Situation! Tags zuvor war dieser verdammte Artikel erschienen.

Eigentlich hätte er gewarnt sein müssen, man hatte ihn am Abend zuvor noch kontaktiert. Eine Handvoll schmieriger Zeitungsfritzen war vor seiner Villa aufgetaucht. Einer der Reporter hatte doch tatsächlich die Stirn besessen, ihn zu fragen, ob er ein Zuhälter sei.

»Wir gehen in der nächsten Stunde in Druck. Dementieren Sie, ja oder nein?«, hatte man ihm verbal die Pistole auf die Brust gesetzt.

Harry war nur ein Ausweg eingefallen, er hatte die Tür zugeknallt.

Es kam, wie es kommen musste. Der Artikel war am Morgen erschienen. Lauter wohlüberlegte Formulierungen, um einer Verleumdungsklage zu entgehen; alles entsprechend den Datenschutzbestimmungen, aber unter vollem Ausschöpfen des Rechts auf Pressefreiheit. Jeder, der auch nur ein bisschen Verstand besaß, wusste sofort, dass Harry Bieland der in der Reportage beschriebene Zuhälter war.

Harry schwankte gegen die Häuserwand. Um diese Zeit waren nicht mehr viele Menschen unterwegs. Mit einem lauten Rülpser stellte er sich breitbeinig neben eine Laterne, öffnete den Reißverschluss seiner Hose und erleichterte sich.

Seine Gedanken kehrten zu den Geschehnissen zurück. Diese dreckige Schlampe Sylvia Teicher hatte ihn richtig in Schwierigkeiten gebracht. Dabei war die Prostitutionsgeschichte nie ein Problem gewesen, solange man nur hinter vorgehaltener Hand darüber gesprochen hatte und alles diskret abgelaufen war. Dass man über Harry auch an erstklassige Mädchen kam, war für viele kein Geheimnis gewesen. Einige seiner Kunden, die die Models normalerweise für Fotoshootings buchten, hatten gern auch diese Art von Dienstleistung in Anspruch genommen. Aber jetzt, wo dieses Schmierblatt das alles öffentlich gemacht hatte …

Im Lauf des Vormittags waren drei seiner größten Kunden abgesprungen. Seine Models wurden nicht mehr gebucht. Was diese wiederum dazu veranlasste, sich schleunigst eine andere Agentur zu suchen. Und diejenigen, die sich so willig etwas durch gewisse Nebenbeschäftigungen dazuverdient hatten, waren ebenfalls dabei, ihre Zelte abzubrechen. Einer polizeilichen Ermittlung wollte sich keines dieser undankbaren Weibsbilder aussetzen.

Harry umrundete gerade einen kleinen Park, als ihm auffiel, dass er hier eben schon einmal vorbeigekommen war. So eine Scheiße, jetzt wusste er nicht mehr, wo sein Auto stand.

Der Chef der Modelagentur trat wütend gegen eine Bierdose, die daraufhin scheppernd über das Pflaster rollte. Er brauchte noch weitere zehn Minuten, bis er den schwarzen Sportflitzer endlich fand. Jemand hatte sich einen Spaß daraus gemacht, die Scheibenwischer hochzustellen. Fluchend und schimpfend beugte er sich äußerst ungelenk über die Motorhaube, um das in Ordnung zu bringen, und wäre dabei beinahe ausgerutscht.

Umständlich schloss er anschließend das Fahrzeug auf und quetschte sich in den tiefen Sitz. Das Lenkrad drückte gegen seinen Bauch.

Auf dem Heimweg schrammte er noch ein parkendes Auto und riss dabei dessen Seitenspiegel ab, was er nicht einmal bemerkte. Er achtete auch nicht auf die Geschwindigkeitsbegrenzungen, sondern raste rücksichtslos durch die Stadt.

Sein Zorn kochte erneut hoch, als er an Lomat dachte. Er hatte versucht, diesen Mistkerl zu erreichen, aber der feine Herr war offensichtlich nicht in der Lage gewesen, das Gespräch entgegenzunehmen.

»Na warte nur, Freundchen«, murmelte Bieland mit schleppender Zunge und halbgeschlossenen Augenlidern. »Du und Sieber, ihr seid auf den alten Harry angewiesen, das solltet ihr mal nicht vergessen.«

Zufrieden lenkte Bieland den Wagen in seine Auffahrt. Allerdings konnte er zu diesem Zeitpunkt nicht ahnen, dass sich Mario Sieber bereits sehr deutlich über Harry Bielands künftige geschäftliche Mitwirkung ausgelassen hatte.

Im Gespräch mit Lomat am Nachmittag hatte Sieber klare Worte gefunden: »Bieland ist wie ein Geschwür, das wir herausschneiden müssen, damit der Rest des Organismus wieder einwandfrei funktionieren kann. Wir brauchen etwas Zeit, bis der Schnitt verheilt ist, aber dafür werden wir danach umso effektiver sein.« Der Schweizer hatte damit die Verbindung zu dem Chef der Modelagentur für beendet erklärt.

Als Harry Bieland hörte, wie hinter ihm das elektronische Tor zuging, seufzte er erleichtert. Er war zu Hause. Jetzt würde er sich noch einen Drink gönnen und dann ins Bett gehen. Morgen wäre schließlich auch noch ein Tag.

Die Faxen hatte er dicke. Wenn Lomat glaubte, er könne ihn weiter so behandeln, dann hatte der sich aber gewaltig getäuscht. Es war Zeit, sich mit einem Anwalt zu beraten. Harry hielt sich selbst für einen Mann, der immer das Beste aus allem machte. So würde es auch dieses Mal laufen. Geldreserven hatte er noch und außerdem wäre es sicher von Vorteil, erste zarte Bande zu einer Zeitung zu knüpfen. Vielleicht sollte er sich direkt an diese Reporterin wenden.

Bieland stand in seinem Wohnzimmer und versuchte, sich an den Namen der Frau zu erinnern. In der einen Hand ein Glas Calvados, in der anderen einen Stift, den er ungeduldig hin und her bewegte, murmelte er: »Maria, Mara, Mira!« Es war ihm wieder eingefallen. »Mira Kosch!«, rief er zufrieden und schrieb den Namen schnell auf einen Zettel.

Anschließend drehte er sich zu dem Barschrank um, zögerte jedoch einen Moment, bevor er sein Glas erneut füllte. Gerade, als er sich in einen der breiten Sessel fallen lassen wollte, fiel ihm auf, dass draußen beim Pool das Licht brannte.

Dieser dämliche Gärtner war sicher wieder an den Schalter gekommen.

Bieland zischte: »Ich habe ja schließlich nichts zu verschenken«, und machte sich an der Terrassentür zu schaffen. Wütend riss er an dem Griff, bis er endlich ins Freie treten konnte.

Die Badelandschaft, wie Harry seinen sündhaft teuren Pool gegenüber Gästen gern bezeichnete, war bestrahlt vom orangefarbenen Licht der Außenbeleuchtung.

Im Sommer hatte er hier schon manchen vergnüglichen Abend verbracht. Nun stolperte er über den Rasen, trank dabei aus dem Glas und verschüttete einen Teil des Inhalts. In ein paar Wochen ist diese unsägliche Geschichte sicher längst vergessen, sagte er sich einmal mehr und betrachtete die extra angefertigte riesenhafte Steinfigur, die am Kopfende des Pools stand. Sie sollte eine Meerjungfrau darstellen, aber irgendwie hatte der Bildhauer ihrem Gesicht etwas Fratzenähnliches verliehen, was im künstlichen Licht noch mehr auffiel.

Bieland schüttelte den Gedanken ab und wollte gerade den Pool umrunden, als wie aus dem Nichts eine Gestalt vor ihm auftauchte.

»Was …?«, rief er sofort panisch. Er kannte den Mann, der sich so unerwartet aus der Dunkelheit gelöst hatte, nicht.

»Wer sind Sie?«

Er erhielt keine Antwort. Sein ungebetener Gast sah an ihm vorbei und nickte. Es war nur eine leichte Bewegung des Kopfes, doch trotz des Alkohols für Harry gut erkennbar.

»Gefahr!«, rief ihm sein Unterbewusstsein zu, aber es war bereits zu spät.

Eine zweite Person packte ihn von hinten, der Fremde griff von vorne zu und ohne große Kraftanstrengung gelang es den Angreifern, Harry Bieland auf die Abdeckplane des Swimmingpools zu stoßen.

Was jetzt begann, glich dem sinnlosen Versuch eines wilden Tieres, sich aus einer Falle zu befreien. Bieland ruderte mit den Armen, suchte nach Halt, den er auf der glatten Oberfläche nicht fand, und hatte keine Chance, zurück an den Beckenrand zu gelangen.

Die beiden Fremden behielten ihn im Auge, wie Wissenschaftler, die den Ablauf eines grausigen Experimentes beobachteten.

Er schrie um Hilfe, lag bäuchlings auf der Plane und rutschte immer wieder aus, wenn er seinen schweren Körper aufrichten wollte. Gleichzeitig begann der Plastikteppich unter seinen Füßen nachzugeben. Er kniete auf allen Vieren, kaltes Wasser umspülte bereits Beine und Arme, erreichte seinen Bauch. Bielands Stimme schwoll immer mehr an, seine Schreie würden sicher die Nachbarn alarmieren – so hoffte er zumindest.

Absurderweise fiel ihm in diesem Moment ein, dass sein Verhältnis zu den restlichen Anwohnern der Straße nicht besonders gut war. Zu oft hatte er die Leute mit seinen bis tief in die Nacht dauernden, lautstarken Partys verärgert. Eine Chance bestand dennoch, dass einer von ihnen die Polizei rufen würde. Was aber war bis dahin?

Er erhob sich auf die Knie, reckte den Oberkörper und wedelte verzweifelt mit den Händen. »Hilfe! Man will mich töten«, kreischte er, so laut er konnte.

Die beiden Männer am Rand des Pools warfen sich bedeutsame Blicke zu. Das Geschrei ihres »Auftrags« musste aufhören.

Mit wenigen Handgriffen lösten sie die Befestigungen der Plane am Beckenrand. Das Plastik glitt wie ein hungriger Alligator ins Wasser und zog Harry Bieland mit. Obwohl er eigentlich kein schlechter Schwimmer war, machten es ihm der Alkohol in seinem Blut und die Panik, die nun vollständig Besitz von ihm ergriffen hatte, unmöglich, sich zu retten. Hektisch schlug er um sich, Wasser drang in Mund und Nase, er hustete, was alles nur noch schlimmer machte. Dann geriet er in die Fänge der Plane, verwickelte sich in den Falten. Immer mehr umhüllte ihn das Plastikungetüm. Es war ein teuflisches Gefängnis und es gab kein Entkommen.

Unbeteiligt verfolgten die beiden Männer das Geschehen im Wasser. Bielands Schreie waren längst verstummt. Es stiegen keine Luftblasen mehr auf und auch das Zucken unter dem Plastik hatte aufgehört. Der Planeklumpen sank als überdimensionales Leichentuch in die Tiefe des Pools.

»Gehen wir!«, sagte einer der Männer am Beckenrand.

Der andere zückte sein Handy und tätigte einen Anruf: »Erledigt. Einfacher als gedacht.«

Dann in sachlichem Tonfall: »Keiner wird bezweifeln, dass es ein Unfall war. Der Typ kam hier stockbesoffen an. Wir haben ihn quasi nur gestupst!«

Mit dem zufriedenen Gesichtsausdruck eines Mannes, der soeben ein Lob entgegengenommen hat, beendete er das Gespräch.

»Wir sehen uns noch im Haus um, dann verschwinden wir«, sagte er zum Abschied.

Er warf einen letzten Blick auf den Pool, streifte dabei das Gesicht der steinernen Meerjungfrau, deren Hässlichkeit er mit einem Kopfschütteln kommentierte, und schaltete die Beleuchtung der Badelandschaft ab.

Gutes Geld für wenig Arbeit, dachte er, als er zusammen mit seinem Kollegen durch die offene Terrassentür ins Haus schlüpfte.

Kapitel 10

Am gleichen Tag, später Vormittag, auf dem Weg nach Karlsruhe

Mira hatte es Frank überlassen, den Wagen zu steuern. Sie war viel zu aufgeregt, um sich auf den starken Verkehr konzentrieren zu können. Ihre Gedanken kreisten immer wieder um den kleinen Diamanten, der nun sicher verwahrt im hauseigenen Safe der Redaktion lag.

Die Journalistin war gespannt, ob Rolf, der Kollege ihrer Schwester, in der Lage sein würde, die Dateien auf dem USB-Stick zu öffnen. Mittlerweile hatte sie das starke Gefühl, dass der kleine goldfarbene Datenträger der Schlüssel zu allem wäre. Er hatte Mira zu Greta von Eschwitz geführt und damit auch zu Margaretha de Silva und Louis Montagne. Aber es gab noch weitere Mitspieler. Was war zum Beispiel mit Renaldo Cargossa und Mario Sieber? Wie sie es auch drehte und wendete, am Ende schien Matthias Lomat, der Banker, die zentrale Verbindung zu sein.

»Bin ich hier richtig?«, hörte sie Frank neben sich fragen.

»Ja, sorry, ich war in Gedanken!«

Der Fotograf, der eine enge Parklücke ergattert hatte, sah sie beim Aussteigen besorgt an. »Wir müssen sehr vorsichtig scin.«

Sie widersprach nicht, denn die Gefahr war ihr bewusst. Trotzdem konnte sie sich einer so verlockenden Story nicht entziehen. Das Gefühl, ein großes Risiko einzugehen, verstärkte sich noch, als Dieters Anruf kam.

Mira und Frank blieben stehen und steckten über dem Smartphone die Köpfe zusammen, um gemeinsam zu hören, was ihnen der Chefredakteur mitteilen wollte. Wie stets in solchen Augenblicken schien sich die Umwelt gegen sie verschworen zu haben, denn eine Geräuschquelle nach der anderen tat sich plötzlich in ihrer unmittelbaren Umgebung auf. Die Sirene des Krankenwagens, das Bellen zweier streitlustiger Hunde und die Geräusche eines Müllfahrzeugs machten es schwierig, Dieters aufgeregte Stimme zu verstehen.

»Das ist die beste Woche, seit ich diesen verdammten Job mache. Heute Morgen hat man Harry Bieland tot in seinem Pool gefunden. Mira«, rief er durch die Leitung, »du hast mir nicht zu viel versprochen. Mach weiter!«

»Wie ist er gestorben?«, fragte die Journalistin geschockt und grub ganz unbewusst ihre Finger tiefer in Franks Arm.

»Ein Unfall. Irre Geschichte. Der Kerl hat sich besoffen in seiner Swimmingpool-Plane verheddert und ist erstickt!«

»Und es war wirklich ein Unfall!?«

Dieter zögerte kurz, bevor er interessiert fragte: »Hast du Anhaltspunkte, dass es keiner war?«

Dieses Mal schaltete sich Frank ein: »Wir wissen gar nichts, also bring uns bitte auf den neusten Stand.« Die Art wie der Fotograf sich äußerte, ließ keine Zweifel an seiner Bestürzung.

»Der Sohn des Gärtners war so nett, uns ein Handyfoto zukommen zu lassen.«

Sie mussten Dieters Gesicht nicht sehen, um zu wissen, dass er ein breites Grinsen aufgesetzt hatte.

»Bieland war bis oben hin voll, als er weit nach Mitternacht einen seiner bevorzugten Klubs verließ. Er kam nach Hause, ging zum Pool, fiel auf die Plane und Ende.«

»Und es gibt keinen Verdacht, dass der Unfall nicht doch irgendwie im Zusammenhang mit der Prostitutionsaffäre steht?«, hakte Mira nach.

»Na, so dick arbeiten wir jetzt auch wieder nicht mit den Behörden zusammen. Die ganze Sache ist ja erst ein paar Stunden alt. Aber wir werden natürlich bei der nächsten Ausgabe diese Frage stellen.«

Mit »wir« meinte er die Zeitung und sowohl Frank als auch Mira konnten sich die nächste Schlagzeile gut vorstellen.

»Was macht ihr eigentlich gerade?«, fragte der Chefredakteur harmlos.

Da Mira eine freie Mitarbeiterin war, musste sie Dieter natürlich keine Rechenschaft ablegen. Trotzdem hielt sie sich an die Regeln der Höflichkeit und antwortete: »Ich bin auf Recherche, ich melde mich, wenn ich etwas habe.«

Dieter brummte ein »O. k.« und bohrte nicht weiter nach. Mira Kosch war gut in ihrem Job, deshalb würde er ihr nicht dreinreden. Die Bieland-Story hielt noch ein paar Tage, dann musste man weitersehen.

Das Telefonat hatte Frank sichtlich aufgebracht: »Schon wieder ein tödlicher Unfall. Vielleicht sollten wir langsam doch zur Polizei gehen?«

Mira wirbelte herum. Sie waren soeben am Haus ihrer Schwester angelangt. »Nein, dann werden wir nie erfahren, was hinter all dem steckt.«

»Mira«, sagte der Fotograf eindringlich, »hier sterben Menschen, einer nach dem anderen innerhalb kurzer Zeit, das sind keine Zufälle mehr.«

»Ich weiß«, entgegnete seine Freundin ruhig. »Aber bedenke, dass bei Margaretha de Silvas Tod die italienische Polizei vor Ort war. Auch als Nadja Johann vom Balkon fiel, waren die Beamten da. Das Gleiche gilt für Cargossa, Sylvia Teicher und Bieland. Es ist ja nicht so, als wüssten die nichts von den Toten.«

»Ja«, erwiderte Frank jetzt schnippisch, »von den Toten wissen sie natürlich, aber niemand ahnt etwas von den Verbindungen, die unter ihnen bestanden. Du musst es den Ermittlern sagen.«

Mira presste wütend die Lippen zusammen. Sie hasste es, wenn man sie bevormunden wollte. Außerdem hatte sie, zumindest in diesem Punkt, mehr Erfahrung als Frank. Keinesfalls wollte sie ausgerechnet jetzt mit ihm streiten, trotzdem klang ihre Stimme ein wenig ärgerlich, als sie erwiderte: »Die werden mir alle meine Aufzeichnungen wegnehmen und mich zum Stillschweigen verdonnern. Am Ende sind die Spuren kalt, die Story ist geplatzt und die Übeltäter sind über alle Berge. Ich habe so etwas schon erlebt.«

»Und wenn dir etwas passiert?« Er sah sie ernst an.

»Wird es nicht, du bist ja bei mir«, antwortete sie zuversichtlich.

»Du bist eine miese Schauspielerin«, entgegnete ihr Freund mit einem sanften Lächeln.

»Gut, ich gebe zu, dass ich Angst habe. Lass uns entscheiden, was zu tun ist, wenn wir noch etwas mehr in Erfahrung gebracht haben. Fangen wir mit diesem USB-Stick an.«

Damit drückte sie Frank einen Kuss auf den Mund, hakte sich bei ihm unter und betätigte den Klingelknopf.

Sandra wirkte nervös, als sie ihre Schwester und deren Begleiter begrüßte. Mira sah die Jüngere besorgt an und fragte schließlich, als die beiden Frauen alleine in der Küche waren, was los sei.

Die Röte schoss Sandra ins Gesicht, als sie spitz antwortete: »Nichts, alles in Ordnung«, und dann schnell das Thema wechselte. »Dein neuer Freund scheint nett zu sein.«

»Natürlich ist er nett, sonst wäre ich ja nicht mit ihm zusammen«, scherzte Mira, der Sandras fahrige Bewegungen beim Zubereiten des Tees nicht entgingen.

»Wann kommt denn nun dein Kollege?«, fragte sie und versuchte, die Ungeduld aus ihrer Stimme herauszuhalten.

Ihre Nichte Tia war noch in der Schule. Sie hatte ihr dieses Mal eine »mega angesagte« Jeansjacke als Geschenk mitgebracht. Zumindest hatte das die Verkäuferin in der noblen Kinderboutique in Frankfurt so ausgedrückt, als sie Miras Kreditkarte durch das Lesegerät zog.

»Rolf kommt sicher gleich«, flötete Sandra und jetzt endlich begriff die Journalistin, worum es hier ging.

Ihr breites Grinsen ärgerte die jüngere Schwester. »Sei freundlich zu ihm. Er ist ein geschätzter Kollege«, entgegnete diese deshalb streng.

Das spöttische »So, so, ein geschätzter Kollege?« Miras blieb ohne Antwort, da es in diesem Moment an der Tür klingelte.

Die Journalistin musste zugeben, dass Rolf sehr sympathisch war, aber mehr Gedanken in diese Richtung verschwendete sie nicht. Plötzlich spürte sie nämlich wieder die Anspannung, die sie die letzten Tage fast ständig begleitet hatte.

Rolf war jemand, der ihr helfen konnte, ein Geheimnis zu lüften, deshalb wollte sie den Mann schnellstmöglich vor dem Computer wissen. Nur mühsam brachte sie daher einen genügend lockeren Small Talk zustande und war Sandras Kollegen unheimlich dankbar, als dieser endlich von sich aus sagte: »Wo ist denn nun der USB-Stick?«

Während Rolf seinen mitgebrachten Rechner hochfuhr und schließlich den Stick in die USB Buchse steckte, sprachen die drei anderen in stillem Einvernehmen kein Wort.

Mira ging durch den Kopf, dass vermutlich eine ähnliche Atmosphäre herrschte, wenn ein angesehener Arzt einen chirurgischen Eingriff im Beisein seiner Studentenschaft vornahm. Sie bemerkte, wie sie zu schwitzen begann.

Auf dem Bildschirm erschienen die vier Dateinamen, dann machte sich Rolf ans Werk. Er arbeitete sehr konzentriert und Sandra brachte ihm eine Tasse Tee. Außerdem stellte sie ihm einen Aschenbecher hin, ein untrügliches Zeichen, dass sie an diesem Mann interessiert war.

»Ich gehe auf den Balkon, sonst verrauche ich dir deine Wohnung«, sagte der nun höflich, woraufhin Sandra beteuerte, dass das kein Problem sei.

Mira rollte hinter dem Rücken der beiden ungeduldig mit den Augen, beherrschte sich aber und unterdrückte einen Kommentar.

Und dann endlich, nach ungefähr vier Stunden, einer halben Schachtel Zigaretten und mehreren Tassen Kräutertee, war es Rolf gelungen, drei der Dateien zu öffnen.

»Ich denke, ich habe hier etwas«, rief er den anderen zu, die wie elektrisiert von der Couch aufsprangen.

Mit einem zufriedenen Gesichtsausdruck erklärte ihnen Rolf: »Drei Dateien konnte ich öffnen, die vierte ist zu gut verschlüsselt.«

Mira wollte das alles gar nicht hören, sondern einfach nur wissen, was er gefunden hatte.

Ungeduldig sah sie auf den Bildschirm. »Was ist das?«

Auch Frank und Sandra beugten sich weiter vor.

»In der GvEschwitz-Datei habe ich eine Tabelle gefunden und den Scan eines Schriftstücks, in der CargoIT befindet sich ebenfalls eine Tabelle, allerdings nichts weiter, und in der dritten Datei war das hier.« Er deutete mit dem Finger auf den Monitor.

»Was ist ›ct‹?«, fragte Sandra neugierig und betrachtete die Auflistung.

Verschiedene Beträge in Euro, Schweizer Franken, US-Dollar und anderen Währungen wurden Zahlen gegenübergestellt, hinter denen die Buchstaben ct standen.

Mira atmete tief durch: »Das ›ct‹ steht für Karat, die Gewichtseinheit für Edelsteine und damit auch für Diamanten.«

Während Sandra diese Antwort lediglich interessiert zur Kenntnis nahm, sahen sich Frank und Mira mit großen Augen an.

»Ich muss die anderen Dateien sehen«, drängte die Journalistin nun ungeduldig und vergaß jede Höflichkeit.

Rolf druckte ihnen die Unterlagen aus.

* * *

»Die Eschwitz hat also Schulden bei Lomat, zumindest geht das aus diesem Schreiben hervor«, fing Frank mit dem Einfachsten an.

Mira nickte. Sandra und Rolf hatten sich in die Küche zurückgezogen, sodass sie ungestört die Unterlagen durchgehen konnten. »Das ist ein privater Darlehensvertrag, und diese Tabelle sieht wie ein Kontoauszug aus. Oben steht der Kreditbetrag und immer wieder werden davon größere Summen abgezogen. Ich vermute mal, dass das Tilgungen sind.« Sie blätterte weiter. »Hier sind wieder Beträge dazugekommen. Im Großen und Ganzen lässt sich wohl sagen, dass Greta von Eschwitz auf Pump lebt und hoch verschuldet ist«, beendete Mira ihre Ausführungen. »Himmelarsch!«, entfuhr ihr ein heftiger Fluch.

Frank blickte sie fragend an.

»Es ist nicht zu fassen. Auch das hat mir Margaretha de Silva ganz unverblümt mitgeteilt.«

»Dass die Eschwitz pleite ist?« Der Fotograf war überrascht. »Du hast nichts davon erzählt.«

»Natürlich nicht. Ich hielt das für gehässige Lästerei. ›Die liebe Greta kann froh sein, wenn sie nicht bald selbst auf Spenden angewiesen ist. Alter Adel, aber völlig mittellos‹«, äffte Mira nun mit spitzer Stimme nach, was Frau de Silva zu ihr gesagt hatte. »Margaretha hat sogar angedeutet, dass sich Greta von Eschwitz an den Spendengeldern bedient.«

»Aber das braucht sie nicht, weil ihr Lomat immer wieder unter die Arme greift«, kommentierte Frank das eben Gehörte.

»Ja«, sagte Mira gedankenverloren und griff sich die Ausdrucke aus der CargoIT-Datei. »Hier haben wir auch so eine Tabelle. Eindeutig betrifft das Renaldo Cargossa, da steht sein Name. Siehst du die Zahlen? Mehrere Millionen und, so wie es aussieht, nicht eine Tilgung. Der geschuldete Betrag wurde immer größer.«

»Meinst du, dass das auch ein Privatkredit von Lomat ist?«, fragte Frank. Bei Cargossa war der Tabelle kein Darlehensvertrag beigefügt.

Die Journalistin runzelte die Stirn und überlegte: »Der letzte Deal. Dein Freund Borga hat uns doch erklärt, dass dieser Cargossa normalerweise Geld von Investoren erhalten hat.«

Frank pfiff leise. »Die Übernahme von Louis Montagnes Firma ist geplatzt. Cargossa hat dadurch sehr viel Geld verloren.«

»Ja, genauso wie seine Investoren. Ich tippe mal, dass Lomat das organisiert hat, vielleicht für einige seiner Kunden, vermutlich steckt auch sein eigenes Geld mit drin. Und das hier ist die Abrechnung.«

»Und jetzt bleiben die auf den Schulden sitzen. Damit scheint Cargossas Flugzeugabsturz doch ein Unfall gewesen zu sein. Wer bringt schon jemanden um, der so einen Schuldenberg angehäuft hat, den braucht man doch lebend, damit er zurückzahlen kann.«

»Oder man braucht ihn, um für alle anderen Schuldner ein Exempel zu statuieren«, entgegnete die Journalistin nachdenklich. »Vielleicht wurde er zu einem Problem. Ich meine, ganz offensichtlich stand ihm das Wasser bis zum Hals.« Sie deutete auf die Zahlenkolonne. »So ein Mann wäre zu vielem fähig, um sich vor dem Ruin zu schützen.«

»Ist das nicht zu weit hergeholt?«

»Ganz ehrlich, ich hoffe es. Aber mit dem, was wir mittlerweile alles wissen …«

»Was ist das für eine Aufstellung?«, führte Frank das Gespräch weiter und deutete auf das Blatt mit den Währungen und den Karat-Angaben.

»Sieht mir nach einer Umrechnungstabelle aus: Soundsoviel Euro für x Karat.«

Mira schnappte sich eine Zigarette und ging auf den Balkon, Frank folgte ihr.

Die Journalistin nahm einen Zug und sah hinunter auf die Straße. Sie dachte an den Sturz von Nadja Johann. War das wirklich ein Unfall gewesen?

Als hätte Frank ihre Gedanken gelesen, sagte er unvermittelt: »Warum hatte Nadja einen USB-Stick mit diesen Dateien?«

In Miras Gehirn legte sich ein Schalter um, sie kniff die Augen zusammen, konzentrierte sich und plötzlich schien ihr die Sache vollkommen klar: »Nadja wusste überhaupt nicht, was sie da hatte!«, erwiderte sie nun aufgeregt. »Überlege doch einmal. Das sind Unterlagen von Geldgeschäften, mit denen sie gewiss nichts zu tun hatte.«

»Aber die Geldbeträge auf Nadjas Konto, eine Erpressung wäre doch denkbar.«

»Wir haben uns von Anfang an gewundert, dass der Stick einfach so in ihrem Auto lag. Wenn er für sie eine Bedeutung gehabt hätte, wäre sie doch pfleglicher damit umgegangen. Außerdem hat Sylvia Teicher nichts von einer Erpressung gewusst. Sie behauptete, dass Nadja eine andere Einnahmequelle gehabt habe, und sie brachte dir den Diamanten. Nein, ich bin mittlerweile überzeugt, dass Nadja nicht wusste, was sie da in ihrem Auto spazieren gefahren hat. Der Stick gehört jemand anderem.«

»Lomat«, entgegnete Frank sofort.

»Genau. Der Stick war in einem Schlüsselmäppchen. Was, wenn das Lomat gehört hat? Nadja hat es ihm geklaut, vielleicht um ihm eins auszuwischen, und wusste nichts von dem Datenträger darin. Als Lomat den Verlust bemerkt hat, wurde die Geiner losgeschickt. Am Abschlepphof bin ich ihr zuvorgekommen.«

»Das heißt, Lomat ist immer noch auf der Suche danach.«

Mira nickte. »Und das heißt außerdem, dass der Stick ungeheuer wichtig ist.«

Frank runzelte die Stirn. »Also, die Informationen über die Schulden von Cargossa und Frau Eschwitz sind doch im Prinzip harmlos, genauso wie die Umrechnung von Euro in Karat.«

»Ganz genau«, antwortete ihm Mira mit einem wissenden Lächeln. »Das bedeutet, Lomats Interesse gilt dem Inhalt der vierten Datei, derjenigen, die wir nicht öffnen können.« Die Journalistin drückte ihre Zigarette aus, stürmte ins Wohnzimmer und suchte nach Rolf.

»Konntet ihr etwas mit den Dateien anfangen?«, fragte Sandras Kollege, als er Miras Aufregung bemerkte.

»Ja und nein«, antwortete diese atemlos. »Wir sind ein gutes Stück weitergekommen und wissen mittlerweile, dass die wirklich interessanten Inhalte in der vierten Datei sein müssen.«

»Das hatte ich schon befürchtet«, entgegnete Rolf bedauernd.

»Befürchtet?« Franks Gesichtsausdruck sprach Bände.

»Ja, tut mir leid, aber vielleicht sollte ich euch das kurz erklären.«

Mira ließ sich geräuschvoll aufs Sofa fallen und Sandra warf ihr einen ermahnenden Blick zu, woraufhin die Journalistin sich an Rolf wandte. »Ich wollte nicht undankbar erscheinen, aber im Moment habe ich das Gefühl, dass mir direkt vor der Nase die Tür zugeschlagen wurde.«

Sandras Kollege lachte. »Verstehe. Allerdings kann man es tatsächlich so formulieren. Die Tür bleibt zu.« Er setzte sich ebenfalls und begann mit seinen Erklärungen. »Ihr müsst euch das so vorstellen: Jemand erfasst eine Tabelle oder ein Schriftstück in einem bestimmten Programm und speichert es anschließend mit einem Passwortschutz. Entscheidend ist, was daraufhin passiert und welches Passwort verwendet wurde. Bei einem einfachen Verschlüsselungsalgorithmus und einem Nullachtfünfzehn-Passwort wie bei den ersten drei Dateien, ist die Entschlüsselung kein Hexenwerk. Es gibt da verschiedene Vorgehensweisen, in unserem Fall habe ich es mit der *Brute-force*-Methode geschafft. Dabei werden automatisch riesige Mengen unterschiedlicher Begriffe und Wortkombinationen ausprobiert, die als mögliches Passwort infrage kommen. Allerdings funktioniert das nur, wenn das Passwort selbst nicht zu kryptisch ist.«

»Und bei der vierten Datei wurde ein kompliziertes Passwort verwendet?«, hakte Mira nach, die sicher sein wollte, alles richtig verstanden zu haben.

»Ja, wie ich das sehe, wurde die vierte Datei sehr hart verschlüsselt. Ich konnte weder den Header auslesen noch sonst irgendwie herausbekommen, mit was für einem Programm sie erstellt wurde. Was ich sagen kann, ist, dass dahinter eine enorme Datenmenge steckt. Vermutlich ist das Passwort sehr lang und ein Mix aus allem, was die Tastatur hergibt: Ziffern,

Buchstaben, Sonderzeichen. Deshalb komme ich da nicht dran.«

»Und wer könnte so etwas knacken?« Die Journalistin blickte den Mann erwartungsvoll an.

Wieder machte der ein bedauerndes Gesicht: »Ich weiß nicht. Geheimdienste? Die NSA?«

Kurz herrschte Stille.

Mira verkniff sich das Fluchen und Frank drückte ihr den Arm. »War doch zu erwarten, dass es nicht so einfach sein würde«, sagte er aufmunternd. »Wir müssen eben woanders ansetzen.«

Die Journalistin riss sich zusammen. »Wenigstens bestätigt das unsere Theorie, dass die vierte Datei die wichtigste ist.«

Mehr konnte sie zu dem Thema nicht sagen, denn in diesem Moment schloss jemand die Haustür auf und das laute »Tante Mira, Tante Mira!« kündigte Tia an.

Wie ein Wirbelwind schoss die Kleine auf ihre Tante zu und warf sich ihr an den Hals.

»Ich konnte nicht früher hier sein«, erklärte sie gehetzt und verhaspelte sich vor lauter Aufregung beim Sprechen. Dann warf sie einen beleidigten Blick auf ihre Mutter und mit vorwurfsvoller Stimme verkündete sie altklug: »Eigentlich wollte ich heute Nachmittag den Sportunterricht ausfallen lassen, aber Mama hat mich gezwungen hinzugehen. Ich hatte schon Angst, ich würde dich verpassen.«

Das Mädchen drückte sich ganz fest an Mira und diese schlang ihre Arme um das Kind. »Keine Sorge, ich wäre doch niemals gefahren, ohne meiner Lieblingsnichte Hallo zu sagen, außerdem habe ich dir etwas mitgebracht!«

Wie ein Stehaufmännchen schnellte Tia, die neben Mira aufs Sofa geklettert war, in die Höhe und rief aufgeregt: »Was? Oh, bitte zeig es mir!«

Sandra schüttelte resigniert den Kopf. Es hatte keinen Sinn, gegen die Ungerechtigkeit angehen zu wollen, dass Patentanten, besonders wenn sie mit Geschenken aufwarten konnten, zumindest vorübergehend jede Mutter ausstachen.

Die nächste Stunde verbrachte Mira dann auch damit, sich von Tia, die nicht davon abzubringen war, die neue Jeansjacke »nie wieder auszuziehen«, ihr Kinderzimmer zeigen zu lassen. Für eine kurze Weile vergaß die Journalistin alles um sich herum und genoss es, mit ihrer Nichte zu spielen und zu reden. Viel zu schnell rief Sandra die beiden zum Abendessen und als es dann ans Verabschieden ging, hatte Mira einen Kloß im Hals.

In diesem Moment bedauerte sie es ganz besonders, dass zwischen Sandra und ihr der Kontakt so lange auf ein Minimum beschränkt gewesen war.

Spontan nahm sie ihre Schwester in die Arme und sagte: »Sowie diese Sache erledigt ist, kommt ihr uns alle in Frankfurt besuchen.« Ganz automatisch schloss sie Rolf mit ein. Dass Sandra rot wurde, überging Mira diplomatisch, und Tia hüpfte vor Begeisterung auf und ab. »Mama, können wir gleich am nächsten Wochenende fahren, bitte!«, quengelte das Mädchen in Richtung seiner Mutter.

»Wir werden sehen«, antwortete diese.

»Ich rufe dich an«, versprach Mira und bald darauf saß sie mit Frank im Auto.

Die Journalistin brauchte einen Moment, um sich mental wieder auf ihren Job zu konzentrieren, dann sagte sie unvermittelt: »Hast du ›Notfallgepäck‹ dabei?«

Zur gleichen Zeit in Lyon

Valentin LeClerc betrachtete seine Fotowand, ein weiteres Bild war dazugekommen: Lena Reidorf, 25 Jahre alt, Flugbegleiterin. Man hatte ihre Leiche am Morgen des Vortags gefunden, jedoch hielt die deutsche Polizei diese Nachricht noch zurück. Es handelte sich um Mord. Das Opfer war erschossen und anschließend aufgeschlitzt worden. Um die Ermittlungen nicht zu gefährden, führte man sie unter Ausschluss der Öffentlichkeit durch. So gesehen war es schon ein verdammtes Glück, dass LeClerc so schnell davon erfahren hatte. Ein weiterer Vorteil war die Reportage über »erwachsene Ausreißer«, an der Frank mitgearbeitet hatte und die dieser Tage in der Zeitung erschienen war. Natürlich lag das Blatt damit total daneben, allerdings sorgte der Bericht dafür, dass der oder die Mörder weiterhin annehmen konnten, dass man die Leiche der jungen Frau noch nicht gefunden hatte.

Lena Reidorf war über Umwege zu ihm gestoßen. So lief das meistens. Er suchte nicht krampfhaft nach Menschen, die ihm helfen wollten, fand aber trotzdem immer wieder Personen, die aus den verschiedensten Gründen dazu bereit waren. Den meisten seiner Informanten ging es dabei um Gerechtigkeit, wobei das Wort Rache in vielen Fällen auch nicht ganz falsch gewesen wäre.

Er sah zu dem Bild aus der Gerichtsmedizin und zog eines, das die lebende Lena Reidorf zeigte, aus der dicken Akte auf seinem Schreibtisch.

Die Fünfundzwanzigjährige war eine schöne Frau gewesen. Leider hatte es zwischen ihnen nie ein Treffen gegeben. LeClerc dachte an ihren Anruf vor ungefähr zwei Wochen:

»Man hat mir Ihre Nummer gegeben und gesagt, Sie könnten mir vielleicht weiterhelfen.« Ihre Stimme war hoch und klar. Sie sprach mit unterdrückter Angst und obwohl er sie nicht sehen konnte, wusste er, dass ein tapferer Zug auf ihrem Gesicht lag.

»Meine Freundin Gaby Lauern ist verschwunden. Alle sagen, sie sei einfach abgehauen, aber …«

»Aber Sie glauben das nicht?« LeClerc versuchte, sehr sachlich zu klingen.

Er wusste zu diesem Zeitpunkt bereits, dass sowohl die verschwundene Gaby Lauern, als auch seine Anruferin als Flugbegleiterinnen arbeiteten. Vielleicht würde sich heute endlich die Gelegenheit bieten, an einen Insider zu gelangen.

»Nein, ich glaube das nicht«, beantwortete Lena seine Frage.

Er hörte ihr Atmen, bevor sie sich entschloss weiterzusprechen. »Es ist ein wenig schwierig. Ich will keinen Ärger, aber ich befürchte, Gaby ist etwas zugestoßen. Ich habe ihr gesagt, sie soll sich nicht mit denen anlegen, und jetzt ist sie verschwunden.«

»Mit wem hat sich Ihre Freundin angelegt?«, griff LeClerc das Thema sofort auf. »Sie werden garantiert keinen Ärger bekommen, wenn Sie mir sagen, was passiert ist«, beeilte er sich noch zu ergänzen.

»Es war nur ein Nebenjob, schnelles Geld, wenig Arbeit.«

»Ein legaler Nebenjob?«, fragte LeClerc vorsichtig nach.

Seine Frage blieb unbeantwortet.

»Aber dann hatte Gaby diese fixe Idee, dass sie mit einem Schlag all ihre finanziellen Probleme lösen könnte.«

»Wissen Sie, was sie vorhatte?«

Das kurze Zögern vor ihrer Antwort entlarvte ihr heftiges »Nein« als Lüge. Lena Reidorf wollte also noch nicht alles verraten.

»Hören Sie«, ihre Stimme wurde jetzt eine Nuance lauter, »ich weiß nicht, an wen ich mich wenden kann. Alle denken, sie wäre mit einem Liebhaber durchgebrannt oder vor ihren Schulden davongelaufen, aber so oder so, sie hätte sich längst bei mir gemeldet.« Lena hatte Mühe, die Kontrolle über sich zu behalten, als sie jetzt sagte: »Ich bin mir sicher, dass Gaby tot ist. Außerdem habe ich entsprechende Dinge erfahren …«

»Was für Dinge?«

»Es wurden Drohungen ausgesprochen, für den Fall, dass nochmals jemand versuchen sollte …«

Ein Schluchzen drang durch den Hörer.

Und LeClerc war alarmiert. »Wenn Sie in Gefahr sein sollten, dann wäre es das Beste, wir würden uns umgehend treffen.«

»Nein!«, rief sie schrill. »Nein, noch nicht!«, sagte sie mit Nachdruck. »Dann werden diese miesen Schweine niemals bestraft werden.« Wieder entstand eine Pause. »Gaby war wie eine Schwester für mich. Ich werde nicht einfach hinnehmen, dass man sie mir genommen hat.«

LeClerc hatte versucht, an brauchbare Informationen zu kommen. Als er von der vermissten Stewardess erfahren hatte, war er hellhörig geworden. Dass nun der Kontakt mit deren Freundin zustande gekommen war, konnte man als echten Glücksfall bezeichnen. Keinesfalls sollte das nun aber in eine falsche Richtung laufen.

»Frau Reidorf, ich möchte Sie wirklich nicht beunruhigen, aber wenn Sie etwas wissen, was Sie womöglich um Ihr Leben fürchten lässt, dann wäre es besser, mir sofort zu sagen, um was es sich handelt.«

Wieder entstand eine Pause.

»Ich werde mich bei Ihnen melden, wenn ich mehr habe.«

Damit hatte das Gespräch geendet und LeClerc war wegen der jungen Frau äußerst beunruhigt gewesen. Wie sich jetzt herausstellte, offensichtlich zu Recht. Er war überzeugt davon, dass Lena Reidorf versucht hatte, auf eigene Faust etwas zu unternehmen.

Erneut betrachtete LeClerc das Bild der Toten und verglich es mit dem von Nadja Johann. Die Art der Verstümmelungen, die beide Leichen aufwiesen, rief bei ihm Erinnerungen wach. Ihm kam eine Idee. Konnte das möglich sein?

Kapitel 11

Am nächsten Tag in München

Mira und Frank waren erst nach Mitternacht in München angekommen. Deshalb war es bereits Mittag, als die beiden, immer noch etwas müde, in dem kleinen Speisesaal ihres Hotels saßen und ihren Plan noch einmal durchgingen.

»Denkst du wirklich, dass sie mit uns sprechen wird?«, Frank trank einen Schluck seines doppelten Espressos und machte ein zweifelndes Gesicht.

»Oh ja. Greta von Eschwitz wird nicht riskieren wollen, dass ihr Name im Zusammenhang mit Geldsorgen in der Zeitung steht.«

»Du willst sie also erpressen?«, fragte Frank mit einem Augenzwinkern.

»Nein, ich gebe ihr lediglich eine Chance, sich zu äußern. Und wenn das, was sie mir erzählt, interessanter ist als ihre Schulden, dann wird der nächste Artikel natürlich nicht Greta von Eschwitz zum Thema haben.«

»So kann man es auch ausdrücken«, entgegnete Frank mit einem Grinsen.

Mira sah ihn vorwurfsvoll an. »Du weißt genau, dass wir keine andere Wahl haben. Lomat wird uns nichts sagen, Cargossa ist tot und Montagne scheint im Trüben zu fischen.«

»Ich weiß«, sagte der Fotograf versöhnlich, »und es ist auch nicht so, dass ich Mitleid mit Frau von Eschwitz habe. Nur: Wieso bist du der Meinung, dass sie Informationen liefern wird. Kann es nicht sein, dass sie lediglich Schulden bei Lomat hat und das war's?«

»Mein Gefühl sagt mir etwas anderes. Sieh dir den Verlauf ihres Darlehens an.« Mira reichte ihrem Freund den Ausdruck mit der Tabelle. »Sie hat gelegentlich Rückzahlungen geleistet. Aber achte auf die Beträge. Vierzigtausend, fünfundzwanzigtausend …«

Frank folgte mit den Augen Miras Finger, der auf die einzelnen Tilgungen deutete.

»Woher hatte sie solche Summen? Normalerweise zahlt man ein Darlehen in regelmäßigen Raten ab, die mehr oder weniger gleich hoch sind. Das hier ist kein gewöhnlicher Kredit. Und warum vergibt der Chef einer Bank überhaupt ein Privatdarlehen? Warum verleiht er persönlich und nicht über sein Institut das Geld?« Sie besah sich selbst noch einmal die Papiere. »Ich bin mir sicher, dass Greta von Eschwitz da mit drinsteckt.«

Wenig später parkten die beiden Journalisten das Auto in einem Münchner Villenviertel.

»Na dann mal los«, sagte Mira, atmete tief durch und zog das Handy aus der Tasche. Sie ließ sich zuerst mit der Wohltätigkeitsorganisation verbinden, die Greta von Eschwitz ins Leben gerufen hatte. Dort zeigte man sich reserviert, bis die Journalistin darauf hinwies, dass sie Fragen zu den privaten Geldgeschäften zwischen Frau von Eschwitz und Matthias Lomat hatte.

Die Sekretärin am anderen Ende der Leitung war augenblicklich verunsichert und tat das Einzige, was ihr in dieser Situation übrig blieb, sie verband Mira weiter.

Das ganze Spiel ging über vier Runden. Jedes Mal ließ die Journalistin Andeutungen fallen, die es ihrem jeweiligen Gesprächspartner unmöglich machten, sie abzuwimmeln. Schließlich erwähnte Mira, dass ihr die Kopie eines Kreditvertrages vorliege, was dazu führte, dass sie auch die letzte Bastion verbal stürmen konnte und man sie endlich mit Greta von Eschwitz verband.

»Ja bitte?«, sagte Frau von Eschwitz zur Begrüßung gereizt.

»Mira Kosch«, wiederholte die Journalistin ihren Namen. »Ich bitte Sie um eine Stellungnahme zu Unterlagen, die uns vorliegen. Können wir uns treffen?«

»Was für Unterlagen?«, kam es giftig zurück.

»Ich habe hier einen Kreditvertrag …« Mira begann den Text auszugsweise vorzulesen, dann wechselte sie zu der Tabelle und wiederholte die Beträge, die dort standen.

»Schon gut«, rief Frau von Eschwitz hektisch. »Wollen Sie das etwa veröffentlichen?« Die Panik war aus der Stimme der Frau deutlich herauszuhören. »Wieso tun Sie das?«

»Ich habe lediglich ein paar Fragen.«

»Fragen? Ich werde Ihnen keine Fragen beantworten, sondern meinen Anwalt einschalten.«

»Schade«, entgegnete Mira und ihr Ton klang bekümmert. »Ich dachte, wir fänden eine Regelung.«

Am anderen Ende wurde es still. Trotzdem hatte die Journalistin das Gefühl, sie könnte regelrecht hören, wie das Gehirn ihrer Gesprächspartnerin auf Hochtouren lief.

»Was für eine Regelung?«, fragte diese nun vorsichtig.

»Das sollten wir persönlich besprechen.«

»Gut, treffen wir uns. Ich könnte in zwei Tagen in Frankfurt sein.«

Mira bedeckte mit der Hand das Mikrofon ihres Handys und flüsterte zu Frank: »Sie will Zeit gewinnen.«

An Greta von Eschwitz gewandt fuhr sie nun in normaler Lautstärke fort: »Oh, den Weg kann ich Ihnen ersparen. Wir können gleich reden. Ich parke direkt vor Ihrem Haus.«

»Wie bitte?« Die Frau konnte nicht verbergen, wie geschockt sie über diese Nachricht war.

Allerdings hatte sie keine Wahl, sie saß in der Falle. Die Journalistin jetzt abzuwimmeln, konnte dazu führen, dass tags darauf alle Welt von Greta von Eschwitz' prekärer Finanzlage wüsste.

»Gut gemacht«, murmelte Frank seiner Freundin zu, als die beiden nun in die feudale Auffahrt der Villa einfuhren. »Du hast sie überrumpelt.«

»Ja, hoffentlich nimmt sie nicht noch mit ihrem Freund Lomat Kontakt auf.«

Aber Greta von Eschwitz erwartete sie bereits mit geröteten Wangen und machte nicht den Eindruck, dass sie in den vergangenen fünf Minuten irgendjemanden über den unwillkommenen Besuch informiert hatte.

Ihre Gesichtszüge wirkten im harten Tageslicht besonders verzerrt. Das »Guten Tag«, mit dem sie ihre Gäste begrüßte, war zwar voller Zorn, aber in ihrem Blick lag unverkennbar Angst.

»Anstand ist wohl heutzutage außer Mode geraten!« Sie bemühte sich um einen überheblichen Tonfall, aber Mira ließ sich nicht täuschen.

Jetzt, wo sie bereits so weit gekommen war, wagte sie einen weiteren Vorstoß: »Für meine Leser wäre es sicher interessant, wie ausgerechnet jemand wie Sie das Wort Anstand definiert.«

Greta von Eschwitz schoss das Blut ins Gesicht. Sie erwiderte jedoch nichts, sondern deutete mit der ausgestreckten Hand auf eine Tür.

Der Raum dahinter war zwar keinesfalls nach Miras Geschmack eingerichtet, aber man sah auf den ersten Blick, dass alles, was sich darin befand, sehr wertvoll war. Die Hauseigentümerin hatte es ganz offensichtlich zu ihrem Anliegen gemacht, ihr Vermögen zu zeigen. Da die Journalistin allerdings wusste, wie es darum bestellt war, kam ihr dieses Zurschaustellen besonders lächerlich vor. Warum verkaufte die Frau nicht einfach ihre vielen wertvollen Antiquitäten? Vor allem, wenn man bedachte, dass der Erlös allein schon der Einrichtung dieses Zimmers ihr ein gutes Auskommen beschert hätte.

Greta von Eschwitz bot den beiden keinen Platz an, sondern ging zielsicher zu einer Anrichte, auf der ein Tablett mit einer Flasche Brandy stand, und schenkte sich ein großes Glas ein. Ihre Hand zitterte dabei ein wenig. Erst jetzt sah sie zu ihren Gästen und mit einem schiefen Lächeln sagte sie seufzend: »Möchten Sie auch einen?«

Die beiden schüttelten den Kopf.

»Nein?«, fragte ihre Gastgeberin affektiert. »Nun, wenn man selbst in der komfortablen Position ist, andere vernichten zu können, dann will man das vermutlich mit klarem Kopf genießen.« Daraufhin schüttete sie, ohne mit der Wimper zu zucken, ihren Brandy hinunter. »Leute wie Sie können es nicht ertragen, wenn andere mehr haben.« Sie füllte erneut ihr Glas.

Mira setzte sich unaufgefordert an einen runden Tisch mit verschnörkelten Beinen und antwortete ihr in ruhigem Ton: »Ich bitte Sie, Frau von Eschwitz, ich bin nicht hier, um eine Neiddebatte zu führen.« Sie legte den Kopf schräg und taxierte ihr Gegenüber. »Und ich habe keinerlei persönliches Interesse an Ihrem finanziellen oder gesellschaftlichen Ruin.«

»Warum sind Sie dann hier?«, schleuderte die Frau Mira nun voller Wut entgegen.

»Ich will wissen, was Matthias Lomat mit dem Tod von Nadja Johann, Margaretha de Silva, Renaldo Cargossa, Sylvia Teicher und Harry Bieland zu tun hat.«

Ihre Gastgeberin stierte sie einen Moment lang mit großen Augen an, dann begann sie zu lachen. Ein lautes, unangenehmes Kreischen entwich ihrem weit aufgerissenen Mund, sodass Mira fast befürchtete, Greta von Eschwitz wäre dabei, den Verstand zu verlieren. Doch nachdem sie noch ein paarmal übertrieben geprustet hatte, beruhigte sie sich wieder.

»Sind Sie tatsächlich so verrückt zu glauben, dass ich mich Ihnen gegenüber dazu äußere? Wieso sollte ich das tun? Um hinterher auch einen ›Unfall‹ zu haben?« Bei dem Wort Unfall hob sie die Hände und malte mit den Fingern unsichtbare Anführungszeichen in die Luft.

»Heißt das, diese Menschen wurden von Matthias Lomat ermordet?«, mischte sich Frank ein.

Mit einem heftigen Ruck fuhr Frau von Eschwitz zu ihm herum. »Das habe ich nicht gesagt«, rief sie aufgebracht. »Wehe, wenn Sie das drucken!«

Die Hausherrin lief auf und ab, drehte dann ihren Besuchern den Rücken zu und sah aus dem Fenster. Gerade als Mira ihre nächste Frage stellen wollte, begann sie zu sprechen: »Welche Zusicherungen können Sie machen?«

Die Journalistin hatte sich vorbereitet und antwortete schnell: »Wenn Sie mir brauchbare Informationen liefern, werde ich Sie selbstverständlich als meine Quelle schützen. Niemand erfährt etwas von Ihren Geldproblemen und natürlich auch nicht von unserm Gespräch.«

Noch immer hatte ihnen die Frau den Rücken zugewandt. »Und das garantieren Sie mir?«

»Ja!« Mira zögerte einen Augenblick, bevor sie ein weiteres Argument vorbrachte. »Sie sollten auch bedenken, dass Herr Lomat, wenn er wegen irgendwelcher Vergehen im Gefängnis landet, wohl kaum in der Lage sein wird, das Ihnen gewährte Darlehen zurückzufordern.«

Durch den Körper der Frau am Fenster ging ein kaum merklicher Ruck. Offensichtlich hatte sie die Angelegenheit noch nicht aus diesem Blickwinkel betrachtet. Würde Lomat auf welche Art auch immer beseitigt, dann könnte das tatsächlich ihre sämtlichen Probleme lösen.

»Gut!« Endlich drehte sich Greta von Eschwitz um. »Sie werden alle Unterlagen, die mich betreffen, vernichten und niemand wird von unserem Deal erfahren!«

»Einverstanden!«, entgegnete die Journalistin.

Zur gleichen Zeit auf dem Flug 109 B8T2 nonstop von Johannesburg nach Frankfurt

Der Flug verlief angenehm. Kaum Turbulenzen und reichlich Platz für die Passagiere, da die Maschine nicht ausgebucht war. Einige Geschäftsleute, eine Familie mit Kind, das zum Glück weder quengelte noch die ganze Zeit lautstark durch den Gang raste, und eine ältere Afrikanerin, die leise schnarchte, waren die Personen, die Jörg in seinem Blickfeld hatte.

Er lehnte sich behaglich in seinem Sitz zurück. Bald würden sie in Frankfurt landen, wo seine Verlobte, seine Freunde und sein Job auf ihn warteten. Er war aus beruflichen Gründen in Südafrika gewesen. Das Unternehmen, bei dem er angestellt war, handelte mit Weinen und als Einkäufer reiste er in der ganzen Welt herum, immer auf der Suche nach neuen edlen Tropfen, die man in unterschiedlichen Preisklassen anbieten und mit denen man den Kundenkreis erweitern konnte.

Chile, Argentinien, Australien – und dieses Mal war es Südafrika gewesen. Er hatte fast schon alle Kontinente besucht und liebte seinen Beruf. Auch das Fliegen war längst zur Routine für ihn geworden.

Er verzog die Lippen zu einem Lächeln. Im Gegensatz zu der jungen Stewardess, die seine Reihe bediente. Die Flugbe gleiterin sah auffallend blass aus und er vermutete, dass sie vielleicht zum ersten Mal auf einem Langstreckenflug eingesetzt war.

Jörg warf ihr einen mitfühlenden Blick zu, als sie die Tabletts abräumte. Schließlich fragte er freundlich: »Fühlen Sie sich nicht wohl? Kann ich vielleicht helfen?«

Die junge Frau sah ihn mit großen Augen an. Auf ihrer Stirn waren kleine Schweißperlen zu sehen. Zuerst schien es, als wüsste sie nicht, was der Fluggast meinte. Sie wirkte angespannt, atmete dann jedoch beinahe erleichtert aus und antwortete mit einem bemühten Lächeln: »Ja, vermutlich habe ich mich wegen der Klimaanlage erkältet.«

»Das kann schnell passieren«, erwiderte Jörg verständnisvoll und las ganz automatisch das Namensschild der jungen Frau, als diese nach seinem Tablett griff. Sarah Prega stand dort.

Die Flugbegleiterin hatte Schmerzen. Wann war das losgegangen? Beim Abflug hatte sie keinerlei Anzeichen verspürt, war bei bester Gesundheit gewesen. Nervös blickte Sarah auf ihre Armbanduhr, noch zwei Stunden bis zur Landung. Sie schlich an ihrer Kollegin vorbei und schloss sich in den kleinen Waschraum ein. Schnell tupfte sie ein wenig Wasser auf ihre Stirn und den Nacken, das brachte Erleichterung.

Erschrocken betrachtete die junge Frau ihr Gesicht im Spiegel. Jemand rüttelte an der Tür. Konnten die denn nicht warten? Das Besetztzeichen war doch deutlich zu sehen.

Sarah griff zu den Papierhandtüchern und trocknete sich die Hände. Wieder wurde an der Klinke gerüttelt.

»Einen Moment noch!«, rief sie laut und bemühte sich, nicht allzu unfreundlich zu klingen.

Ihre Finger tasteten nach dem Türgriff. Sie drehte an der Verriegelung und wollte gerade den Waschraum verlassen, als ein stechender Schmerz ihren Körper durchfuhr. Es fühlte sich an, als hätte ihr jemand ein scharfes Messer in den Bauch gerammt. Sie stöhnte und stolperte aus dem engen Raum. Eine Hand an der Wand, um sich abzustützen, die andere gegen den Unterleib gepresst.

»Alles in Ordnung?«, fragte der Fluggast, der eben noch so ungeduldig an der Tür gerüttelt hatte, unsicher.

»Ja, ja«, log Sarah und drängte sich rasch an dem Mann vorbei. Der Schmerz ließ für einen Moment nach und sie richtete sich mit zusammengepressten Lippen auf. Vermutlich nur ein harmloser Magenkrampf.

Zur gleichen Zeit in der Villa von Greta von Eschwitz in München

Greta von Eschwitz hatte sich zu Mira und Frank an den Tisch gesetzt. Die Journalistin zeigte ihr die Kopie des Kreditvertrags mit Lomat und die Darlehenstabelle. Es war nicht vorgesehen, etwas von dem USB-Stick und den anderen Dokumenten zu erzählen.

Ihre Gastgeberin versuchte zu taktieren, wie Mira sofort an deren Frage bemerkte: »Was wissen Sie denn bis jetzt?«

Frau von Eschwitz war eine geborene Opportunistin. Sie würde ihr Fähnchen in den Wind hängen, egal woher der wehte, wenn es darum ging, den eigenen Hals zu retten.

»Sagen wir so«, entgegnete Mira zurückhaltend. »Sie sind nicht die Erste, mit der ich spreche!«

Die Hausherrin winkte ab. »Margaretha de Silva war eine frustrierte Frau ohne den nötigen Verstand. Sie hätte ein so angenehmes Leben führen können …« Sie hob ihre aufgemalten Augenbrauen und nippte an dem Brandy.

»Frau de Silvas Tod war also kein Unfall?« Mira bemühte sich, nicht zu interessiert zu wirken.

»Ich habe keine Ahnung, was das war, und das ist die Wahrheit. Sie werden mich nicht dazu bringen, irgendwelche wilden Behauptungen hinauszuposaunen. Aber dass sich die gute Margaretha der Presse gegenüber so offen gezeigt hat, ist sicher manchem übel aufgestoßen.«

»Wen genau hatte das gestört?«

»Schätzchen!«, Greta von Eschwitz lachte schrill auf. »So ziemlich alle, die mit Lomat Geschäfte machen.«

»Seine Kunden?«

»Manche davon!«

»Welche genau?«

Miras Gesprächspartnerin schien sich immer noch zieren zu wollen, deshalb verschärfte die Journalistin ihren Ton: »Ich bleibe nicht ewig hier sitzen, um Ihnen die Einzelheiten aus der Nase zu ziehen.«

»Hören Sie«, zischte Greta nun wütend, »das sind zum Teil gute Bekannte von mir, ich werde die nicht alle hinhängen. Außerdem spielen die für Ihre *Story* wohl kaum eine Rolle.« In das Wort Story legte sie alle Missbilligung, die sie aufbringen konnte. »Zudem kenne ich gar nicht alle.«

»Gut, dann fangen wir mit Lomat an.«

»Ich glaube nicht, dass Ihnen klar ist, mit wem Sie sich da anlegen«, entgegnete Greta von Eschwitz.

»Dann wird es vermutlich Zeit, uns aufzuklären«, antwortete ihr Mira, die langsam die Geduld verlor.

»Schön.« Ihre Gastgeberin zuckte mit den Schultern, als wollte sie sagen: »Ich habe Sie gewarnt!«, und begann schließlich ihre Geschichte zu erzählen. »Es ist nicht mehr wie früher, wo man für seine Herkunft geachtet wurde. Geld spielt mittlerweile eine größere Rolle als Blut.«

Frank war versucht, ein paar Kommentare über Faulheit und Ausbeutung von sich zu geben, hielt sich aber damit zurück.

Auch Mira schwieg und wartete darauf, dass ihre Informantin fortfuhr.

»Jedenfalls ist es unmöglich, sich einen gewissen Lebensstil, den man jahrzehntelang gepflegt hat, wieder abzugewöhnen. Sehen Sie mich nicht so entsetzt an«, sagte Greta von Eschwitz an die Journalistin gewandt. »Die Gesellschaft erwartet von mir, dass ich ein glamouröses Leben führe. Und es ist ja nicht so, dass nicht auch jemand wie Sie davon profitiert. Ihre Zeitung zum Beispiel hat sich des Öfteren meiner Person bedient, um die Auflage zu steigern.«

»Gut«, ging Mira jetzt dazwischen. »Wir haben verstanden, dass Sie gezwungen waren, über Ihre Verhältnisse zu leben. Jetzt will ich wissen, wann Matthias Lomat ins Spiel kam.«

Die Frau seufzte, stand auf, öffnete einen antiken Sekretär und kehrte mit einem Kristallaschenbecher und einem goldenen Zigarettenetui zurück. Auch das passende Feuerzeug hatte sicher mehr gekostet, als Mira im Monat verdiente.

Die Eschwitz zündete sich eine ihrer langen, schmalen Zigaretten an, sog daran wie an einem Strohhalm, inhalierte tief und stieß dann den blauen Dunst durch Nase und Mund wieder aus. Als sie das Etui einladend in Miras Richtung streckte, bediente die sich.

»Ich habe mir anfangs nichts dabei gedacht«, nahm die Hausherrin den Faden wieder auf. »Ich hatte Geldprobleme und Lomat, dieser smarte junge Banker, bot sich an, mir auszuhelfen. Ich gebe zu, ich war so leichtsinnig zu glauben, ein Gentleman würde eine Dame nicht erpressen, aber da habe ich mich wohl getäuscht.« Wieder zog sie gierig an der Zigarette, sodass sich um ihre gespitzten Lippen viele kleine Falten bildeten. Dann machte sie eine wegwerfende Handbewegung und sprach weiter: »Kurzum, meine Schulden stiegen an und Lomat wollte plötzlich sein Geld zurück.«

Es war schwer zu sagen, ob diese Frau das Opfer nur glänzend spielte oder tatsächlich davon überzeugt war, dass ihr das Leben in dieser Beziehung übel mitgespielt hatte. Jedenfalls ließ sie keine Gelegenheit aus, Letzteres durch Gesten und übertrieben tragische Mimik zu betonen.

»Ich konnte natürlich nicht zahlen, wie auch?« Sie sah zum Fenster, als wäre ihr die Angelegenheit mit einem Mal furchtbar peinlich. Dann wandte sie den Kopf, straffte die Schultern und sagte: »Also hat er mir ein Geschäft vorgeschlagen.«

Wie gebannt starrte Mira nun zu der Frau und wagte es nicht, diese zu unterbrechen.

»Es hörte sich so einfach an. Ich sollte ihm Kunden besorgen und er würde dafür meine Schulden streichen.«

»Kunden für seine Bank?«, hakte die Journalistin ungläubig nach. »Sie wollen mich auf den Arm nehmen, oder?«

»Keineswegs«, erwiderte Greta von Eschwitz, »Sie haben mich nicht ausreden lassen«, fügte sie nun tadelnd hinzu. »Das waren nicht irgendwelche Kunden, sondern Kunden mit gewissen Problemen.«

»Was für Problemen?« Mira dachte an die Prostitutionsgeschäfte von Harry Bieland und versuchte, sich einen sexuellen Hintergrund zurechtzubasteln.

»Geldproblemen natürlich«, machte ihre Gesprächspartnerin diese Theorie schnell zunichte.

»Es ging um Kredite?«

Jetzt lachte Greta von Eschwitz: »Gütiger Gott, nein. Nicht diese Art von Problemen. Die Leute, um die es geht, haben nicht zu wenig, sondern zu viel Geld.«

Sie sah die fragenden Gesichter und ergänzte: »Geld, das sie nicht einfach in Umlauf bringen können, weil es entweder nicht legal erworben wurde oder unversteuert bleiben soll.«

Damit konnte die Journalistin etwas anfangen. »Lomat wäscht also Geld?«

Greta drückte ihre Zigarette aus und nickte. »Haben Sie eine Ahnung, was uns der Staat jährlich wegnimmt?«

»Auch ich zahle meine Steuern, somit ist mir das bekannt.«

»Liebe Frau Kosch, ich rede hier vom Spitzensteuersatz. Aber das ist auch egal. Jedenfalls muss man ein bisschen erfinderisch sein, wenn man überleben will.«

Auch an dieser Stelle hätte Frank Rotha gern etwas Entsprechendes eingeworfen, schluckte es jedoch herunter.

»Ich nehme an, wir reden hier von Schwarzgeld?«, fasste die Journalistin nach.

»Bestechungsgelder und Schwarzgeld, überwiegend das Letztere. Niemand würde glauben, wie viel Bargeld außerhalb der Banken aufbewahrt wird. Wo soll man damit auch hin? Einfach auf das Konto einzahlen geht ja nicht. Da haben Sie sofort die Behörden am Hals. Die Aufbewahrung ist ein Risiko. Was, wenn Ihr Haus abbrennt? Dann ist alles weg. Und der schnelle Abtransport ist auch nicht so einfach, vor allem, wenn man eben mal das Land verlassen muss. Mehrere hunderttausend Euro in kleinen Scheinen, die packen Sie nicht flugs in die Handtasche und verschwinden.«

Mira dachte für eine Sekunde daran, dass die Frau klang, als würde sie eine Verkaufsveranstaltung moderieren. Vermutlich hatte Frau von Eschwitz diese Sätze schon hundert Mal wiederholt, wenn sie für Lomat auf Kundenfang gegangen war.

»Lomat hat erkannt, dass daraus ein Geschäft zu machen ist, und zugegriffen.« Sie machte eine lässige Handbewegung. »Zugegeben, seine Kunden sind sehr zufrieden.«

»Er nimmt also das Schwarzgeld, und dann? Transferiert er es ins Ausland, von einer Bank zur anderen? Richtet er Offshore-Konten ein? Oder gründet er für seine Kunden Briefkastenfirmen in einem Steuerparadies? So oder so können weder das Finanzamt noch die Justiz herausfinden, woher das Geld kommt und wem es gehört …«, sagte Mira. Sie wusste, dass es solche Systeme gab, das war kein neues Vorgehen.

Greta von Eschwitz grinste hinterhältig. »So könnte man es auch machen, aber das bedeutet doch, dass Ihr Eigentum sehr weit weg ist. Und was, wenn jemand redet? Das kommt immer häufiger vor. Ich sage nur *whistleblower*. Ist das nicht ein schrecklicher Gedanke, anderen auf Gedeih und Verderb ausgeliefert zu sein? Ein Verdacht und sofort wirft der Staat die Parkkralle auf Ihr Vermögen.« Wieder erfüllte ein Hauch von Werbeveranstaltung den Raum, als die Gastgeberin weitersprach. »Stellen Sie sich vor, man entdeckt Ihre Schwarzgeldgeschäfte oder wirft Ihnen irgendein hanebüchenes Vergehen vor und am Ende friert man Ihre Konten ein. Man sollte niemals alles auf ein Pferd setzen. Deshalb bietet Lomat eine bessere Alternative an.«

Unwillkürlich tauchte vor Miras geistigem Auge das Gesicht Margaretha de Silvas auf, die sie mahnte: »Behalten Sie immer das Ziel vor Augen. Es geht darum, das, was man hat, zu schützen und zu vermehren.«

Die Journalistin verstand plötzlich, brauchte aber die Bestätigung von ihrer Informantin: »Er hat für seine Kunden also eine sichere Anlagemöglichkeit für deren Schwarzgeld gefunden.«

Frank sah verständnislos zwischen den beiden Frauen hin und her.

»Genau, eine Anlage, die das, was man hat, absichert, leicht transportierbar ist und sich ohne Probleme lagern lässt, sowohl im hauseigenen, feuerfesten Safe als auch in einem Bankschließfach, egal wo auf der Welt. Sie erwerben diese Anlage direkt von Lomat.«

»Eine Anlage, weniger wankelmütig als Aktien, flexibler als ein Grundstück und leichter als Gold«, entgegnete Mira mit zusammengekniffenen Augen. Es war, als würden sich alle Nebelschleier lüften, als wäre die Antwort immer schon direkt vor ihrer Nase gelegen. Margaretha de Silvas Geburtstagsgeschenk, der Edelstein in der Hand der toten Sylvia Teicher und alles, was sie sonst erfahren hatte, ließen nur einen Schluss zu: »Diamanten!«, sagte sie schließlich.

Greta von Eschwitz hob ihr Glas, prostete der Journalistin kurz zu und entgegnete kalt lächelnd: »Gratuliere!«

Zur gleichen Zeit auf dem Flug 109 B8T2, nonstop von Johannesburg nach Frankfurt

Sarahs Kollegin runzelte missbilligend die Stirn: »Wo hast du gesteckt? Der Gast auf H 36 möchte noch eine Tasse Kaffee.«

Sarah ging nicht weiter auf die Rüge ein, sondern sagte nur: »Ich gehe gleich zu ihm.«

Um keine Diskussion zu riskieren, richtete sie das Gewünschte her und eilte damit durch den Mittelgang.

Jörg, der gerade nichts Besseres zu tun hatte, beobachtete zufällig, wie die junge Flugbegleiterin nun mit einem Becher Kaffee zu dem Mann zwei Reihen vor ihm ging.

Sie stand direkt neben dem Fluggast, als dieser plötzlich aufschrie: »Mensch, können Sie nicht aufpassen?« Es folgte ein lauter Fluch und eine unverschämte Beschimpfung.

Jörg, der kein Verständnis für solch unflätiges Verhalten hatte, spitzte die Ohren, um notfalls Partei für die Stewardess zu ergreifen.

Auch die Fluggäste um ihn herum hoben die Köpfe.

»Was ist denn da los?«, fragte jemand und leises Getuschel begann.

Jörg war aufgestanden.

Erneut schrie der Mann zwei Reihen weiter vorne. »Um Gottes willen, kommen Sie mir bloß nicht zu nahe!«, rief er dieses Mal, was dafür sorgte, dass sich auch andere Passagiere beunruhigt erhoben.

Sarah Prega stand reglos da. Den Becher mit dem heißen Kaffee hatte sie fallen lassen, der Inhalt durchtränkte gerade die Hose des Fluggastes. Die Haltung der Stewardess war leicht gekrümmt, ihr Gesicht kreidebleich und aus Nase und Mund lief Blut.

Jörg sah zunächst nichts davon, als er die junge Frau erreichte, weil sie mit dem Rücken zu ihm stand. Behutsam legte er eine Hand auf ihre Schulter und wollte eben den ungehobelten Passagier zurechtweisen, als er dessen angstverzerrtes Gesicht und die weit aufgerissenen Augen sah.

Er verstummte, wandte sich an die Stewardess und sagte verunsichert: »Kann ich helfen?«

In diesem Moment drehte sich die Frau um. Jörg sah das Blut in ihrem Gesicht. Sarahs Stirn war schweißbedeckt, die Augen glasig. Im nächsten Moment griff sie nach seinem Arm. Ihre Finger gruben sich schmerzhaft in seinen Muskel und sie blickte ihn direkt an, bevor sie den Mund öffnete.

Um ihre Worte besser zu verstehen, beugte er sich nahe an ihr Gesicht und glaubte, ein ersticktes »Helfen Sie mir« zu hören. Dann keuchte die Flugbegleiterin laut und erbrach plötzlich einen Schwall Blut. Noch während sie zu Boden glitt, klammerte sie sich an Jörg. Der spürte das warme Blut der Frau in seinem Gesicht. Die rote Flüssigkeit lief über seine Haut und Kleidung. Er wich jäh zurück und versuchte mit der freien Hand, die fremden Finger von seinem Arm zu lösen. Endlich war er frei. Die Stewardess lag jetzt von Krämpfen geschüttelt im Gang. Irgendwer schrie um Hilfe und endlich eilte eine Kollegin herbei. Als die Frau zu Sarah Prega kam, war diese bereits tot.

Zuerst sprach niemand, dann brach Panik aus. Jörg, der das Blut der Toten abbekommen hatte, stürzte zum Waschraum und riss sich die Kleider vom Leib. Mühsam versuchte er, sich mit dem dünnen Wasserstrahl zu säubern. Es gab einen Seifenspender mit Desinfektionslösung. Mit roher Gewalt brach er die Plastikflasche aus der Halterung und goss den Inhalt über seinen Oberkörper und das Gesicht, bis seine Augen brannten. Jemand klopfte und fragte, ob alles in Ordnung sei.

Jörgs Herz raste, er kannte die Berichte über Ebola-, Dengue- oder Marburgfieber. Diese Maschine kam aus Afrika, an mehr konnte er im Moment nicht denken. Sein Brustkorb schien sich zusammenzupressen, er bekam kaum noch Luft. Hinter ihm öffnete sich die Tür, er hatte keine Sekunde ans Abschließen verschwendet. Zwei starke Hände zogen ihn aus dem Waschraum. Ein Steward brachte Jörg auf einen Platz am Ende der Maschine. Man legte ihm eine Decke um den Körper. Er begann augenblicklich zu zittern und gleichzeitig brach ihm der Schweiß aus. Er hatte sich angesteckt, er spürte bereits die Symptome. Jörg fühlte sich krank, ihm war elend und sein Magen krampfte sich zusammen. »Oh mein Gott, ich werde sterben!«, flüsterte er vor sich hin. »Ich wollte doch nur helfen«, schluchzte er leise und dicke Tränen liefen ihm über die Wange.

Die Flugbegleiter mussten vollen Einsatz leisten, um eine Panik an Bord zu verhindern. Die Passagiere beruhigen konnten sie natürlich nicht. Aber zumindest war es ihnen möglich, den Reisenden klarzumachen, dass nur ein besonnenes Reagieren helfen würde, diese Angelegenheit zu einem glimpflichen Ende zu bringen.

Im Cockpit herrschte höchste Alarmbereitschaft. Man hatte bereits mit dem Tower gesprochen. Da kein Arzt an Bord war, musste man vom Schlimmsten ausgehen. Am Flughafen wurden bereits sämtliche Maßnahmen für die Quarantäne der Maschine vorbereitet. Die Männer und Frauen am Boden taten alles, um die Menschen an Bord schnellstmöglich medizinisch versorgen zu können. Im Moment suchte man eine geeignete Landebahn, die entsprechend abgesichert werden konnte. Denn auch mit einer anderen Gefahr mussten die Einsatzkräfte auf jeden Fall rechnen: Nämlich dass einer oder mehrere Fluggäste nach der Landung in Panik versuchen würden zu fliehen. Solange man nicht wusste, womit man es zu tun hatte, durfte man nicht das geringste Risiko eingehen.

Zur gleichen Zeit in der Villa von Greta von Eschwitz in München

»Wo hat Lomat die Diamanten her?« Miras Stimme war hart.

Greta von Eschwitz lehnte sich zurück. »Das weiß ich nicht, aber er hat einen einflussreichen Geschäftsmann an seiner Seite.«

»Mario Sieber«, ergänzte die Journalistin.

»Sie haben Ihre Hausaufgaben gemacht, wie ich sehe.«

»Erzählen Sie mir von diesem Sieber«, forderte Mira die Frau auf.

»Da gibt es nicht viel. Irgendwann ist er mit Lomat aufgetaucht, hält sich aber bedeckt und niemand weiß etwas über ihn. Man munkelt, er sei unverschämt reich. Und«, jetzt erschien ein diabolisches Grinsen auf ihrem Gesicht, »er jagt Lomat eine Heidenangst ein. Deshalb vermute ich auch, dass er wichtig ist.«

»Was war mit Harry Bieland?«

»Bieland?«, sie verzog nachdenklich den Mund, was ihrem Aussehen nicht gerade schmeichelte. »Bieland war ein Würstchen, aber er und Lomat steckten ständig die Köpfe zusammen. Wer weiß, womöglich war er ein Handlanger, dazu hat er vielleicht getaugt.«

»Hat Lomat etwas mit Bielands Prostitutionsgeschäften zu tun?«

Die Gastgeberin lachte auf: »Nein, der braucht sich bestimmt keine zu kaufen. Diese hohlwangigen Flittchen laufen dem doch scharenweise hinterher.«

»Was ist mit Renaldo Cargossa?«

Miras Gesprächspartnerin machte ein überraschtes Gesicht. »Dieser Italiener, der bei einem Flugzeugabsturz ums Leben kam?«

Die Journalistin nickte.

»Nun, den kannte ich nicht, hatte der auch mit Lomat zu schaffen?«

Mira überging die Frage und fragte zurück, statt zu antworten: »Was ist mit Louis Montagne?«

Ihr Gegenüber lächelte. »Ah, der charmante Franzose. Ich wusste nicht, dass Sie ihn kennen. Normalerweise hält er nichts von der Presse.« Bei der letzten Bemerkung konnte man förmlich sehen, wie es Greta von Eschwitz Vergnügen bereitete, besonders herablassend zu sein.

Das änderte sich allerdings, als die Journalistin ihr Interview weiterführte: »Steckt Montagne auch mit drin?«

Der Hochmut der Frau verflüchtigte sich wieder. »Nein, es ist allgemein bekannt, dass Louis in diesen Dingen ein wenig altmodisch ist.«

»Sie meinen ehrlich«, entgegnete Mira spöttisch.

Das genervte Zungenschnalzen der Gastgeberin war Antwort genug.

»Was passiert eigentlich, wenn ein Kunde seine Diamanten wieder zu Geld machen will?«

»Na ja, wenn das notwendig werden sollte, könnte er sich ebenfalls an Lomat wenden. Außerdem würde man für so etwas Besonderes überall auf der Welt einen Abnehmer finden. Aber wie ich schon sagte, es geht vor allem darum, eine langfristige Anlagemöglichkeit außerhalb einer Bank zu finden. Lomats Kunden sind überwiegend daran interessiert, sich allabendlich die kleinen, glitzernden Steine durch die Finger gleiten zu lassen.« Den letzten Satz betonte sie anzüglich, dann sah sie die Journalistin herausfordernd an. »Ich habe Ihnen alles gesagt, was ich weiß. Ich hoffe, Sie halten Wort.«

Mira nickte und reichte Greta von Eschwitz die Ausdrucke. »Es wird keine Kopie von diesen Unterlagen geben und ich werde Sie aus allen Reportagen heraushalten.«

Interessanterweise schien sich die Hausherrin keine Gedanken darüber zu machen, welche Konsequenzen eine polizeiliche Ermittlung für sie haben konnte, falls man dabei auf ihren Namen stoßen würde.

Es war deshalb fast unheimlich, dass Greta von Eschwitz genau in diesem Moment diese unausgesprochene Feststellung aufgriff: »Vor den Behörden habe ich keine Angst. Was kann man mir schon nachweisen? Dass ich Lomat als Banker empfohlen habe? Nichts weiter als ein peinlicher Irrtum. Und die, die mit ihm diese Art von Geschäften gemacht haben, müsste man erst einmal finden. Lomat wird kaum so dumm sein, darüber Buch zu führen.«

Mehr gab es zwischen ihnen nicht zu sagen. Mira und Frank verabschiedeten sich, während Greta von Eschwitz lediglich die Hand hob und ungeduldig sagte: »Sie finden ja alleine hinaus.«

Im Auto sah die Journalistin ihren Freund mit funkelnden Augen an.

»Du hast da gerade eine Mega-Story an Land gezogen«, rief Frank begeistert.

»Und es wird noch besser«, entgegnete Mira aufgeregt. »Ich denke nämlich, dass Lomat doch Buch führt.«

Frank klatschte sich mit der Hand an die Stirn: »Natürlich, die vierte Datei. Du meinst, er hat dort seine Kundendaten aufgelistet.«

»Ich bin mir sicher. Deshalb ist er so verzweifelt hinter dem USB-Stick her. Selbst wenn die für uns nicht zu entschlüsseln ist, eine staatliche Einrichtung wird dazu in der Lage sein.«

»Wir gehen also als Nächstes zur Polizei?«, fragte Frank hoffnungsvoll.

»Noch nicht. Erst will ich herausfinden, wie diese Geldwäsche genau abläuft. Lomat tauscht das Schwarzgeld seiner Kunden gegen Diamanten. Mich würde interessieren, wo er die Diamanten her hat und was er mit dem vielen Bargeld macht.« Sie sah seinen besorgten Blick und beeilte sich zu sagen: »Sowie ich das weiß, schreibe ich meinen Artikel und gebe den Behörden die vierte Datei.«

»Und diese alte Schachtel da drin?« Er deutete mit dem Daumen Richtung Villa.

»Journalisten-Ehre. Von mir wird niemand etwas über ihre Verbindung zu Lomat erfahren. Ich lösche die Datei auf dem Stick und halte mich an die Vereinbarung.«

»Ist es nicht wahrscheinlich, dass die Polizei etwas über sie herausfinden wird, wenn es zu einer Untersuchung kommt?«

»Möglich, aber es ist, wie sie gesagt hat. Was kann man ihr schon vorwerfen?«

»Aber das mit ihren Schulden könnte auffliegen.«

Mira lachte. »Ich denke, Greta von Eschwitz wird sich unbeschadet aus der Sache herauswinden. Die Polizei ist schließlich nicht die Presse, damit stehen die Chancen gut, dass die Öffentlichkeit nichts von den Geldproblemen dieser feinen

Dame erfährt. Und wenn Lomat ins Gefängnis wandert, dann ist sie schuldenfrei.«

Während die beiden Presseleute ihr Auto ausparkten, hatte sich Greta von Eschwitz mit einer eleganten Bewegung von ihrem Stuhl erhoben und war ans Fenster gegangen. Ein zufriedenes Lächeln erschien auf ihrem Gesicht. Diese Gefahr hatte sie geschickt abgewendet. Der Lomat konnte ihretwegen zur Hölle fahren.

Kurz darauf klingelte das Handy der Frau.

Wenn man an den Teufel denkt, schoss es Greta durch den Kopf, als sich am anderen Ende der Banker meldete.

Nach den üblichen Begrüßungsfloskeln sagte der Mann nun: »Meine liebe Greta, ich muss dich warnen. Diese unangenehme Mira Kosch schnüffelt überall herum. Hat sie sich schon bei dir gemeldet?«

Die Frage klang vollkommen harmlos, deshalb schöpfte seine Gesprächspartnerin keinen Verdacht und flötete: »Mein lieber Matthias, ich werde diese Dame nach allen Regeln der Kunst abblitzen lassen, du weißt doch, dass du dich auf mich verlassen kannst.«

»Aber sicher doch, du bist ein Schatz!«, beendete der Banker das Gespräch.

Als er auflegte, umschlossen seine Finger den Telefonhörer so fest, dass man den Eindruck hatte, er wollte ihn zerbrechen.

»Diese alte Hexe hat mich gerade verarscht! Beenden Sie das!«, gab er Christina Geiner seine Anweisung.

Später am Abend auf dem Flughafen Frankfurt

Das Flugzeug 109 B8T2 von Johannesburg nach Frankfurt war nun endlich im Landeanflug. Der Pilot hatte noch in der Luft kreisen müssen, bis die ausgewählte Landebahn entsprechend präpariert worden war.

Wenige Stunden zuvor hatte ein logistischer Albtraum begonnen. Innerhalb kürzester Zeit musste alles vorbereitet werden, um den möglichen Ausbruch einer Epidemie zu verhindern. Neben dem allgemeinen Kompetenzgerangel galt es, die notwendigen Experten vor Ort zu bringen und eine Bio-Taskforce zu bilden. Kliniken mussten sich auf höchste Alarmstufe einstellen, denn noch war unklar, womit man es zu tun hatte. Welche Einrichtung wäre überhaupt in der Lage, im schlimmsten Fall so viele Menschen auf einmal unter Quarantäne zu stellen und medizinisch zu versorgen? Man brauchte dazu schließlich Seuchenstationen. Das waren nur einige der Probleme, die es zu lösen galt. Jedenfalls war die Landefreigabe erteilt worden und in der Maschine gaben die Flugbegleiter den Passagieren letzte Anweisungen.

Jörg saß allein in der letzten Reihe. Man hielt sich fern von ihm und er konnte es dem Personal und seinen Mitreisenden nicht einmal verdenken. Die letzten Stunden waren trotzdem die einsamsten seines Lebens gewesen. Noch nie hatte er sich den Kopf über den Tod zerbrochen. Solche Gedanken schob man für gewöhnlich beiseite. Aber heute hatte er dazu Zeit gehabt, zu viel Zeit.

Vergebens versuchte er zu verdrängen, dass hinter ihm, nur durch den Vorhang vom Rest der Menschen an Bord getrennt, die Leiche Sarah Pregas lag. Zwei der Stewards hatten sie mit Handschuhen und Schutzmasken ausgestattet in eine Decke gewickelt und nach hinten gebracht. Man hatte provisorisch noch leere Plastikmüllsäcke über sie geworfen, als hätte man damit irgendetwas aufhalten können.

Während die Reifen des Flugzeugs den Boden berührten und ein Ruck durch die Maschine ging, hatte Jörg nicht das trotz seiner Vielfliegerei gewohnte Gefühl der Erleichterung.

Warum auch? Wäre der Flieger bei der Landung explodiert, dann hätte er *es* wenigstens schon hinter sich gehabt. Er musste wieder an das viele Blut denken, das Sarah Prega erbrochen hatte. Unverkennbar war die Frau von Schmerzen gequält worden – so wie auch er im Moment.

Die Maschine kam zum Stehen. Jörg sah die vielen Lichter. Er konnte Rettungsfahrzeuge erkennen und Polizisten. Ihn fröstelte und er zog die Decke fester um sich. Was, wenn er jetzt einfach aus der Maschine stürmen würde? Vielleicht wären die Beamten da draußen dann gezwungen, ihn zu erschießen wie einen tollwütigen Hund. Was für ein schrecklicher Vergleich. Jörg liebte Hunde, hatte sich bisher nur keinen angeschafft, weil er der Meinung war, nicht genügend Zeit für das Tier zu haben. Oh Gott, wenn das doch nur alles nicht passiert wäre. Hätte er noch eine Chance erhalten, er hätte so vieles anders gemacht.

Jörg beobachtete, wie sich ein Fahrzeug näherte. Geisterhafte Gestalten in Schutzanzügen stiegen aus. Sie hatten Gerätschaften, Taschen und eine Bahre bei sich. Er hörte Stimmen. Die Passagiere im vorderen Teil der Maschine ließen ihren Emotionen freien Lauf. Jemand schrie, er wolle sofort nach Hause, das kleine Kind an Bord weinte in den Armen seiner Mutter, eine Frau rief hysterisch nach einem Arzt und wieder andere rotteten sich zusammen, um vielleicht mit Gewalt gegen die drohende Quarantäne vorzugehen.

Jörgs Nerven lagen blank. Es ging ihm von Minute zu Minute schlechter. Als sich schließlich einer der Schutzmaskierten über ihn beugte, krampfte sich erneut sein Brustkorb zusammen und er glitt in eine erlösende Ohnmacht.

Kapitel 12

Zur gleichen Zeit am Stadtrand von Frankfurt

Frank und Mira erreichten Frankfurt erst am späten Abend. Sie hatten die ganze Fahrt über diskutiert, wie sie weiter vorgehen konnten. Die Journalistin war sich jedoch noch nicht sicher. Deshalb beschlossen die beiden, bei ihrem Lieblingsitaliener außerhalb der City noch ein spätes Abendessen zu sich zu nehmen und dann eine Nacht darüber zu schlafen.

Da Mira von München zurückgefahren war, bot ihr Frank an, sie mit dem Motorrad zur Pizzeria zu chauffieren. Sie nahm an.

Die Journalistin war erschöpft und schmiegte sich fest an ihren Freund, der nun auf der leeren Landstraße die Maschine beschleunigte. An mehr würde sich Mira im Nachhinein nicht mehr erinnern können.

Sie hatten gerade die Geschwindigkeit verringert, weil das Ortsschild einer kleinen Gemeinde vor ihnen auftauchte, als von hinten ein Wagen aus der Dunkelheit schoss.

Frank hatte keine Chance. Das fremde Fahrzeug fuhr weder mit Licht, noch machte es irgendwelche Anstalten abzubremsen. Der Zusammenstoß war heftig. Der Wagen erwischte sie am hinteren Reifen, das schwere Motorrad wurde sofort zur Seite geschleudert. Mira schrie auf, klammerte sich instinktiv an ihren Freund und fühlte das Schlingern und Rucken. Frank riss noch am Lenker, um die Maschine abzufangen, aber es war ein sinnloses Hinauszögern des Unvermeidlichen. Trotz seines Manövers konnte er nicht verhindern, dass die Maschine zur Seite kippte. Der Aufprall war hart. Mira spürte durch die Lederkombi jeden Kiesel unter sich, als sie über den Asphalt schlitterten. Ihre Schulter brannte, wenigstens war sie nicht mit dem Kopf aufgeschlagen. Die Maschine begrub beide unter sich und schob ihre Körper mit Macht über den Boden. Das Ganze dauerte nur Sekunden, aber es fühlte sich wie eine Ewigkeit an, bis sie endlich still dalagen. Miras Hände klammerten sich immer noch an Frank. Sie war nicht in der Lage ihn loszulassen. Dafür hörte sie noch zu deutlich den schrecklichen Ton, als sein Helm auf den harten Untergrund geknallt war.

Ihr Freund lag reglos vor ihr und sie hatte plötzlich nur noch einen Gedanken: »Ich muss ihn festhalten, bei ihm sein.«

Sie spürte weder die Schürfwunden und Prellungen noch das Gewicht des Motorrades auf sich. Einzig eine unbeschreibliche Angst beherrschte die Journalistin. Warum war er so still? Sie wagte nicht, seinen Namen zu rufen. Was, wenn keine Antwort käme? Ihre Hände schmerzten, so verkrampft umschlossen die Finger das Leder seiner Jacke.

Auch wie lange sie in der Dunkelheit gelegen hatten, würde Mira später nicht mehr sagen können.

Plötzlich tauchten Lichter und Stimmen auf. Alles wurde leichter, man hatte das Motorrad von ihnen heruntergehievt. Die Journalistin begann zu schreien, als man ihre Hände von Frank lösen wollte. Jemand sprach mit ihr. Es war eine angenehme Stimme, ruhig und sanft: »Sie müssen ihn loslassen, damit wir ihn medizinisch versorgen können. Alles wird gut.«

»Nein, nein!« Sie wusste nicht, ob man sie verstehen konnte. Ihre Hände waren plötzlich leer, die Handflächen frei, man hatte ihr die Handschuhe ausgezogen. Sie zitterte und versuchte erneut, nach Frank zu greifen. Fremde Finger umschlangen die ihren: »Alles wird gut!«

Sie glaubte das keinen Moment. Ihr Kopf wurde gedreht, ihr Bein bewegt. Sie fühlte plötzlich Kälte in ihrem Gesicht. Das Visier war aufgeklappt worden und ein Licht blendete sie direkt in die Augen. Dann begann sie am ganzen Körper zu beben. Es war, als hätte Mira einen Anfall.

»Schock«, war wieder die fremde Stimme zu vernehmen, dann verschwammen die Bilder.

Wie in einem Albtraum, aus dem man verzweifelt versucht aufzuwachen und für einen kurzen Moment schemenhaft vertraute Dinge sieht, nur um sofort wieder in das Grauen abzutauchen, verlief Miras Weg zum Krankenhaus.

Die Journalistin erwachte mitten in der Nacht. Sie hatte keine Ahnung, wo sie sich befand. Ihr Körper schmerzte, als sie sich aufrichten wollte. Mira, die sonst nicht zimperlich war, stieß ein lautes »Au!« aus.

Neben ihr blinkten Lichter und irgendetwas zog unangenehm am linken Handrücken.

»Krankenhaus!«, schoss es ihr plötzlich durch den Kopf und dann kam das Erinnern.

Zwar nur bruchstückhaft: die Fahrt auf der Landstraße, dann ein schwarzes Loch und schließlich die Angst.

»Frank!«, schluchzte sie verzweifelt. Irgendetwas war passiert, etwas Schreckliches. Aber ihr Freund war nicht hier. Er saß nicht an ihrem Bett. Wenn es ihm gut gegangen wäre, dann wäre er da gewesen, davon war Mira überzeugt. Es gab also nur eine logische Schlussfolgerung: Ihm ging es nicht gut.

Tränen liefen der Journalistin übers Gesicht, als sie hektisch nach einem Lichtschalter tastete. Vermutlich kam sie dabei auf die Klingel für die Schwester, denn im nächsten Augenblick ging die Tür auf und eine besorgt dreinblickende Frau in weißem Kittel betrat das Zimmer.

»Frau Kosch, was machen Sie denn da?«, fragte die Krankenschwester mitfühlend und versuchte, ihre Patientin sanft in die Kissen zu drücken.

Aber Mira ließ sich nicht darauf ein. »Wo ist mein Freund, Frank Rotha?«

Über das Gesicht der Krankenschwester huschte ein trauriger Ausdruck, was alles nur noch schlimmer machte.

»Ich will sofort wissen, wo er ist?«, die Stimme der Journalistin überschlug sich. Sie schlug um sich, woraufhin die Infusionsflasche gefährlich am Befestigungshaken wackelte und die Kanüle einen stechenden Schmerz in ihrem Handrücken verursachte.

»Sie können mich hier nicht festhalten! Ich will sofort …«

»Bitte beruhigen Sie sich, ich werde den Arzt verständigen.«

Mira hörte augenblicklich auf, sich zu wehren. Stattdessen starrte sie die Frau nun mit versteinerter Miene an. Dann bewegte sie leicht den Kopf nach links und rechts. »Sie wollen es mir nicht sagen, weil er …« Sie konnte es nicht aussprechen.

Die Krankenschwester hatte erneut den Klingelknopf gedrückt und als jetzt die Tür aufging und eine Kollegin den Kopf hereinstreckte, rief sie: »Schnell, hol Doktor Berger, beeil dich.«

Während des folgenden Gesprächs war Mira wie betäubt. Die Tränen wollten nicht versiegen und die Worte des Arztes schienen aus einer anderen Welt zu kommen.

»Es tut mir aufrichtig leid«, mehr musste er nicht sagen. Mira hatte es gewusst. Sie hätte Frank niemals loslassen dürfen.

»Wir haben getan, was in unserer Macht stand.«

Das hat nicht gereicht, dachte Mira, konnte aber nichts sagen. Es war, als hätte sie das Sprechen verlernt.

»Seine Verletzungen sind zu schwer gewesen. Er ist während der Operation gestorben.«

Widerstandslos ließ sie sich eine Spritze geben. Frank war tot! Mit diesem Gedanken schlief sie ein, und als sie am nächsten Morgen erwachte, war sie erfüllt von Trauer. Von Trauer und Wut.

* * *

»Sie sind nicht in der Lage, die Klinik zu verlassen«, redete Doktor Berger eindringlich auf sie ein. »Ich appelliere an Ihre Vernunft.«

»Wo muss ich unterschreiben?«, entgegnete Mira stur.

Der Arzt sah sie mit großer Besorgnis an. »Das sollten Sie wirklich nicht tun!«

Die Journalistin ignorierte ihn und zog sich die Kleidung an, die ihr Dieter gebracht hatte.

Auch die kleinste Bewegung schmerzte entsetzlich, aber das war gut so. Sie wollte ihre Verletzungen spüren, und zwar jede einzelne Verstauchung und Zerrung, die geprellten Rippen unter der festen Bandage, die brennenden Schürfwunden, Blutergüsse und Schwellungen. Die Schmerzen lenkten ihre Gedanken weg von dem Wissen, künftig ohne ihn sein zu müssen.

Man hatte Sandra auf Miras Wunsch hin nicht verständigt. Was hätte es auch für einen Sinn gehabt, ihre Schwester zu belasten?

Sie dachte daran, dass auch ihr Boss sie dringend gebeten hatte, sich nicht selbst aus dem Krankenhaus zu entlassen.

»Ich habe dir eine Mega-Story versprochen und die bekommst du auch«, hatte sie Dieter kalt geantwortet, als er sie von ihrem Vorhaben hatte abbringen wollen.

»Bist du verrückt geworden?« Seine Antwort hatte weder ironisch noch gut gemeint geklungen, der Mann war einfach total geschockt gewesen. »Du wirst doch jetzt nicht weitermachen wollen?«

»Ich werde Lomat nicht davonkommen lassen. Er hat Frank getötet.«

»Um Gottes willen, Mira, dann sag das der Polizei! Was hast du denn vor? Einen Rachefeldzug?«

»Ich habe keinerlei Beweise, dass dieser Mistkerl verantwortlich ist. Ich weiß, wie das läuft. Unfall mit Fahrerflucht, genauso wie bei Sylvia Teicher. Man wird mir vorwerfen, haltlose Beschuldigungen auszusprechen.«

»Sei keine Idiotin! Wenn wir denen erzählen, an was wir da dran sind, dann schalten die sich auf jeden Fall ein.« Dieter fuhr sich hektisch mit den Händen durchs Haar. »Was habt ihr in München erfahren?«

Mira sah ihn an, ohne zu antworten. Ihr Mund war fest zusammengekniffen.

»Tu das bitte nicht!«, fuhr er fort. Noch nie zuvor hatte Dieter so mit ihr gesprochen. Mit einem Mal war er nicht mehr der zynische Zeitungsmann, der für eine Story vieles opfern würde, sondern ein Freund. »Ich habe Frank gemocht, sehr sogar, und sein Tod macht mich betroffen.«

Bei dem Wort »Tod« wandte Mira den Kopf ab.

»Glaubst du, ich möchte dich ebenfalls betrauern? Ich habe kein Interesse an so einem Artikel. Sprich mit der Polizei!«

»Das tue ich, sobald ich meine Recherchen abgeschlossen habe, und dann wird Lomat einfahren.«

So rasch es ihr möglich war, verließ Mira das Krankenhausgebäude und suchte sich im nahen Park eine ruhig gelegene Bank.

Der Inhalt ihrer Taschen hatte den Unfall größtenteils unbeschadet überstanden. Das Handy funktionierte noch, aber der goldene USB-Stick, den sie an einer Kette um den Hals getragen hatte, war an einer Ecke eingedrückt. Sie wählte die Nummer, die ihr Louis Montagne gegeben hatte.

»Frau Kosch, welche Überraschung«, begrüßte sie der Franzose, dem die Rufnummernerkennung ihren Anruf bereits angekündigt hatte.

»Mein Freund Frank Rotha ist tot«, gab sie zur Antwort und sofort liefen ihr Tränen über das Gesicht. Sie konnte sich kaum beherrschen. Mit voller Wucht traf sie erneut die Trauer. Ihre Stimme bebte deshalb, als sie sagte: »Ich brauche Ihre Hilfe!«

Montagne fragte nicht, wie der Fotograf gestorben war. Er musste nur eins und eins zusammenzählen.

»Wo sind Sie gerade?«, fragte er.

»Frankfurt!«

»Gut, wir treffen uns in meinem Hotel.« Er gab Mira die Adresse.

»Sie sind in der Stadt?«, entgegnete diese nun überrascht und erleichtert zugleich.

»Ja, zusammen mit einem Freund.«

»Ich werde da sein«, sagte die Journalistin und legte auf.

Nach dem Telefonat drehte sich Louis Montagne zu Valentin LeClerc um. »Der Freund von Mira Kosch ist tot!«

»*Merde!*«, kam die Antwort und LeClerc schlug mit der Faust auf den Tisch der Hotelsuite. »Sie muss etwas herausgefunden haben.«

»Du kannst sie selbst fragen, sie wird gleich hier sein.«

LeClerc nickte. Vielleicht würde sich jetzt endlich der Vorhang lüften. Sie waren seit dem Vortag in der Rhein-Main-Metropole. Gleich als die Nachricht von dem Flugzeug, das man unter Quarantäne gestellt hatte, bei ihm eingegangen war, hatte sich LeClerc auf den Weg nach Frankfurt gemacht und Montagne gebeten, sich dort mit ihm zu treffen. Eine Stewardess sollte der Auslöser für diesen Notfall gewesen sein und sein Instinkt sagte ihm, dass auch diese Sache irgendwie mit den jüngsten Ereignissen zusammenhing.

Hotelsuite von Louis Montagne in Frankfurt

Als Montagne die Tür seiner Suite öffnete, sah er die Journalistin bestürzt an. Sie hatte vom Weinen gerötete Augen, war unnatürlich blass und an der Art, wie sie sich bewegte, erkannte man deutlich, dass sie verletzt sein musste.

Der Franzose hätte sein Beileid aussprechen, ihr etwas Tröstendes sagen können, aber er wusste aus eigener Erfahrung, dass solche Worte in den Ohren der Betroffenen oft banal, wenn nicht sogar verlogen klangen. Nichts wurde je wieder gut und alle Zeit der Welt konnte so tiefe Wunden nicht heilen. Also schwieg er und sie blickte ihn trotzig an. Es war ein kurzer Moment, in dem sie einander voll und ganz verstanden.

Hinter ihnen räusperte sich jemand. Mira sah an Montagne vorbei und fixierte den Fremden misstrauisch.

»Mein Name ist Valentin LeClerc, es tut mir leid …«, begann er mit französischem Akzent, aber Mira bat ihn mit einer entsprechenden Handbewegung, den Satz nicht zu vollenden.

»Wer sind Sie?«, fragte sie direkt und an ihrer Körperhaltung ließ sich deutlich erkennen, dass sie keine Ausflüchte gelten lassen würde.

»Ich bin von Interpol!«

Die Journalistin hob die Augenbrauen und blickte zu Montagne.

Der zuckte mit den Schultern und sagte in versöhnlichem Tonfall: »Er ist auch ein Freund.«

LeClerc ergriff erneut das Wort: »Ich denke, wir können uns gegenseitig helfen.«

Mira hatte nicht geplant, mit der Polizei zu sprechen. Dafür gaben ihre Nachforschungen bislang zu wenig her. Vielleicht wäre es richtig gewesen, die Angelegenheit zu einem früheren Zeitpunkt an die Behörden abzugeben, aber jetzt, nach Franks Tod … Jetzt wollte sie keinesfalls riskieren, dass Lomat doch noch davonkommen konnte. Würden erst einmal offizielle Ermittlungen gegen ihn laufen, wäre er gewarnt und könnte entsprechend reagieren. Sie wollte ihn aber wegen Mordes vor Gericht bringen und dazu brauchte sie zuerst etwas Handfestes.

Als wäre LeClerc Hellseher gewesen, sagte er: »Ich verstehe, wenn Sie zurückhaltend sind, was die Zusammenarbeit mit den Behörden angeht. Aber ich bin nicht irgendein Kommissar, der heute zum ersten Mal von Matthias Lomat, Greta von Eschwitz oder Margaretha de Silva hört. Ich habe mir gerade eine Kopie des Polizeiberichts Ihres Unfalls mailen lassen.«

Er zeigte Mira den Ausdruck.

»Und ich denke, wir sind uns einig, dass das keine anonyme Alkoholfahrt, sondern ein gezielter Anschlag auf Ihr Leben war. Ich bin selbst an dem Fall dran, mich brauchen Sie nicht zu überzeugen, dass da etwas faul ist.«

Die Journalistin glaubte ihm zwar, trotzdem hatte sie Bedenken: »Interpol ist eine große Behörde, wenn Sie so sicher sind, dass da etwas nicht stimmt, dann haben Sie doch reichlich Mittel zur Verfügung, um die Hintergründe aufzudecken. Was kann ich Ihnen nützen?«

LeClerc setzte sich und forderte seine Gesprächspartnerin auf, es ihm gleichzutun. Umständlich nahm Mira auf dem Sofa Platz und bat um ein Glas Wasser. Trotz ihrer strikten Weigerung am Morgen, Medikamente gegen die Schmerzen zu nehmen, hatte sie die Schachtel, die ihr Doktor Berger in die Hand gedrückt hatte, eingesteckt. Jetzt schluckte sie dankbar eine der Kapseln.

»Sie haben vollkommen recht, Interpol ist eine große Behörde, aber wir sind Datensammler, Koordinatoren und Analysten, keine Außendienstler. Ich bin immer auf die Mitwirkung der Behörden vor Ort angewiesen. Da geht es mir wie Ihnen. Wenn ich keine Beweise habe, dann werden die nicht tätig, gleichgültig, mit welchem Ausweis ich wedle. Deshalb mein Angebot. Wir tauschen unser Wissen aus und wenn wir genug Material haben, werde ich auf offiziellem Weg dafür sorgen, dass Lomat und Co. vor Gericht gestellt werden.«

Mira verstand, gab dem Mann aber noch keine Antwort.

»Und ich werde Sie nicht daran hindern, Ihren Artikel zu schreiben.«

Noch wenige Tage davor wäre eine solche Garantie Voraussetzung für das weitere Gespräch gewesen, aber jetzt? Hatte Dieter recht, ging es ihr nur noch um Rache? Und wenn schon.

»Also schön«, entgegnete die Journalistin und ignorierte die heftigen Schmerzen, die ihre geprellten Rippen bei jedem Atemzug verursachten. »Fangen Sie an.«

»Wie ich schon sagte, laufen bei meiner Behörde jede Menge Informationen zusammen. Wir recherchieren und werten aus. Ich richte mein Augenmerk für gewöhnlich auf den Bereich der Wirtschaftskriminalität. Entweder fallen mir ungewöhnliche Entwicklungen oder ein strafrechtlich bekanntes Gesicht auf. Gelegentlich erhalte ich auch Hinweise von anderen Behörden oder Freunden.« LeClerc warf einen vielsagenden Blick zu Montagne.

Der nahm das als Aufforderung fortzufahren. »Als ich bemerkt habe, dass sich Cargossa meine Firma unter den Nagel reißen will, wandte ich mich an Valentin.«

»Warum?«, fragte Mira dazwischen. »Ich dachte, so etwas kommt öfter vor?«

»Ja«, seufzte Montagne, »aber Cargossa trat extrem aggressiv auf. Was in meiner Sprache heißt, er hatte enorme Summen zur Verfügung. Sie können sich sicher vorstellen, dass ich wissen wollte, welche finanzkräftigen Investoren er um sich geschart hatte.«

»Und so kamen Sie auf Lomat?«

»Genau«, übernahm jetzt wieder LeClerc. »Meine Recherchen haben ergeben, dass Cargossa Kontakt zu einem Banker in Deutschland hatte. Lomats Institut schien zwar auf den ersten Blick zu klein für Finanzdeals in dieser Größenordnung, trotzdem nahmen wir nicht an, dass es sich um eine rein private Beziehung zwischen den beiden Männern handelte. Jedenfalls mischte sich Louis ein wenig unter die feine Gesellschaft und schnell stellten wir fest, dass Lomat Verbindungen zu einigen sehr zwielichtigen Figuren unterhält. Sie kennen den Ehemann von Margaretha de Silva?«

Mira nickte.

»Es gab den Verdacht, de Silva habe Schwarzgeldgeschäfte im großen Stil durchgeführt. Das bedeutete, dass Lomat entweder ein ausgesprochen unglückliches Händchen in der Auswahl seiner Freunde hatte oder es eben keine Zufallsbekanntschaften waren.«

»Und warum haben Sie nichts gegen den Mann unternommen?« Die Journalistin stellte ihre Frage zornig. Hätte man Lomat schon vor Monaten aus dem Verkehr gezogen, dann wäre Frank noch am Leben gewesen.

»Uns fehlten die Beweise für irgendwelche kriminellen Handlungen. Nur eine Ahnung zu haben, reicht nicht aus. Also hat Louis erst einmal nur weiter beobachtet. Dabei sind Sie ihm über den Weg gelaufen.«

Die Journalistin verdrängte ihre Gefühle und versuchte, sich komplett auf die Arbeit zu konzentrieren. »Sie haben einen von Lomats Freunden fotografiert. Mario Sieber, wer ist das?«

»Sie sind gut vorangekommen«, antwortete ihr LeClerc und erzählte, was er von Sieber wusste. Auch die Sache mit der führerlosen Jacht, die man vor der Küste Marokkos gefunden hatte, und den doppelten Boden ließ er nicht unerwähnt.

Sie fasste das Gehörte zusammen: »Sieber, ein reicher Schweizer, der vermutlich kein Privatier ist, sondern von Drogen bis Waffen mit allem handelt, lässt sich mit Lomat ein, der wiederum mit Renaldo Cargossa in Kontakt steht. Cargossa erhält von irgendjemand große Summen, um das Unternehmen von Louis Montagne zu übernehmen.«

»Zu Anfang dachte ich, es ginge nur um diese feindliche Übernahme, aber nachdem wir ein wenig herumgestochert hatten, stießen wir auf gewisse Merkwürdigkeiten.«

»Zum Beispiel?«, hakte Mira nach, die sich vorerst mit Informationen zurückhielt.

»Es gab einen Harry Bieland, der in engem Kontakt zu Lomat stand. Um mehr über Lomat zu erfahren, hat mein Freund Louis jemanden engagiert, der diesen Bieland unter die Lupe nehmen sollte.«

»Er hat jemanden engagiert? Privat?«

LeClerc sagte beinahe entschuldigend: »Interpol hat keine Außenagenten und erfahrungsgemäß stellt die örtliche Polizei nicht so schnell einen Beamten ab. Louis war so großzügig auszuhelfen.«

Mira sah nun interessiert zu Montagne. Dem schien wirklich viel daran zu liegen, die Wahrheit herauszufinden. Sie dachte an seine Geschichte, den Verlust von Frau und Kind. Er trug diesen Schmerz bereits seit elf Jahren wie eine chronische Krankheit mit sich herum. Vermutlich half es ihm, deshalb gelegentlich an anderer Stelle für Gerechtigkeit zu sorgen. Sie konnte das nur zu gut verstehen.

»Wir haben zwei interessante Dinge erfahren«, fuhr LeClerc fort.

Die Journalistin sah ihn gespannt an.

»Von den Prostitutionsgeschäften wissen Sie ja bereits«, sagte der Mann von Interpol nun, »aber Bieland stand außerdem in Verbindung mit einigen Stewardessen. Montagnes Detektiv hat diese Spur weiterverfolgt und so konnten wir ausschließen, dass es mit käuflichem Sex zu tun hatte.«

LeClerc griff nach einem Stapel Fotografien und zeigte ihr eine Aufnahme. Das Bild war schwarz-weiß. Man sah darauf eine hübsche junge Frau und Bieland. Undeutlich konnte man erkennen, dass er ihr etwas übergab.

»Wer ist die Frau?«, fragte Mira und richtete sich mühsam auf.

»Das ist, oder besser gesagt war Gaby Lauern, eine Flugbegleiterin. Wir glauben, dass sie nicht mehr lebt.«

»Der Name kommt mir bekannt vor«, überlegte Mira laut.

Ein kurzes Lächeln huschte über LeClercs angespanntes Gesicht. »Vermutlich, weil sie eine der ›erwachsenen Ausreißerinnen‹ ist, von denen Ihr Blatt berichtet hat.«

Jetzt fiel es der Journalistin wieder ein. »Das war also Unsinn!«

»Ja. Ihre Leiche wurde zwar bisher nicht gefunden, dafür aber die ihrer Freundin.«

LeClerc reichte Mira ein zweites Foto. »Lena Reidorf, 25«, fuhr er fort. »Nachdem ihre Freundin Gaby verschwunden war, konnte Montagnes Detektiv Lena überreden, sich mit mir in Verbindung zu setzen.« Er erzählte von seinem Telefonat mit der jungen Frau. »Ich habe danach nichts mehr von ihr gehört. Dann ist ihre Leiche aufgetaucht. Sie wurde erschossen und anschließend aufgeschlitzt.«

Mira sah ihn an. »Wie Nadja Johann?«

Der Mann nickte.

»Haben Sie eine Ahnung, warum jemand so etwas tun würde?« Die Journalistin bemerkte, wie sich ihre schmerzenden Muskeln anspannten, als sie diese Frage stellte. Sie hoffte, dass ihr LeClerc gleich eine entscheidende Information geben würde.

»Vermutlich haben Sie nichts von dem Flugzeug gehört, das gestern nach der Landung sofort unter Quarantäne gestellt wurde?«

»Nein«, antwortete die Journalistin verblüfft.

»Eine Stewardess namens Sarah Prega brach während des Fluges zusammen und starb. Blut lief ihr aus Nase und Mund. Symptome eines hämorrhagischen Fiebers. Die Maschine kam aus Südafrika.«

Mira konnte diese unerwarteten Neuigkeiten nicht einordnen. »Ebola?«, fragte sie, weil es das Erste war, was ihr dazu einfiel.

»Es war ein Wunder, dass in dem Flieger keine Panik ausgebrochen ist. Das Bordpersonal und die Piloten haben hervorragende Arbeit geleistet. Einer der Passagiere kam mit dem Blut der Toten in Kontakt«, entgegnete LeClerc statt ihr eine direkte Antwort zu geben. Er stieß geräuschvoll die Luft aus: »Was wissen Sie über *bodypacker*?«

Zur gleichen Zeit in München – Villa von Greta von Eschwitz

Greta von Eschwitz summte ein französisches Chanson vor sich hin. Sie war guter Dinge. Mira Kosch würde einige ihrer Probleme lösen und deshalb sah sie auch gelassen dem Treffen mit Lomat und einem seiner neuen Kunden entgegen.

Schließlich war es nicht das erste Mal, dass eine Zusammenkunft dieser Art in ihrem Hause stattfand. Getarnt als freundschaftliches Kaffeekränzchen – dem Hauspersonal wurde zu solchen Anlässen stets frei gegeben – bot ein solches Treffen dem Banker die Möglichkeit, in Gretas Salon seine Verhandlungen zu führen, und am Ende fiel auch immer für sie eine kleine Provision ab.

Frau von Eschwitz betrachtete ein letztes Mal ihr Spiegelbild und entfernte mit der Fingerspitze etwas von dem roten Lippenstift, der sich in den Mundwinkeln gesammelt hatte. Anschließend bestäubte sie ihren Hals mit dem schweren, süßlichen Parfum, das sie schon seit ihrer Jugend benutzte.

Vielleicht ist der neue Kunde des Bankers reich und Single, dachte sie.

Ein finanzstarker Ehemann hätte durchaus eine brauchbare Option für die Zukunft sein können.

Ihre Überlegungen wurden von der Klingel unterbrochen.

Sie drückte auf den Knopf, um das Tor zur Auffahrt zu öffnen, und hörte kurze Zeit später das Knirschen des Kieses, als die Reifen eines Fahrzeuges zum Stehen kamen.

Zuerst linste sie durch eine der Fensterscheiben. Dem Mann vor der Tür war sie noch nie zuvor begegnet, da er aber zur verabredeten Zeit bei ihr eintraf, hielt sie ihn selbstverständlich für Lomats neuen Kunden.

Abschätzend betrachtete sie den Fremden. Zu jung, vielleicht Ende dreißig, stellte sie enttäuscht fest.

Trotzdem legte Greta von Eschwitz ihr charmantestes Lächeln auf, als sie kurz darauf ihren Gast einließ.

Aus der Nähe betrachtet schien er sogar noch jünger. Sein kantiges Gesicht mit den graublauen Augen war bleich und die kurz geschnittenen dunklen Haare bildeten einen so starken Kontrast, dass man beinahe den Eindruck hatte, seine Haut würde grell leuchten.

»Herzlich willkommen in meinem bescheidenen Heim«, flötete die Gastgeberin nun zuckersüß und bat den Besucher einzutreten.

Der Mann folgte ihr in die Halle.

»Herr Lomat wird sicher gleich zu uns stoßen«, wandte sie sich erneut an den Fremden.

»Das bezweifle ich«, gab dieser zur Antwort. Die helle, dünne Stimme mit dem leichten Lispeln passte nicht zu seinem Aussehen.

»Aber …«, setzte Greta von Eschwitz an. Mehr konnte sie nicht mehr sagen, denn in diesem Moment schnellte die Faust des Mannes nach vorne und traf sie mitten ins Gesicht.

Sie hatte der Hand, die in weichen schwarzen Lederhandschuhen steckte, nicht ausweichen können und stürzte durch den harten Schlag zu Boden. Ihre Nase war gebrochen, die Lippe aufgeplatzt.

Benommen nahm sie wahr, wie er sie an den Füßen packte. Was hatte dieser Scheißkerl vor? Sie stöhnte und versuchte, sich mit den Händen irgendwo festzuklammern. Der Beistelltisch im Flur, den sie erwischte, war aber nicht stabil genug. Das scheppernde Geräusch, als das Möbelstück umfiel, ließ den Fremden unbeeindruckt. Er zerrte sein Opfer in die angrenzende Bibliothek.

»Was wollen Sie von mir?«, lallte die Frau verzweifelt. Das Sprechen fiel ihr schwer, da ihr Mund schmerzte und bereits anschwoll.

Als der Mann ihre Füße einfach auf den Boden fallen ließ, versuchte sie sich aufzurichten. Mühsam stützte sie sich auf die Ellbogen, konnte ihren Angreifer jedoch nirgendwo entdecken. Erst zu spät bemerkte sie, dass er direkt hinter ihr stand.

Es ging alles so schnell, dass Greta von Eschwitz unmöglich hätte reagieren können. Der Fremde warf sie auf den Bauch, stemmte ein Knie auf ihren Rücken, riss grob ihre Arme nach hinten und verschnürte beide Handgelenke mit einem Kabelbinder, sodass Greta von Eschwitz' Arme auf dem Rücken gefesselt waren.

»Bitte nehmen Sie sich, was sie möchten, aber gehen Sie«, rief Greta von Eschwitz nun flehentlich. »Ich werde auch nicht die Polizei verständigen.«

»Natürlich werden Sie das nicht«, entgegnete die Fistelstimme.

Er zerrte sie hoch und setzte sie unsanft auf einen Stuhl. Brutal band er ihre Fußgelenke an die Stuhlbeine, dann trat er hinter sie. Die Finger in den Lederhandschuhen legten sich um den schlanken Hals der Frau, aber sie drückten nicht zu. Es fühlte sich an, als hätte man ihr einen engen Schal um die Kehle gewickelt.

Greta von Eschwitz empfand Todesangst und rief in ihrer Hilflosigkeit: »Ich erwarte noch Besuch. Die werden jeden Augenblick hier sein.«

Ein kurzes, leises Auflachen, dann flüsterte ihr der Fremde ins Ohr: »Ich bin Ihr Besuch!«

»Ich erwarte einen angesehenen Bankier mit seinem Kunden«, erwiderte sie aufgeregt.

»Ist das so?«, sagte der Mann daraufhin belustigt und zog ihr eine durchsichtige Plastiktüte über den Kopf.

Sie kämpfte gegen die dicke Folie, indem sie ihren Kopf hektisch hin und her warf. Noch bekam sie Luft, doch das würde sich gleich ändern. Der Auftrag lautete Mord, erst mit ihrem Tod war er erfüllt.

Entsetzt spürte sie plötzlich, wie das Plastik um ihren Hals immer enger wurde. Ein breites Klebeband fixierte die Folie nun ringsum, presste diese gegen ihre Kehle und versiegelte auch noch den letzten Spalt zwischen Tüte und Haut, sodass kein Sauerstoff mehr einströmen konnte.

Panik erfasste die Frau, sie riss an ihren Fesseln und schnappte nach Luft wie ein Fisch auf dem Trockenen. Der Fremde umrundete gemächlich ihren Stuhl und ließ sich in aller Ruhe auf dem Sessel gegenüber nieder.

»Ich soll schöne Grüße von Matthias Lomat bestellen.«

Das Schnappen unter der Tüte wurde stärker, die Folie vor dem Mund flatterte, wurde eingesogen und ausgestoßen.

»Er kann leider doch nicht kommen.« Der Mann legte nun die behandschuhten Fingerspitzen aneinander. »Außerdem bat er mich, Ihnen auszurichten, dass er sich nicht, ich zitiere: ›verarschen‹ lasse.«

Das Plastik vor Greta von Eschwitz' Mund blähte sich einen Moment auf. Der Lippenstift hatte rote Kreise auf der Folie hinterlassen.

»Oh, ich weiß«, sprach der Fremde weiter. »Sie wollen mir erklären, dass alles ein Missverständnis sei, dass man Ihnen Unrecht tut.« Er sah ungerührt zu seinem Opfer, dessen Brustkorb sich in purer Verzweiflung hob und senkte.

Jetzt lehnte er sich behaglich in seinem Sessel zurück und schlug die Beine übereinander. »Aber das interessiert mich nicht.«

Ein jämmerlicher Ton drang an sein Ohr. Greta von Eschwitz' letzte Sekunden hatten begonnen.

»Ach, bevor ich es vergesse, Herr Lomat hat ausdrücklich um ein qualvolles Ende gebeten.«

Auch wenn der Mann mit den schwarzen Handschuhen so tat, als wäre er gänzlich unbeteiligt und keinesfalls emotional engagiert, ließ das Glitzern in seinen Augen nur einen Schluss zu, nämlich dass er dieses Schauspiel genoss.

Greta röchelte unter der dicken Folie, sog gierig die letzten Reste Atemluft ein, spürte die Krämpfe in ihren Lungen und wurde bewusstlos. Kurz darauf war sie tot.

Kapitel 13

Frankfurt – Hotelsuite von Louis Montagne

»Bodypacker?« Die Journalistin benötigte einen Moment, um sich zu konzentrieren. Das Schmerzmittel erfüllte zwar seine Bestimmung, wirkte aber gleichzeitig wie eine Scheuklappe auf das Gehirn.

Montagne kam ihr zur Hilfe. »Bodypacker ist die Bezeichnung für Menschen, die Schmuggelware verschlucken. Meistens geht es dabei um Drogen.«

»Was hat das mit dem Tod der Stewardess zu tun?«

»Die Ärzte haben ihre Leiche so schnell wie möglich untersucht und dabei etwas Interessantes festgestellt. Ihr Tod war nicht die Folge eines hochansteckenden hämorrhagischen Fiebers, sondern innerer Verletzungen. In ihrem Magen fand man mehrere Kapseln, die jeweils in einem Kondom gesteckt haben. Eines der Kondome ist gerissen, die Kunststoffkapsel hat sich geöffnet und die scharfen Kanten dieser Hülse haben der Frau schwere innere Verletzungen zugefügt, so als hätte sie ein winziges Skalpell verschluckt, das ständig ins Gewebe schnitt. Das Material ist magensäureresistent und hat sich deshalb nicht einfach aufgelöst. Sarah Prega war ein tragisches Opfer. Der

Passagier, der mit ihrem Blut in Berührung gekommen war, hatte mehrere Stunden lang geglaubt, er werde sterben, und erlitt einen Nervenzusammenbruch«, sagte Montagne bitter.

»Man hat die Frauen also als Kuriere eingesetzt«, warf Mira ein und langsam schien ein weiteres Puzzleteil seinen Platz zu finden.

»Und was war in den Kapseln?«, fragte sie leise, obwohl sie die Antwort schon kannte.

»Diamanten«, entgegnete LeClerc und sah sie dabei eindringlich an. »Deshalb hat man Lena Reidorfs Leichnam aufgeschlitzt, man hat nach den Diamanten gesucht, die sie geschmuggelt hatte. Wahrscheinlich ist, dass sie diese, direkt nach ihrem letzten Flug, als Beweismaterial an mich übergeben wollte. Die kamen ihr auf die Schliche und haben sie umgebracht. Bei ihrer Freundin wird es ähnlich gewesen sein, nur dass die sich vermutlich mit den Edelsteinen hatte absetzen wollen.«

Die Stille im Raum war beinahe greifbar. Montagne und LeClerc blickten die Journalistin abwartend an. Sie war an der Reihe.

»Bieland hat also Flugbegleiterinnen als Kuriere bezahlt. Die Frauen sollten Diamanten schmuggeln. Ich nehme an, illegal geschürfte, oder Steine aus Minen, die in der Hand von Rebellen sind, Konfliktdiamanten.«

»So sehe ich das auch«, gab ihr LeClerc recht. »Vermutlich stammten die Steine aus einer afrikanischen Krisenregion. Man hat sie geschliffen, nach Südafrika geschleust und dann nach Europa gebracht. Wissen Sie, warum?«

Mira sah an ihm vorbei und grübelte. »Es waren nicht nur Flugbegleiterinnen, er hat auch einige der Models als Kuriere eingesetzt. Nadja Johann zum Beispiel.«

»Woher wissen Sie das?«, hakte jetzt Montagne nach.

»Sylvia Teicher, die Frau, die in Rom überfahren wurde, hat es meinem …«, sie brach ab. Immer wieder traf sie der Gedanke an Franks Tod wie ein Faustschlag. Mira räusperte sich: »Die Frau hat Andeutungen gemacht, die nur so einen Sinn ergeben, und sie trug einen kleinen Diamanten bei sich. Auf diese Weise hat Lomat die Steine also ins Land bekommen. Flugbegleiterinnen werden weniger streng kontrolliert als gewöhnliche Passagiere und Models als Vielfliegerinnen sind sicher auch unauffällig …«, führte sie den Gedanken fort.

»Wir gehen auch davon aus, dass Bieland das mit Lomat durchgezogen hat. Und jetzt wäre es sehr entgegenkommend, wenn Sie uns Ihre Erkenntnisse mitteilen würden.«

Die Journalistin zögerte einen Augenblick, bevor sie sagte: »Geldwäsche! Es geht um Geldwäsche. Diamanten gegen Schwarzgeld. Zumindest ist das das Hauptgeschäft.« Sie erzählte den beiden Männern alles, was sie von Greta von Eschwitz erfahren hatte, vermied es aber, deren Namen zu nennen. Ihre Ausführungen schloss sie mit der Bemerkung: »Allerdings weiß ich noch nicht, was Lomat mit den enormen Mengen an Bargeld macht.«

LeClerc lehnte sich seufzend zurück. »Geldwäsche«, sagte er, »damit wird alles klar. Vermutlich übernimmt es Mario Sieber, die Scheine außer Landes zu schaffen. Er bekommt von Lomat das Bargeld und setzt es ein. Wenn die Gerüchte stimmen, dann wird es für ihn ein Leichtes sein, dafür Waffen oder Drogen zu kaufen und diese wiederum an interessierte Abnehmer zu verhökern. An- und Verkauf abseits der Legalität. Das Geld wird so lange über den Erdball bewegt, bis es über obskure Kanäle auf ausländischen Banken landet, und irgendwann ist seine Herkunft nicht mehr nachvollziehbar. Aber das ist nicht Lomats Geschäft. Er sorgt lediglich dafür, dass seine Kunden ihr Schwarzgeld in Diamanten getauscht bekommen. Sieber ist der Kopf. Lomat betreut lediglich seine Zentrale in Deutschland.

Ich bin mir relativ sicher, dass Sieber auch derjenige ist, der die Diamantenbeschaffung in Afrika organisiert. Und es würde mich nicht wundern, wenn sich in dem doppelten Boden dieser Jacht vor Marokko jede Menge Euroscheine befunden hätten.«

»Ich halte Lomat für mehr als nur einen Handlanger«, entgegnete Mira scharf, die verhindern wollte, dass man den Banker als harmlosen Mitläufer davonkommen lassen würde.

»Keine Sorge, da sind wir uns einig«, entgegnete LeClerc, der ihre Befürchtungen verstand.

»Wir wissen nun also, was gespielt wird, aber haben wir Beweise?« Er sah zu der Journalistin. »Woher stammen Ihre Informationen?«

»Das kann ich nicht sagen. Ich muss meine Quelle vertraulich behandeln. Von dieser Seite werden wir keine offizielle Aussage bekommen.«

»Vielleicht sollten Sie noch einmal mit Ihrer Quelle sprechen?«

»Keine Chance«, entgegnete Mira bestimmt.

LeClerc verzog das Gesicht und blickte hilfesuchend zu Montagne. Der schien ihre Diskussion nicht zu verfolgen, sondern studierte konzentriert den Stapel Fotografien. Plötzlich hob er den Kopf und fragte: »Wieso hat man Nadja Johanns Leichnam gestohlen und ebenfalls aufgeschlitzt?«

»War sie nicht kurz zuvor in Afrika?«, fragte LeClerc.

Mira mischte sich ein. »Sie war öfter in Südafrika, aber nicht direkt vor der Show in Hamburg.«

»Ich nehme doch nicht an, dass man diese Päckchen ewig im Körper behalten kann?«, fasste Montagne nach.

»Nein«, antwortete ihm LeClerc. »Im Zweifel wird die Natur einschreiten.«

»Dann verstehe ich es nicht. Warum schlitzt man sie auf, wenn sie gar keine Diamanten transportiert hat? Nach was haben ihre Mörder gesucht?«

Mira befürchtete, die Antwort zu kennen. Hatten die Mörder womöglich angenommen, Nadja hätte den USB-Stick geschluckt, um ihn sicher zu verstecken? Wie konnte man auf so einen absurden Gedanken kommen? Sie schauderte und plötzlich hatte die Journalistin das Gefühl, der kleine Datenträger, der an der Kette um ihren Hals hing, würde ein Loch in ihre Haut brennen.

München, Villa von Greta von Eschwitz

Edeltraud Sola fluchte leise, als sie den Schlüssel in das Tor der Auffahrt steckte. Wie dumm aber auch, dass sie ausgerechnet heute ihren Geldbeutel in der Villa vergessen hatte. Frau von Eschwitz schätzte es nicht, wenn das Personal an den Nachmittagen bei ihr auftauchte, an denen sie privaten Besuch erwartete.

Edeltraud war für ihre Arbeitgeberin schon viele Jahre als Hauswirtschafterin tätig und hatte sich längst an deren Spleens gewöhnt. So war das eben mit den »Großkopferten«, dachte die gebürtige Münchnerin für gewöhnlich und schüttelte den Kopf, wenn ihr eine Anweisung besonders abstrus erschien. Immerhin entschädigten sie die pikanten Eskapaden der Eschwitz ein wenig für deren zuweilen recht unfreundliches Wesen.

Heute würde sie das Stirnrunzeln, Zungenschnalzen und hochmütige Getue eben ertragen müssen. Der Geldbeutel war wichtig, schließlich musste sie dringend ein paar Einkäufe erledigen. Mit hastigen Schritten ging sie deshalb die Auffahrt hinauf und stöhnte aufgrund der körperlichen Anstrengung. Frau Sola liebte das gute Essen, sodass sie sich in den letzten Jahren ein ordentliches Gewicht angefuttert hatte. Vor der Eingangstür stellte sie außer Atem, aber höchst erfreut fest, dass kein fremdes Auto dort geparkt war.

Umso besser, dachte sie erleichtert, dann fühlt sich die Gnädigste, so nannte Edeltraud ihre Chefin insgeheim spöttisch, wenigstens nicht gestört.

»Auf geht's«, flüsterte sie und schloss die Haustür auf. »Frau von Eschwitz«, rief sie dabei laut und schrill, »ich bin es, Edeltraud, ich habe meinen Geldbeutel vergessen.«

Dass ihrem Rufen, das man schon fast als Geschrei hätte bezeichnen können, keine Antwort folgte, veranlasste die Hauswirtschafterin zu einem anzüglichen Grinsen.

Die Gnädigste wird doch nicht etwa im Schlafzimmer sein, überlegte sie amüsiert.

Wäre immerhin nicht das erste Mal, dass Edeltraud Zeugin einer hochpeinlichen Situation würde.

Manchmal hatte sie sogar schon vermutet, dass ihre Kenntnis einiger schmutziger Details ihren Arbeitsplatz so sicher und gut bezahlt machte.

Im ersten Moment sah sie sich deshalb bestätigt, als ihr der umgestoßene Beistelltisch in der Eingangshalle auffiel. Wieder konnte sie ein Schmunzeln nicht unterdrücken. Vielleicht ein leidenschaftlicher Liebhaber? Aber kaum hatte sie diesen Gedanken zu Ende gedacht, da stach ihr noch etwas anderes ins Auge.

Auf dem sonst blank geputzten Boden gab es rote Sprenkel. Edeltraud stockte, erneut rief sie nach ihrer Arbeitgeberin. Dieses Mal klang sie ernsthaft besorgt.

Keine Antwort.

Die Hauswirtschafterin sah sich um und entdeckte die offene Tür zur Bibliothek.

Keine halbe Minute später stand sie schreiend unter dem Türrahmen.

Die Leiche von Greta von Eschwitz hing schief auf dem Stuhl. Die Plastiktüte trug sie noch immer über dem Kopf. Die starren, weit aufgerissenen Augen hinter der Folie schienen jede Bewegung Edeltrauds zu verfolgen.

Schlagartig verstummten die Schreie der Frau. Sie hatte das Chaos registriert, sah, dass die silbernen Nippesteile auf dem Kaminsims fehlten, und bekam plötzlich Angst. Man hatte ihre Arbeitgeberin beraubt und getötet. Was, wenn der Mörder noch im Haus war?

So schnell sie konnte, stürmte die übergewichtige Frau aus der Villa. Geistesgegenwärtig griff sie zu ihrem Handy und verständigte die Polizei. Während sie zitternd vor dem Grundstück auf die Beamten wartete, verselbstständigte sich Edeltrauds Bedürfnis, mit jemandem über diese schreckliche Entdeckung zu sprechen. Ihr nächster Anruf galt ihrer besten Freundin. So kam es, dass innerhalb kürzester Zeit das gewaltsame Ende der Greta von Eschwitz die Runde machte.

Frankfurt – Hotelsuite von Louis Montagne

Noch während Mira mit sich haderte, ob sie LeClerc und Montagne von dem USB-Stick erzählen sollte, kam Dieters Anruf.

Zuerst wollte die Journalistin ihn gar nicht entgegennehmen, weil sie befürchtete, er wolle sie erneut davon überzeugen, ins Krankenhaus zurückzukehren, aber dann ging sie doch dran. Das verschaffte ihr auch ein wenig Bedenkzeit bezüglich des Sticks.

»Mira?«, fragte ein aufgeregter Dieter. Er wartete kaum auf ihre Antwort. Seine Stimme klang nicht triumphierend und schon gar nicht erfreut. Mit größter Besorgnis sagte er: »Greta von Eschwitz ist tot.«

Die Journalistin schloss für einen Moment die Augen. Die beiden Männer ihr gegenüber sahen sie überrascht an.

»Wie?«, war alles, was sie mit brüchiger Stimme erwidern konnte.

»Die Polizei geht von einem Raubmord aus. Die Leiche ist noch nicht einmal kalt. Ihre Hauswirtschafterin hat sie vor einer Stunde gefunden.«

»Und woher weißt du es?«

Ein leises Schnauben war zu hören. »Man hat unsere Online-Redaktion kontaktiert.«

Mira verstand. Jemand hatte schnell reagiert und sich mit der Todesnachricht ein wenig dazuverdient.

»Wo steckst du, Mira?«, hakte Dieter nach.

»Ich …«, die Journalistin hielt inne, musste das Gehörte erst einmal verdauen, sagte deshalb schnell, »ich melde mich wieder«, und legte auf.

Ohne ein Wort zu verlieren, griff sie nach der Kette um ihren Hals und überreichte LeClerc den USB-Stick. »Ich vertraue darauf, dass Sie Lomat zur Strecke bringen werden.«

Sie ließ sich von Montagne einen mit reichlich Wasser verdünnten Whiskey einschenken, von dem sie aber nur nippte, um sich etwas zu beruhigen.

»Was ist passiert?«, fragte der Franzose beinahe zärtlich und betrachtete sorgenvoll ihr Gesicht, das noch blasser geworden war.

Mit erstickter Stimme erzählte die Journalistin nun den Rest ihrer Geschichte. Sie berichtete von dem Besuch bei Nadjas Mutter, vom Gespräch mit der Nachbarin des Models, dem Abschlepphof und dem USB-Stick. Mit den Worten: »… und jetzt hat man auch Greta von Eschwitz, meine Quelle umgebracht«, endeten ihre Ausführungen.

LeClerc betrachtete den goldenen Datenträger und witterte den Erfolg. Auch er ging davon aus, dass die vierte Datei darauf die so lange ersehnten Beweise liefern würde, um den kriminellen Machenschaften von Matthias Lomat und Mario Sieber ein für alle Mal ein Ende zu bereiten. Gleichzeitig wurde er sich der Gefahr, der sich jeder aussetzte, der gegen den Banker vorging, noch bewusster. Vor allem, wenn derjenige nicht von einer Ermittlungs- oder Regierungsbehörde war, so wie Mira Kosch.

»Sie können vorerst nicht in Ihre Wohnung zurück!«, sagte er deshalb eindringlich.

Mira wollte schon widersprechen, aber Montagne kam ihr zuvor. »Diese Suite hat zwei Schlafzimmer, Sie werden hierbleiben. Man hat schon einmal versucht, Sie zu töten.«

»Ich konnte die vierte Datei auf dem Stick doch gar nicht öffnen«, erwiderte sie leise.

»Das weiß Lomat nicht. Und selbst wenn, dann würde er sich wohl kaum darauf verlassen, dass das so bleibt.«

LeClerc mischte sich ein: »Sie bleiben bei Louis. Ich schicke die Datei an unsere Experten. Außerdem muss ich einige Telefonate führen.«

Die Journalistin sah ein, dass es besser war, im Moment nicht alleine zu sein, und dabei dachte sie nicht nur an die Gefahr, die ihr von Lomat drohen konnte.

LeClerc bedeutete seinem Freund, ihm kurz in den Nebenraum zu folgen.

»Hast du eine Waffe?«, fragte er ihn leise.

Dieser nickte.

»Sorge dafür, dass die Kosch hierbleibt. Wie gesagt, ich habe noch einiges zu erledigen, außerdem will ich noch einmal zum Flughafen. Vorerst bleibe ich aber auf jeden Fall in der Stadt.«

»Du kannst dich auf mich verlassen.«

Als Montagne ins Wohnzimmer zurückkam, blickte ihn Mira unglücklich an.

»Ich habe das Gefühl, dass das alles meine Schuld ist«, sagte sie schließlich hilflos und heiße Tränen liefen ihr über das Gesicht.

»Ist es nicht!«, entgegnete der Franzose brüsk. »Wir werden die Schuldigen finden und zur Rechenschaft ziehen, egal, wie lange es dauern wird.«

Nachdem es der Journalistin trotz der Erschöpfung nicht gelungen war, ein wenig zu schlafen, raffte sie sich schließlich auf und wählte die Nummer ihrer Schwester.

»Wenn Sie jemanden haben, mit dem Sie reden können, dann tun Sie das«, hatte ihr Montagne geraten und nun war sie seinem Rat gefolgt.

Als sie Tias zarte Stimme vernahm, die mit allergrößter Wichtigkeit verkündete: »Hier ist Tia Kosch und wer ist dort?«, war es ihr fast unmöglich, nicht laut zu schluchzen. Das Gefühl, sie wäre endlich nach Hause gekommen, war übermächtig.

»Ich bin es, Mira«, versuchte sie, gefasst zu antworten.

Sofort ergoss sich ein Schwall Worte über die Journalistin. Sie achtete nicht auf den Inhalt, sondern genoss einfach das fröhliche Geplapper.

Im Hintergrund hörte sie Sandra: »Wer ist denn dran, Schätzchen?«

»Tante Mira«, entgegnete die Kleine stolz, die den Hörer nur widerwillig an ihre Mutter weiterreichte.

Es dauerte ein paar Sekunden, bis die Ältere in der Lage war, Franks Tod in Worte zu fassen. Mit wenigen Sätzen schilderte sie den Unfall mit Fahrerflucht, erwähnte aber nichts von ihren Recherchen und der Gefahr, in der sie sich immer noch befand.

Sandra bemühte sich, ihre Erschütterung und das aufsteigende Schluchzen zu verbergen, was ihr kaum gelang. Trotzdem gab sie Mira das Gefühl, nicht mehr allein zu sein.

»Ich komme sofort nach Frankfurt«, sagte sie bestimmt.

»Nein!«, wehrte Mira heftig ab. Etwas ruhiger erwiderte sie: »Ich komme, sobald ich kann, zu euch nach Karlsruhe. Ich will hier nicht länger als notwendig bleiben. Es gibt nur noch ein paar Dinge, die ich erledigen muss.«

»Wäre es nicht doch besser, wenn ich jetzt bei dir wäre?«

»Nein, halt mir das Gästezimmer bereit, das ist alles, was ich im Moment brauche, wirklich!«

Schließlich verabschiedete sich Sandra von ihrer älteren Schwester mit gemischten Gefühlen. Nur ungern akzeptierte sie deren Wunsch, alleine in Frankfurt zu bleiben.

Auch in der Nacht kam Mira nicht zur Ruhe. Sie dachte an den Unfall, das Krankenhaus und die Nachricht von Franks Tod. Eine der Krankenschwestern hatte sie darüber informiert, dass Franks Eltern verständigt worden waren und diese sich um die Formalitäten kümmern würden. Sie kannte die beiden nicht und wäre auch kaum in der Lage gewesen, ihnen gegenüberzutreten. Vielleicht würde es eines Tages leichter sein.

Irgendwann hielt Mira das Grübeln nicht mehr aus. Deshalb stand sie auf, wickelte sich in den flauschigen Hotelbademantel und schlich ins Wohnzimmer. Louis Montagne stand am Fenster und spähte in die Nacht.

Langsam drehte er sich um. Seine Züge waren angespannt, er sah jetzt älter aus und wirkte erschöpft. Als er sie im Türrahmen sah, zwang er sich zu seinem charmanten Lächeln, winkte aber schließlich ab und sagte: »Wir brauchen uns wohl nicht vorzumachen, dass es uns gut geht?«

»Nein«, antwortete ihm die Journalistin leise. »Es ist schwer, mit jemandem darüber zu reden. Meine Schwester Sandra hat versucht, mich zu trösten, und ich fühlte mich verpflichtet, ihr zu zeigen, dass mir das hilft. Aber so war es nicht, und jetzt fühle ich mich auch noch unaufrichtig.«

»Schließen Sie Ihre Schwester trotzdem nicht aus Ihrem Leben aus. Familie ist wichtig.«

Eine Weile blieb Mira noch schweigend sitzen, bevor sie sich wieder ins Bett begab, um in einen unruhigen Schlaf zu fallen, der ihr keinerlei Erholung bringen sollte.

Am nächsten Morgen in der Villa von Matthias Lomat

»Wer ist für diese Scheiße verantwortlich?«, schrie Lomat wütend und schleuderte die Zeitung mit einem wutverzerrten Gesicht auf den Tisch. Sein Zorn galt dem Nachruf von Frank Rotha. Obwohl es erst neun Uhr morgens war, goss er sich einen Whiskey ein.

Christina Geiner stand wie gewohnt Gewehr bei Fuß und ließ die Beschimpfungen über sich ergehen. Sie fühlte sich ganz und gar nicht verantwortlich. Im Gegenteil, sie war es gewesen, die dem Boss von der Aktion abgeraten hatte. *Gott sei Dank,* schob sie ihren Überlegungen hinterher.

»Wir müssen diese zwei Pressefuzzis unmissverständlich in ihre Schranken weisen, damit denen nicht zu wohl wird. Angst mindert die Neugier«, waren seine Worte gewesen und Christina hatte ihm höflich entgegnet, dass man damit eventuell schlafende Hunde wecken würde. Aber er hatte es besser gewusst.

Lomat tobte immer noch. »Niemand hat gesagt, dass einer von denen sterben soll. Wie blöd kann man sein? Einen von der Presse umzulegen … Ich wollte die einschüchtern, nicht wachrütteln.«

Er sah seine Sicherheitschefin ärgerlich an. »Was haben Sie da für Idioten eingestellt? Jeder Mittelklasse-Kriminelle hätte gewusst, dass man bei einem Paar nicht einen übrig lässt. Wenn schon, dann beide. Ausgerechnet diese Kosch lebt noch. Was machen wir jetzt?«

Er stellte die Frage, als wäre das entstandene Schlamassel Christina Geiners Schuld.

Mittlerweile konnte die Frau nicht umhin, die Dinge als, gelinde gesagt, aus dem Ruder gelaufen zu bezeichnen. Sie hätte für Matthias Lomat vieles getan. Obwohl er sie nicht gerade zuvorkommend behandelte, blieb sie ihm ergeben wie ein Hündchen. Christina wusste selbst, dass das idiotisch war. Lomat und sie? Er sah in ihr nur die Sicherheitschefin und nicht die Frau. Ihm fiel es nicht auf, wenn sie ihre Haare anders trug oder einen neuen Lippenstift aufgelegt hatte. Natürlich blieb sie trotzdem an seiner Seite, aber so langsam befürchtete Christina, dass er dabei war, den Bogen zu überspannen.

Jeder Mord brachte mehr Probleme. Christinas Leute hatten Mira Kosch und Frank Rotha observiert und dabei beobachtet, dass die beiden Journalisten sich über eine Stunde in der Villa von Greta von Eschwitz aufgehalten hatten. Eine Tatsache, die die Eschwitz auf Lomats Nachfragen hin geleugnet und damit ihr eigenes Todesurteil unterschrieben hatte.

Alles sollte wie ein Raubmord aussehen, deshalb hatte ihr Mitarbeiter das Haus nach Wertsachen durchsucht und war dabei auf diese Ausdrucke gestoßen. Christina hoffte, dass das nichts zu bedeuten hatte.

»Was haben Sie da?«, blaffte Lomat, der nun ebenfalls auf die Papiere in der Hand seiner Sicherheitschefin starrte. Ihre Art, sich nicht provozieren zu lassen, reizte ihn bis aufs Blut.

»Das haben wir in der Villa gefunden. Sind das Kopien, die Sie Frau von Eschwitz gegeben haben?«

Lomat riss ihr die Blätter aus der Hand. »Wie ist die alte Vettel daran gekommen?«

»Also hatte sie keine Kopie dieses Kreditvertrags?«

»Nein«, geiferte der Banker. »Ich bin der Einzige, der ihn hat. Das Original in meinem Safe und eine Kopie auf dem

USB-Stick.« Seine Augen sahen sie hoffnungsvoll an. »Hat man den Stick in der Villa gefunden?«

»Nein«, gab Christina zurück und einen Moment tat er ihr leid. »Ich glaube nicht, dass die Eschwitz überhaupt etwas von dem Stick wusste.«

Lomat schlug mit beiden Handflächen gleichzeitig auf die Tischplatte und verzog schmerzlich das Gesicht. »Natürlich, die Kosch hat ihn. Deshalb kreuzen sich ständig unsere Wege. Sie hat der Eschwitz die Kopie ausgehändigt. Verfluchte Scheiße, und Ihre Leute bringen den Freund der Frau um.« Er sah aus wie ein tollwütiges Tier. »Jetzt wird sich dieses Miststück wie ein Piranha an mich hängen.«

Sein Gesicht war vor Zorn ganz verzerrt, als er blaffte: »Wo ist die Kosch jetzt?«

Die Geiner zuckte mit den Schultern. »Vermutlich im Krankenhaus.«

»Vermutlich?«

»Wir haben die Observierung nach dem Unfall abgebrochen. Es schien ratsam, nicht im Umfeld der Frau aufzutauchen, solange die Polizei um sie herum war.«

»Ratsam?«, seine Stimme überschlug sich. »Na los, scheren Sie sich fort und finden Sie die Kosch. Ich will umgehend wissen, wo sich diese verfluchte Schlampe aufhält.«

Er schüttete seinen Whisky hinunter und fuchtelte mit der Hand zum Zeichen, dass sich seine Sicherheitschefin an die Arbeit machen sollte.

Zwei Stunden später musste Christina Geiner ihrem Chef mitteilen, dass Mira Kosch offensichtlich abgetaucht war. Die Sicherheitschefin hatte ein Team vor der Wohnung der Journalistin platziert, eines vor den Redaktionsbüros und außerdem zwei Leute nach Karlsruhe geschickt, um das Wohnhaus der Schwester im Auge zu behalten, falls sie dort auftauchen würde.

»Das dauert alles zu lange. Wer weiß, was dieses Weib mit dem Stick noch anstellt«, ärgerte sich Lomat.

»Was ist auf dem USB-Stick außer dem Kreditvertrag der Eschwitz?«, fragte Christina direkt. »Bisher hat Mira Kosch ja ganz offensichtlich nichts mit dem Inhalt anfangen können. Es gab keine entsprechenden Zeitungsartikel, oder?«

Lomat antwortete ihr nicht, sondern dachte über das Wort »bisher« nach. Was, wenn die Kosch den Stick an die Behörden gäbe? Die könnten durchaus in der Lage sein, die Dateien zu entschlüsseln. Aber noch mehr als die Behörden fürchtete er, dass Mario Sieber von der Sache Wind bekommen könnte. Ihm lief die Zeit davon.

»Also, um was geht es?«, hakte seine Angestellte erneut nach.

Der Banker fuhr hoch. »Das müssen Sie nicht wissen.«

Christina Geiner wollte etwas erwidern, wurde aber von Lomats Handy unterbrochen.

Normalerweise wäre der mitten in solch einer Unterredung nicht an den Apparat gegangen. Dass er es trotzdem tat, war für seine Angestellte ein klares Zeichen dafür, dass am anderen Ende jemand sehr Wichtiges sein musste.

»Sieber, mein lieber Freund«, sagte Lomat gerade in zuckersüßem Ton und bestätigte damit Christinas Annahme.

»Nein, hier ist alles bestens. Niemand weiß etwas.«

Der Banker schwitzte stark und fasste sich unbewusst an sein Ohr, das immer noch mit Pflaster umwickelt war.

»Unfälle passieren eben. Der Mann war Motorradfahrer, da muss man mit so etwas rechnen.«

Er lügt, dachte seine Angestellte. Warum tut er so, als wäre der Mord an Frank Rotha nicht auf sein Konto gegangen?

Die Sicherheitschefin registrierte diese Tatsache interessiert, zeigte aber nach außen ein unbeteiligtes Gesicht.

Der Banker wurde immer blasser. »Keine Probleme!«, sagte er nun zu seinem Gesprächspartner und legte mit einem jovialen Abschiedsgruß auf.

Gehetzt sah er sich um und sagte schließlich: »Ich brauche diesen Stick.«

Er blickte zu Christina, schien sie regelrecht zu scannen und mit einer Entscheidung zu ringen. Schließlich lächelte er sie an. Es war ein charmantes Lächeln, das ihn sehr attraktiv und unwiderstehlich machte. Das er für gewöhnlich aber nur Frauen wie Nadja Johann schenkte.

Lässig ließ er sich in den Sessel hinter seinem Schreibtisch fallen. »Setzen Sie sich, Christina«, sagte er freundlich und nannte sie das erste Mal beim Vornamen.

Auch wenn seiner Angestellten nicht entging, dass er gerade einen Strategiewechsel im Umgang mit ihr vornahm, fühlte sie sich geschmeichelt.

»Sie sind schon wie lange bei mir?«

Christina antwortete ihm und gab sich der Illusion hin, dieses Detail würde den Mann tatsächlich interessieren.

»Sie leisten hervorragende Arbeit.« Wieder das jungenhafte Lächeln.

Die Frau errötete, was ihm sofort auffiel.

»Oh, das ist mein Ernst. Ohne Sie würde ich das alles gar nicht schaffen.«

»Ich mache nur meinen Job, Herr Lomat.«

»Matthias. Ich heiße Matthias«, legte er charmant nach und Christina Geiner tappte wie ein gutmütiges Schäfchen in die vorbereitete Falle.

Flink sprang er auf, umrundete seinen Schreibtisch und trat hinter sie. Sachte legte er ihr eine Hand auf die Schulter. Sie erschauderte unter seiner Berührung, was dem Mann nicht verborgen blieb. Sein Gesicht nahm einen triumphierenden Ausdruck an. Aber das konnte seine Angestellte nicht sehen.

»Christina, ich brauche Ihre Hilfe.«

Sie wandte sich zu ihm um und blickte ihn treuherzig an: »Jederzeit, Matthias, das wissen Sie doch.« Als sie seinen Vornamen aussprach, glühten ihre Wangen.

»Ich weiß, dass ich Ihnen vertrauen kann.« Seine Hand, die immer noch auf ihrer Schulter ruhte, löste sich langsam. Dabei streifte sein Zeigefinger wie zufällig leicht ihre Wange. »Wenn das hier vorbei ist, sollten wir uns einmal ganz privat unterhalten.«

Zehn Minuten später verließ Christina Geiner das Arbeitszimmer ihres Chefs. Er hatte ihr einen Auftrag erteilt, einen letzten in dieser Angelegenheit, um sie endgültig zum Abschluss zu bringen. Das war zumindest seine Aussage gewesen.

Lomat hatte sie um den Finger gewickelt, aber das war ihr egal. Sie glaubte, was sie glauben wollte, und schob ihre Bedenken bezüglich des neuen Auftrags zur Seite. Offensichtlich schien Matthias langsam zu begreifen, was er an ihr hatte. Christina würde ihn ganz sicher niemals in solche Schwierigkeiten bringen, wie es diese dumme Gans Nadja getan hatte. Sie wollte ihm unbedingt beweisen, dass er sich voll und ganz auf sie verlassen konnte. Mittlerweile schien sie davon überzeugt, dass Loyalität ihm bei Weitem wichtiger war als ein schönes Gesicht.

Kapitel 14

Am nächsten Morgen in Karlsruhe

Tia Kosch lief verärgert Richtung Haltestelle und hoffte, den Schulbus nicht zu verpassen.

Diese Erwachsenen mit ihrer Heimlichtuerei, dachte sie genervt. Dabei war sie doch längst kein Kind mehr. Tia wusste genau, dass etwas nicht stimmte. Ihre Mutter war schon während des Telefonats mit Tante Mira ganz komisch gewesen, und außerdem hatte sie sich verstohlen ein paar Tränen aus dem Gesicht gewischt. Warum sagte ihr keiner, was los war? Wenigstens hatte man ihr verraten, dass Tante Mira bald nach Karlsruhe kommen werde.

Das Kind stieß seufzend die Luft aus, so wie es ihre Mutter für gewöhnlich tat, wenn das Mädchen gegen die nervigen Hausregeln verstieß.

Früher oder später würde sie es ja sowieso erfahren, aber bestimmt war es etwas Schlimmes. Jedenfalls würde sie alles tun, um Tante Mira beizustehen, das nahm sich Tia fest vor. Sie machte bereits Pläne.

»Wenn man traurig ist, braucht man Ablenkung«, flüsterte sie ernst und begann bereits tief in Gedanken versunken, ein Programm auszuarbeiten.

Gerade, als sie ihre imaginäre Liste um einen Spaziergang im Schlosspark erweitern wollte, hielt neben ihr ein Auto. Es war ein schwarzer Transporter mit verspiegelten Scheiben. Seine Reifen quietschten, als er am Bordsteinrand zum Stehen kam.

Tia wich instinktiv einen Schritt zurück, als sich die hintere Schiebetür mit einem lauten Geräusch öffnete, und erschrak fast zu Tode, als zwei große, bullige Männer aus dem Fahrzeug sprangen, auf deren Gesichtern Faschingsmasken saßen.

Hastig wich sie weiter zurück und stieß mit ihrem Schulranzen an die Häuserwand.

Mehr konnte die Kleine nicht tun. Grob griff man nach ihr und als sie zu schreien anfing, legte sich eine schwere, fleischige Hand auf ihr Gesicht. Alles Zappeln und Treten half nichts.

Die Entführung dauerte nur wenige Sekunden. Der Gehweg war menschenleer und einem zufälligen Passanten auf der gegenüberliegenden Seite wäre durch den Transporter die Sicht versperrt gewesen.

Brutal warf man Tia auf den Rücksitz und schon fuhr der Wagen davon.

»Ich will sofort zu meiner Mama.« Das Mädchen weinte herzzerreißend und zitterte vor Angst am ganzen Körper.

Tia war so geschockt, dass sie erst jetzt die Frau neben sich bemerkte, die nun sagte: »Du wirst schon sehr bald wieder bei deiner Mutter sein. Wenn du schön brav bist, dann geht das umso schneller.«

Das Kind sah die Fremde, die ebenfalls eine Plastikmaske trug, misstrauisch an. Sie glaubte ihr keine Sekunde, dass das, was hier geschah, vom »brav sein« abhängen könnte. Sie hatte Angst und spürte die Gefahr genauso wie die Lüge.

»Ich will zu meiner Mama«, jammerte Tia erneut und zog die Nase hoch.

Die Frau versuchte es noch einmal. »Wenn du brav bist, dann …«

Das Kind unterbrach sie und begann nun zu schreien: »Ich will zu meiner Mama.« Zuerst klang es nur trotzig, aber Tias Angst steigerte sich mit jedem Meter, den sich der Wagen von ihrem Zuhause entfernte, und so rief sie die Worte voller Panik und Hysterie.

Einer der Männer brüllte: »Halt dein Maul oder ich stopfe es dir!«, aber Tia konnte nicht still sein, die Furcht war einfach zu groß. Ein kurzer Schmerz fuhr in den Arm des Mädchens.

Erst jetzt bemerkte sie die Spritze in der Hand dieser furchteinflößenden Fremden. Tias Augen verdrehten sich, dann fiel ihr Oberkörper zur Seite.

»Wurde aber auch Zeit«, blökte der Fahrer nach hinten.

Christina Geiner antwortete ihm nicht, sondern dachte mit Unbehagen daran, auf was sie sich hier eingelassen hatte. Jemanden anzurufen, um ihm einen Auftrag zu erteilen, mochte es ein Unfall mit Fahrerflucht sein oder einen Raubmord zu inszenieren, war bei Weitem etwas anderes, als selbst eine Kindesentführung durchzuziehen.

Nur Matthias zuliebe war sie mitgefahren.

»Das Kind wird zu einer Frau Vertrauen fassen, das bedeutet, wir haben keine Scherereien mit dem Balg. Sie bekommen das doch sicher besser hin als die plumpen Gorillas da draußen vor der Tür. Nicht dass von denen noch einer vorschnell den Abzug drückt. Zumindest sollte das nicht passieren, bevor der Stick wieder in meinen Händen ist«, hatte der Banker charmant argumentiert und Christina war einverstanden gewesen.

Unsicher betrachtete sie den kleinen Körper neben sich. Sie wagte nicht darüber nachzudenken, was ihr Chef, sollte er den Stick nicht zurückbekommen, mit dem Kind vorhatte. Im Moment brauchte er das Mädchen. Mira Kosch würde ihm den USB-Stick nur aushändigen, wenn sie vom Wohlergehen ihrer Nichte überzeugt war. Offensichtlich kam an dieser Stelle

Christina ins Spiel. Ihr Part war es, dafür zu sorgen, dass das Druckmittel am Leben blieb. Und dann?

»Ich bin so froh, dass wir bald endlich Zeit haben werden, über etwas anderes zu sprechen als über die Arbeit«, hatte Lomat geseufzt, als ein zweifelnder Ausdruck auf Christina Geiners Gesicht erschienen war.

»Ja, ich auch«, hatte sie ihm mit krächzender Stimme wie ein verliebter Teenager geantwortet und nun saß sie in diesem Transporter.

Die Fahrt dauerte ungefähr zwei Stunden. Mittlerweile hatten sie die Autobahn Richtung Frankfurt verlassen und fuhren über die Landstraße durch mehrere kleine Gemeinden, bis sie ein Gebiet mit weiten Flächen erreichten. Abgemähte Wiesen und brachliegende Felder säumten den holprigen Teerweg zu ihrem Ziel.

Matthias hat wirklich an alles gedacht, schoss es der Sicherheitschefin durch den Kopf.

Das Gehöft, das sie ansteuerten, war abgelegen und verlassen. Das große Privatgrundstück hielt zufällige Besucher ab. Soviel sie wusste, gehörte diese Immobilie einem Kunden, der Matthias Lomat darum gebeten hatte, den Verkauf für ihn abzuwickeln. Damit wären sie dort zweifellos ungestört.

Das Mädchen neben Christina zuckte im Schlaf. Das Beruhigungsmittel würde bald aufhören zu wirken.

Der Transporter fuhr nun über den schmalen Feldweg auf die Scheune zu.

»Wir parken da drin«, wies sie ihre Mitarbeiter an.

Die drei Männer, die Christina begleiteten, waren nicht ihre, sondern Lomats Wahl gewesen. Ausgerechnet die skrupellosesten des Teams hatte er seiner Sicherheitschefin zur Seite gestellt.

Deshalb war es auch kein Wunder, dass einer von ihnen rücksichtslos am Arm des Kindes riss, um es aus dem Wagen zu zerren, und es sich dann, als wäre es nicht schwerer als ein Handtuch, über die Schulter zu werfen.

Sie hörte ein leises Wimmern und hoffte, dass das Mädchen zumindest noch ein paar Minuten still bliebe.

Die Scheune war bereits verfallen. Das Holz der Wände war modrig und das Dach hatte große Löcher. Verrostetes Werkzeug lag auf dem Boden. In einer Ecke stand ein ausgeschlachteter Traktor, und Reste von nassem, altem Stroh bedeckten die Treppe zum Heuboden.

Es war ein ungemütlicher Tag, grau und feucht. Christina Geiner führte die Gruppe zum Haupthaus. Matthias hatte ihr den Schlüssel gegeben, mit dem sie nun das große Vorhängeschloss an der verschrammten Eingangstür öffnete.

Diese Sicherheitsmaßnahme war eigentlich vollkommen unnötig, denn die Fenster im Erdgeschoss waren fast alle eingeschlagen, daher würde jeder ohne Schwierigkeit in das Gebäude hineingelangen können.

Christina ging voran und checkte die Räume. Schließlich entschied sie sich für einen, bei dem die Fensteröffnung mit Brettern vernagelt worden war.

Sie warf einen Schlafsack auf den Boden und gab Anweisung, das Kind dort abzulegen. Vor der Tür würde ab jetzt im Wechsel immer jemand Wache halten.

Die Sicherheitschefin griff nach ihrem Handy: »Alles klar!«, sprach sie in das Mikrofon, als Matthias Lomat am anderen Ende abnahm.

»Christina, Sie sind ein Schatz!«, rief er fröhlich, »dann machen Sie bitte weiter wie besprochen.«

Sie hatten vereinbart, sich so allgemein wie möglich auszudrücken, man wusste ja nie, wer mithörte.

Der erste Teil ihres Auftrages war damit abgeschlossen, nun galt es, die nächsten Schritte einzuleiten.

Sandra sah überrascht auf, als ihr Handy in der Tasche klingelte. Wie immer, wenn Tia sich nicht in ihrer Nähe befand, war sie sofort alarmiert. Hoffentlich hatte es keinen Unfall in der Schule gegeben.

Die Telefonnummer des Anrufers war unterdrückt, aber Sandra nahm das Gespräch trotzdem entgegen.

»Kosch«, sagte sie ungeduldig.

Was jetzt folgte, war der Beginn des schlimmsten Albtraumes, den eine Mutter erleben konnte.

»Wir haben Ihre Tochter!«

Sandra brachte kein Wort heraus.

»Wir werden sie töten!«

»Nein!«, schrie sie und ignorierte die Blicke, die ihr die Kollegen zuwarfen. Rolf am anderen Ende des Büros sprang auf und lief ihr entgegen.

»Wenn Sie jemandem etwas erzählen, ist sie tot. Wenn Sie mit der Polizei reden, ist sie tot. Wenn Sie nicht genau tun, was wir sagen, ist sie tot. Verlassen Sie jetzt sofort Ihr Büro, damit wir ungestört sprechen können.«

Ohne auch nur eine Sekunde zu zögern, griff Sandra nach ihrer Handtasche und stürmte aus dem Raum.

»Wo ist Tia? Ich will sofort mit meiner Tochter sprechen!« Sie erreichte ihren Wagen. Zweimal fielen ihr die Schlüssel hinunter, bevor es ihr gelang, das Handy zwischen Ohr und Schulter geklemmt, die Fahrzeugtür zu öffnen. Tränen verschleierten ihr den Blick. Sie glaubte nicht eine Sekunde lang an einen geschmacklosen Scherz.

Wie um diese Annahme zu bestätigen, hörte sie plötzlich ein leises: »Mama? Ich will nach Hause.«

Dann erklang wieder die Stimme des Mannes: »Noch geht es ihr gut!«

Tia weinte im Hintergrund und rief nach ihrer Mutter.

»Was sind Sie für ein Mensch?«, schrie Sandra verzweifelt.

»Fahren Sie nach Hause und bleiben Sie dort. Zu niemandem ein Wort!«

Das Gespräch war zu Ende. Sandra drehte den Schlüssel und gab Gas. Sie ignorierte die Geschwindigkeitsbegrenzungen und raste einmal sogar über eine rote Ampel. Sie stand unter Schock und war nicht in der Lage, einen klaren Gedanken zu fassen.

In ihrer Wohnung angekommen, legte sie das Handy auf den Tisch und tigerte auf und ab. Als es plötzlich an der Wohnungstür klingelte, zuckte sie erschrocken zusammen. Sie hastete zum Türspion. Rolf stand im Hausgang. Sie hielt die Luft an und hoffte, dass er wieder gehen würde. Erneut betätigte er die Klingel. Sandra würde ihm nicht öffnen. Die Anweisungen waren eindeutig gewesen und keinesfalls wollte sie das Leben ihrer Tochter riskieren.

Rolf rief ihren Namen und als er wieder keine Antwort bekam, ging er kopfschüttelnd davon. Keine Minute später klingelte ihr Handy. Wieder ein Anruf ohne Nummernanzeige.

»Ja?«, rief sie dieses Mal mit zitternder Stimme.

»Ich gebe Ihnen eine Telefonnummer. Schreiben Sie mit.«

Sandra griff hektisch nach Stift und Papier, die Zahlen, die sie dann notierte, waren kaum lesbar.

»Geben Sie die Ihrer Schwester, sie soll mich anrufen!«

»Meiner Schwester?«, entfuhr es Sandra.

»Tun Sie, was ich sage. Ich empfehle Ihnen dringend, bis auf Weiteres in Ihrer Wohnung zu bleiben und nur dieses eine

Telefonat mit Ihrer Schwester zu führen. Ansonsten werden wir Ihr kleines Mädchen in winzige Stücke zerteilen.«

»Nein!«, schrie Sandra, »tun Sie Tia nichts. Ich mache alles genauso, wie sie es sagen, aber bitte …«

Der Mann konnte ihr Flehen nicht mehr hören, er hatte längst aufgelegt.

Kurz darauf in der Hotelsuite von Louis Montagne in Frankfurt

Mira hatte den gestrigen Tag komplett verschlafen, obwohl sie eigentlich andere Pläne gehabt hatte. Allerdings waren ihre Kraftreserven aufgebraucht gewesen und die Einnahme weiterer Schmerzmittel hatte schließlich dafür gesorgt, dass die Journalistin endlich zur Ruhe gekommen war.

An diesem Morgen war sie trotzdem weder erholt, noch fühlte sie sich besser. Aber wenigstens konnte sie damit beginnen, ihre Gedanken zu sortieren.

Louis Montagne, der sie die letzten eineinhalb Tage nicht aus den Augen gelassen hatte, zwang sie zu einem Frühstück. Lustlos stocherte die Journalistin in den Rühreiern herum, während sie den Franzosen nach Neuigkeiten fragte.

»Valentin hat gute Leute, die werden diese Datei sicher knacken. Dann kann ein offizielles Ermittlungsverfahren gegen Matthias Lomat eingeleitet werden.«

»Ja, hoffentlich«, seufzte sie müde.

»LeClerc wird alles versuchen«, erwiderte Montagne zuversichtlich.

»Sie kennen sich schon lange?«, fragte Mira, mehr um überhaupt etwas zu sagen als aus Neugier.

»Ja, seit elf Jahren.«

Die Journalistin stutzte: »Seit dem Flugzeugabsturz?«

Der Franzose lächelte: »Sie sind eine aufmerksame Zuhörerin. LeClerc war damals noch Kommissar bei der französischen Polizei. Er war auch derjenige, der mir mitteilte, dass der angebliche Mörder meiner Familie erschossen worden war.«

»Wie ging es weiter?«, hakte Mira nach.

»Er ist der Einzige, der wie ich davon überzeugt ist, dass es noch einen Hintermann gegeben hat. Wir blieben in Kontakt, na ja …«

Sie wurden durch das Klingeln von Miras Handy unterbrochen. Ein Blick auf das Display zeigte ihr, dass der Anruf von ihrer Schwester kam.

»Sandra, ich …«

Noch bevor sie mehr sagen konnte, schluchzte die jüngere Schwester laut ins Telefon: »Sie haben Tia«, rief sie verzweifelt, »mein Baby!«

Nur mit Mühe konnte Mira überhaupt verstehen, was passiert war. Schnell notierte sie die Telefonnummer, die die Entführer hinterlassen hatten. Am liebsten wäre sie sofort nach Karlsruhe gefahren, aber dafür war jetzt keine Zeit.

»Alles wird gut, ich rufe sofort dort an!«

»Mira!«, rief Sandra schrill. »Versprich mir, dass ihr nichts passiert.«

»Ich verspreche es!«, erwiderte die Journalistin und spürte die Tränen auf ihrem Gesicht.

Montagne sah sie fragend an. Ihm war klar, dass das eben schlechte Nachrichten gewesen waren.

»Sie haben meine Nichte entführt. Tia …«, rief Mira und rang um Fassung. »Sie ist erst neun Jahre alt. Wie kann jemand so etwas tun?«

Dass Lomat dahintersteckte, war beiden sofort klar.

»Was genau haben die gesagt.«

Sie wiederholte, was ihr Sandra erzählt hatte.

»Ich muss dort anrufen. Sie haben eine Nummer durchgegeben.«

Die Journalistin fing bereits an, die ersten Ziffern einzutippen, als Montagne seine Hand auf die ihre legte, um sie zu unterbrechen.

»Wir sollten LeClerc verständigen.«

»Keine Polizei«, entgegnete Mira heftig.

»Wir brauchen die Polizei«, ließ der Franzose nicht locker.

Wütend fauchte ihn die Journalistin an: »Sie wissen doch am besten, was passiert, wenn man die Behörden einschaltet.« Im nächsten Moment bereute sie diese gefühllose Anspielung auf seine Familie und wollte sich entschuldigen, aber er unterbrach sie.

»Genau, ich weiß, wovon ich spreche. Wir haben es mit skrupellosen Menschen zu tun. Die haben bereits getötet, warum sollten sie jetzt damit aufhören. Um Gottes willen, die werden sich niemals an irgendwelche Vereinbarungen halten. LeClerc wird uns helfen, ohne ihn werden weder Sie noch Ihre Nichte lebend da rauskommen.«

Mira sah ihn geschockt an, dann nickte sie. »Wir müssen uns beeilen.«

Montagne hatte LeClerc am Apparat, das Gespräch war auf Lautsprecher geschaltet.

»Wir brauchen Zeit!«, rief der nun hektisch. »Haltet sie hin.«

»Wie?«, entgegnete Mira völlig aufgelöst.

Fieberhaft überlegte der Mann von Interpol. »Ich habe eine Idee. Sagen Sie, Sie seien auf dem Rückweg von einer Spezialklinik … wegen Ihres Unfalls. Suchen Sie sich ein Krankenhaus aus, das etwa drei Autostunden von Frankfurt entfernt liegt. Betonen Sie außerdem, dass jemand bei Ihnen ist. Ein Fahrer.

Wenn wir Glück haben, kaufen die uns das ab und wir gewinnen Zeit.«

»Und wenn nicht?« Miras Stimme überschlug sich.

»Versuchen Sie es«, antwortete LeClerc unglücklich. »Wir sind uns einig, dass Lomat dahintersteckt?«

»Keine Frage«, mischte sich Montagne ein.

»Er wird den USB-Stick wollen und wenn er den hat, dann bringt er Sie und Ihre Nichte um.« LeClerc sprach schonungslos, niemandem war damit gedient, jetzt nach schönen Worten zu suchen. »Wir müssen Tia finden, aber dafür brauche ich die deutschen Behörden. Verschaffen Sie uns drei Stunden, und die Chancen, dass wir Ihre Nichte sicher nach Hause bringen werden, stehen gut.«

Mira war einverstanden, schnappte sich ihr Handy und wählte mit zitternden Fingern die Nummer der Entführer.

Montagne sah auf die Uhr: »Los, beeilen Sie sich!«

Die Journalistin hielt sich das kleine Telefon ans Ohr.

Ein Mann nahm das Gespräch entgegen. Er sprach gebrochen deutsch. »Wo sind Sie?«, war seine erste Frage.

Sie antwortete ihm nicht, sondern rief zornig: »Ich möchte mit meiner Nichte sprechen!«

»Alles zu seiner Zeit«, kam die Antwort. »Also, wo sind Sie?«

»Ich hatte einen Unfall und musste wegen einer Untersuchung nach Hannover, momentan bin ich auf der Autobahn.«

Es entstand eine kurze Pause. Offensichtlich beratschlagte sich der Mann im Hintergrund mit jemandem.

»Sind Sie allein?«

»Nein, ich habe einen Fahrer.«

»Sie rufen uns in drei Stunden erneut unter dieser Nummer an, dann erhalten Sie weitere Anweisungen. Es wäre gut, wenn Sie bis dahin wieder in der Stadt sind, ansonsten ist das kleine Mädchen tot. Wenn Sie mit jemandem sprechen, dann wird das sehr unangenehm für das Kind werden. Und keinen Kontakt zur Mutter.«

»Was wollen Sie?«, schrie Mira in den Hörer.

»Alles zu seiner Zeit!«, wiederholte der Mann seine Antwort.

»Geben Sie mir Tia. Ich will …« Das Gespräch war beendet.

»Valentin?« Montagne sprach in sein Handy. LeClerc war immer noch in der Leitung. »Wir haben drei Stunden, allerdings noch keine Beweise, dass Lomat der Entführer ist und die den Stick wollen.«

»Gut gemacht, jetzt bin ich dran.«

Er hatte aufgelegt und Mira blickte zu Montagne. »Wie geht es weiter?«

»Wir bleiben hier und warten.«

»Was?«, die Journalistin sprang auf und spürte dabei schmerzhaft ihre geprellten Rippen.

»Ich werde Sandra anrufen!«

»Nein!«, Montagnes Stimme war hart. »Tun Sie das nicht. Die Anweisungen waren eindeutig. Kein Kontakt. Wir gehen sonst ein unnötiges Risiko ein!«

»Ich soll hier untätig herumsitzen und warten?«

»Können Sie ein Haus stürmen? Oder eine Waffe benutzen? Wissen Sie, wie man Handygespräche trianguliert oder tragen Sie zufällig eine kugelsichere Weste?«

»Nein, natürlich nicht«, antwortete ihm Mira genervt.

»Dann ist Ihr Platz hier, in diesem Hotelzimmer.«

Einsatzzentrale Frankfurt

»Und Sie sind sicher, dass dieser Bankmensch dahintersteckt?«

»Zu hundert Prozent«, antwortete LeClerc dem Koordinator des Einsatzes.

Seit Miras Gespräch mit den Entführern waren etwa vierzig Minuten vergangen. In dieser Zeit hatte LeClerc das Unmögliche geschafft und hervorragende Überzeugungsarbeit geleistet. Sein Vorgesetzter in Lyon hatte sich daraufhin direkt mit dem Bundeskriminalamt in Verbindung gesetzt. Der Begriff Kindesentführung sprach für sich. In Anbetracht der allgemeinen Annahme, dass Behörden nur langsam und wenig schlagkräftig reagieren könnten, bewies das Vorgehen im Fall der kleinen Tia genau das Gegenteil.

Innerhalb kürzester Zeit war ein Team zusammengestellt worden, außerdem hatte man bereits das Spezialeinsatzkommando angefordert. Die Hinweise von LeClerc auf Matthias Lomat als möglichen Drahtzieher der Entführung sorgten dafür, dass der Mann komplett durchleuchtet wurde. Auf Vorschlag des Franzosen versuchte man, Lomats Handy und das seiner Sicherheitschefin aufzuspüren.

Die Beamten nannten das GSM-Ortung. Mit dieser Methode war es möglich, den ungefähren Standort der Person zu bestimmen, die das Handy benutzte.

Die letzte telefonische Aktivität des Bankers hatte vor etwa einer halben Stunde stattgefunden, danach war das Mobiltelefon offensichtlich ausgeschaltet worden. Der Koordinator, ein Mann namens Schmitt, hatte zwei seiner Mitarbeiter losgeschickt. Unter einem Vorwand konnten die beiden feststellen, dass sich der Banker momentan weder in seinem Geldinstitut noch in seiner Villa aufhielt. Interessant war außerdem, dass dieses letzte Handygespräch von Matthias Lomat mit Christina Geiner geführt worden war. Über das GSM-Verfahren hatten die Beamten herausgefunden, dass die Sicherheitschefin sich während des Telefonats nahe einer kleinen Ortschaft, die zirka eine Fahrstunde von Frankfurt entfernt lag, aufgehalten hatte.

»Wir können natürlich nicht exakt feststellen, wo diese Dame steckt.« Schmitt zeigte LeClerc ein Gebiet auf der Karte an der Wand. »Möglich, dass sie schon längst wieder weg ist.«

»Was ist dort?«, fragte der Interpol-Mitarbeiter interessiert.

»Eigentlich nichts. Da gibt es vor allem Landwirtschaft und etwas Wald.«

»Kein schlechter Platz, um sich mit einer Geisel zu verstecken«, entgegnete LeClerc.

»Wir sind schon dran. Meine Mitarbeiter durchforsten die Datenbanken und das Netz. Wir könnten die Polizisten vor Ort um Amtshilfe bitten?«

»Ich weiß nicht«, stöhnte LeClerc. »Wenn wir recht haben, und das Kind dort ist, dann sollten sich die Entführer besser in Sicherheit wiegen. Durch die Gegend fahrende Streifenwagen …« Er sprach nicht weiter, der andere verstand.

»Ich glaube, ich habe etwas«, rief plötzlich eine junge Frau mit Brille, die zwei Bildschirme gleichzeitig überwachte.

Schmitt und LeClerc stürmten zu ihrem Schreibtisch und sahen erwartungsvoll auf die Monitore.

»Hier, das sind Verkaufsanzeigen von Grundstücken aus der Gegend. Sehen Sie die hier: ›Altes Gutshaus mit großem Gelände‹.« Sie hatte die Onlineausgabe einer überregionalen Tageszeitung aufgerufen.

Jetzt deutete sie auf den zweiten Bildschirm. »Das ist der Bereich, in dem sich laut unserer Handyortung eine der Zielpersonen befindet.«

Die beiden Männer nickten.

»In der Anzeige steht, dass das Grundstück hier liegt …« Sie nahm einen Stift und zeigte auf ein Dorf, das im Ortungsradius lag.

»Und es kommt noch besser: Sehen Sie die Telefonnummer in der Anzeige? Das ist ein Nebenanschluss von Matthias

Lomats Bank. Dahinter verbirgt sich ein Immobilienservice für seine Kunden.«

»Das muss es sein. Fantastische Arbeit«, sagte LeClerc überschwänglich und klopfte der Frau vor Begeisterung auf die Schulter, bis er merkte, dass das irgendwie unangebracht war.

»Sind Sie sicher?«, warf Schmitt nun skeptisch ein und dämpfte damit die Euphorie des Franzosen.

»Es ist die einzige Spur, die wir haben und uns läuft die Zeit davon. Lomat hat Zugriff auf ein abgelegenes Grundstück, das er für einen Kunden verkaufen soll. Seine Sicherheitschefin befindet sich ausgerechnet heute in der Nähe, für mich lässt das nur einen Schluss zu: Das Kind ist dort.«

»Aber nur, wenn das die Entführer sind und jene Frau Geiner nicht zufällig einem kaufwilligen Interessenten im Namen ihres Chefs das Gelände zeigt.«

»Nein!«, antwortete LeClerc verbissen. »Die sind dort«, sagte er schließlich mit mehr Überzeugung, als er tatsächlich empfand.

Schmitt fuhr sich mit der Hand über den Kopf. »Gut, dann starten wir. Aber sagen Sie Frau Kosch dennoch, dass sie sich bereithalten soll. Wenn wir falsch liegen, ist sie dran.«

»Danke«, entgegnete der Franzose und meinte damit nicht nur die Einsatzbereitschaft des Mannes, sondern auch das »wir«, mit dem er seine uneingeschränkte Kooperation zum Ausdruck gebracht hatte.

Kapitel 15

Lomat war auf dem Weg zu dem alten Gehöft. Christina Geiner hatte ihn angerufen, der Zeitplan musste geändert werden. Mira Kosch war nicht in der Stadt, damit verschob sich die Übergabe. So hatte er sich das nicht vorgestellt. Eigentlich sollte alles möglichst schnell ablaufen. Wenigstens hatte die Geiner dafür gesorgt, dass bisher noch keine Forderungen gestellt worden waren. Mira Kosch sollte erst in allerletzter Minute erfahren, dass es um den USB-Stick ging.

Mit einem überheblichen Grinsen raste der Banker die Landstraße entlang. Die meisten Menschen waren nichts weiter als Schwachköpfe. Aber er, Matthias Lomat, er wusste, wie das Leben funktionierte. »Ehrlich währt am längsten, macht dich aber arm!«, war einer seiner beliebten Sprüche, der auch immer gut bei Neukunden ankam.

Er fühlte sich unbesiegbar, bisher war er mit allem durchgekommen. Wie einfach es gewesen war, sich einiger seiner unliebsamen Mitmenschen zu entledigen. Niemand interessierte sich für die Toten und schon gar nicht für seine Geschäfte. Er war unschlagbar. Was bildete sich diese armselige Journalistin überhaupt ein? Die Frau hatte weder einen gesellschaftlichen Background noch finanzielle Erfolge zu verbuchen. Für ihn gehörte sie zur Unterschicht. Lästiges, dummes Geschmeiß, das man eigentlich nur zum Erledigen der Drecksarbeit brauchte.

Lomat stöhnte genervt. Tagtäglich hatte er es mit Unfähigkeit zu tun. Auch diese Sache war wieder ein Beweis dafür. Die Geiner zum Beispiel war nicht in der Lage gewesen, diese einfache Entführung hinzubekommen. Jetzt musste er wieder selbst ran, weil seine Sicherheitschefin gerade dabei war, die Nerven zu verlieren.

»Matthias, ich denke, wir sollten abbrechen. Ich dachte, wir ziehen die Sache zügig durch, aber jetzt? Noch weitere drei Stunden, das Kind weint die ganze Zeit«, hatte sie ihm zweifelnd mitgeteilt.

Am liebsten wäre er ausfallend geworden, aber stattdessen hatte er eingelenkt und sein Kommen angekündigt. Lomat war kein Idiot, diese Entführung konnte ihn natürlich in Schwierigkeiten bringen. Deshalb brauchte er die Geiner, die sollte die Übergabe erledigen – er selbst wollte gar nicht in Erscheinung treten. Notgedrungen musste er daher nochmals mit seiner Angestellten reden, ihr ein paar Versprechungen machen und dann rechtzeitig verschwinden.

Als Tia zu sich kam, war ihr kalt. Sie lag auf der Erde und erschrak beim Rascheln des Polyester-Schlafsackes unter sich. Durch die Bretter vor der Fensteröffnung drang nur wenig Licht ins Innere des kleinen Raumes. Das zitternde Mädchen zog die Jeansjacke, die ihr Tante Mira geschenkt hatte, fester um sich und schluchzte leise. »Ich will nach Hause«, flüsterte sie.

Vor der Tür hörte sie Stimmen. Sie erkannte weder die Personen, die miteinander redeten, noch konnte sie deren Sprache verstehen.

Matthias Lomat verzog angeekelt das Gesicht, als er das verfallene Haus betrat. Die drei Security-Männer nickten ihrem Boss mit grimmigen Mienen zu. Es war offensichtlich, dass keiner von ihnen die Skrupel der Sicherheitschefin teilte.

Christina Geiner sprang augenblicklich von ihrem Stuhl auf, als der Banker hereinkam.

»Läuft doch alles hervorragend«, sagte der und zwang sich zu einem Lächeln.

Sie zögerte mit dem, was sie ihm eigentlich mitteilen wollte, und als sie schließlich zu sprechen begann, fiel er ihr sofort ins Wort.

»Ich bin so froh, dass ich mich auf dich verlassen kann.« Er ging jetzt noch einen Schritt weiter, indem er seine Angestellte duzte.

Christina war verwirrt. »Ich bin nicht sicher, ob das hier alles richtig ist.«

»Du willst mich im Stich lassen?«, seine Stimme drückte echte Verzweiflung aus, die Kälte in seinen Augen schien ihr nicht aufzufallen.

Fast war sie versucht, sich an ihn zu lehnen.

Als würde er das merken, wich er im gleichen Augenblick einen Schritt zurück: »Bald ist alles überstanden. Wir nennen der Kosch den Übergabeplatz und du fährst dorthin, holst den Stick, bringst ihn mir ins Büro und dann gibt es erst einmal Urlaub. Das hast du dir verdient.«

»Wenn Sie meinen?«, antwortete Christina. Das »du« kam ihr nicht so ohne Weiteres über die Lippen, und er forderte sie nicht dazu auf.

»Bewachst du das Kind?«, fragte er stattdessen und blickte auf die Tür.

»Ja!«

»Gut, ich will noch etwas mit den Männern besprechen, wir sehen uns gleich noch einmal.«

Lomat schnappte sich einen der grobschlächtigen Typen und ging mit ihm zusammen aus dem Haus. Sie umrundeten das Gebäude und standen schließlich vor einem der zugenagelten Fenster.

Christina Geiners Zuversicht, was diese ganze Aktion anging, war durch das Gespräch mit Lomat nicht wiederhergestellt, es schien ihr nur alles leichter, jetzt, wo auch Matthias hier war. Deshalb raffte sie sich auf, setzte sich die Maske vor das Gesicht und wollte dem Kind Saft und einen Schokoriegel bringen.

Sie öffnete die Tür einen Spalt und leuchtete mit der Taschenlampe hinein. Das Mädchen lag zusammengekauert auf dem Schlafsack und hob den Kopf.

»Gehen Sie weg!«, jammerte sie unter Tränen. »Ich will nach Hause!«

»Du sollst etwas essen«, gab ihr Christina zur Antwort und legte die Flasche und die Süßigkeiten auf den Boden. Gerade als sie den Raum verlassen wollte, hörte sie Stimmen, die von draußen hereindrangen.

Sie erkannte Matthias und einen ihrer Leute.

»Wir machen das wie besprochen!«, sagte Lomat gerade eindringlich.

»Geht klar, Boss, aber dafür musst du die Prämie verdoppeln«, antwortete der Mann in holprigem Deutsch.

»Einverstanden!«

Christina vergaß für einen Augenblick das Mädchen und näherte sich dem Fenster. Was wurde da hinter ihrem Rücken verhandelt?

»Ihr legt die Kosch um und lasst die Leiche verschwinden. Für das Mädchen gilt das Gleiche! Aber zuerst findet heraus, ob es Kopien gibt. Wie ihr das macht, ist eurer Fantasie überlassen. Auch alles Weitere bleibt so, wie besprochen.«

»Geht klar Boss, aber das Kind kostet mehr …«

»Von mir aus«, antwortete Lomat genervt, während der andere die Ruhe selbst war.

»Wir werden die Geiner direkt bei der Übergabe erschießen. Dieser Journalistin werden wir schon entlocken, ob es Kopien gibt oder nicht, wir haben da unsere Methoden. Danach beseitigen wir auch sie und das Kind!«

»Ja, und bitte sehr, ohne Spuren zu hinterlassen.«

»Geht klar, Boss!«, wiederholte der Mann nun zum zweiten Mal.

»Nach dieser Sache werde ich einen neuen Leiter meiner Security brauchen. Hast du vielleicht Interesse?«

Die Miene des anderen hellte sich auf: »Klar, Boss!«

»Gut, dann schaff mir diese hässliche Geiner vom Hals und der Job gehört dir!«

Christina Geiner schluckte und kämpfte gegen die Tränen an. Es musste sich um ein Missverständnis, einen Irrtum handeln. Matthias wollte doch mit ihr … Er hatte doch vorhin noch gesagt … Ihre Loyalität.

Sie stieß geräuschvoll die Luft aus. Er hatte sie benutzt und belogen, mehr gab es dazu nicht zu sagen.

* * *

Die Hubschrauber landeten gerade so weit entfernt von dem Gehöft, in dem LeClerc die entführte Tia vermutete, dass sie dort nicht gehört werden konnten. Gleichzeitig waren mehrere Einsatzfahrzeuge auf dem Weg zu dem abgelegenen Grundstück.

LeClerc saß zusammen mit Schmitt in der kleineren Maschine. Die Beamten vom Spezialeinsatzkommando waren als Erste am Boden. Trainierte Männer in schwarzen Monturen versammelten sich um einen ebenso Uniformierten, der das

Kommando hatte. Schmitt und LeClerc waren nun nur noch Zuschauer.

»Das sind unsere besten Männer, alle kurzfristig einsatzfähig«, erklärte Schmitt. »Sie sehen, wir haben keine Zeit verschwendet«, fügte er nicht ohne Stolz hinzu.

Der Einsatzleiter des SEKs kam auf die beiden zu. »Es geht los, Sie wissen Bescheid?« Was so viel heißen sollte, wie: »Halten Sie Abstand und kommen Sie uns nicht in die Quere.«

Schmitt und LeClerc nickten und sahen die Gruppe im Dickicht verschwinden. In weitem Bogen näherten sich die Spezialkräfte dem Gehöft. Ein kleiner Streifen Wald, der nur wenige Meter hinter dem Anwesen verlief, bot hervorragende Deckung. Sie wollten hinter den Bäumen Stellung beziehen und dann von dort aus vorrücken. Mehrere kleine Teams sollten das Haupthaus und die Scheune einnehmen.

LeClerc erreichte die Männer gerade in dem Moment, als diese eine Mikrodrohne starteten. Das Gerät erinnerte an einen Miniaturhubschrauber von nur wenigen Zentimetern Länge und war mit einer Kamera ausgerüstet, die ebenso wie das Fluggerät selbst ferngesteuert wurde.

Im Haus rührte sich nichts und von ihrem Standort aus konnten die Beamten keine Fahrzeuge erkennen. LeClercs Nerven waren zum Zerreißen gespannt. Er hatte vor dem Abflug noch einmal mit Mira Kosch gesprochen. Sie hielt sich bereit. Sollte der Einsatz ein Fehlschlag werden, dann musste sie erneut bei den Entführern anrufen. Der Franzose sah auf die Uhr, sie hatten noch knapp zwanzig Minuten.

Mittlerweile lieferte die Drohne erste Bilder. Einer der SEK-Männer schüttelte bedauernd den Kopf. Fast sah es schon so aus, als wären sie hier falsch, da hielt der Beamte, der die Drohne steuerte, den Daumen nach oben. Die Aufnahmen waren nicht gestochen scharf, aber sie genügten. Man sah zwei

Männer, die gerade dabei waren, das Haus zu betreten. Der eine, das konnte LeClerc erkennen, war Lomat.

»Wir haben ihn«, zischte der Mann von Interpol.

»Bis jetzt keine Hinweise auf eine Geisel«, flüsterte der Einsatzleiter zurück.

»Das Kind ist im Haus«, antwortete ihm LeClerc mit Nachdruck.

Ein Blick auf sein Gesicht genügte, um zu wissen, dass er die Angelegenheit längst persönlich nahm. Am liebsten hätte er sich selbst eine Waffe gegriffen und wäre losgestürmt, aber das lag außerhalb seiner Befugnis und seiner Ausbildung.

Der Einsatzleiter des SEKs hatte seine Männer bereits bis ins Detail instruiert. Ohne viele Worte wusste jeder, was zu tun war. Sie alle hatten solche Szenarien x-mal durchgespielt und trainiert und waren bestmöglich darauf vorbereitet, auf das Unvorhergesehene, das während eines echten Einsatzes passieren konnte, angemessen zu reagieren. Hochkonzentriert arbeiteten sich die Teams nach vorne. Von beiden Seiten umrundeten die Männer im sicheren Abstand das Haus.

Ein Team war zurückgeblieben, um das Gelände aus der Entfernung im Auge zu behalten. LeClerc und Schmitt kauerten sich hinter das Dickicht und lauschten dem Funkverkehr.

Die erste Gruppe hatte die verfallene Scheune erreicht. »Zwei Fahrzeuge«, gab der Beamte dort an seine Kollegen durch.

Während einer der Männer den Eingang des Haupthauses mit gezogener Waffe im Auge behielt, schlüpften die beiden anderen in das Nebengebäude und spähten in die Fahrzeuge. Der Sportwagen war anhand des Nummernschildes sofort identifiziert, er gehörte Lomat.

Vorsichtig umrundeten die SEK-Beamten den Transporter. Da die Scheiben verspiegelt waren, konnten sie nicht wissen, welche Gefahren im Fahrzeug lauerten. Mit einem Ruck zog einer von ihnen jetzt die hintere Tür auf und drehte sich schnell zur Seite, während sein Kollege mit der Waffe in den Innenraum zielte. Der Wagen war leer, allerdings fanden die Männer hier endlich eine Bestätigung für LeClercs Annahme.

»In dem Transporter liegt ein Schulranzen.« Während der SEK-Beamte das durchgab, öffnete sein Kollege den bunten Tornister mit dem Blumenmuster und zog eines der Hefte heraus. Er nickte seinem Kollegen zu. »Tia Kosch«, stand dort in Kinderschrift.

»Sie haben recht«, stöhnte Schmitt neben LeClerc. »Gott sei Dank!«

Der Leiter des Spezialeinsatzkommandos gab einen weiteren Funkspruch an seine Männer durch. »Ihr habt es gehört, wir haben ein kleines Mädchen da drin. Das Leben des Kindes hat oberste Priorität!«

Die Polizisten, die bereits höchst angespannt waren, spürten das Adrenalin in ihren Körpern. Sie waren gut ausgebildet und niemals leichtsinnig. Obwohl sie gelernt hatten, die Angst zu verdrängen, wussten sie um die Gefahr, in die sie sich begaben.

Zwei Teams erreichten das Haupthaus. Sie lauschten und konnten aus dem Inneren mehrere Stimmen vernehmen. Noch war es schwer zu sagen, mit wie vielen möglichen Gegnern sie rechnen mussten.

Einer der Beamten, der an der Rückseite des Gebäudes vorbeischlich, konnte durch einen Spalt in ein mit Brettern vernageltes Fenster sehen – er hatte das Kind gefunden. Vorsichtig machte er Meldung.

»Wir gehen rein!«, hörte LeClerc den Einsatzleiter sagen und schloss für einen Moment die Augen.

Lomat war wieder ins Haus gekommen. Christina sah ihn nicht an, sondern tat so, als würde sie ihr Handy checken. Im Moment wusste sie nicht, wie sie sich verhalten sollte. Der

Mann, für den sie bereit gewesen war, so viel zu tun, hatte also vor, sie umbringen zu lassen. Die Frau war klug genug, ihn jetzt nicht zur Rede zu stellen. Es ging schließlich nicht nur um ihren verletzten Stolz, sondern um ihr Leben.

»Christina?« Wie zärtlich seine Stimme klingen konnte.

»Ja«, sagte sie nervös. Er würde ihr Verhalten als Unsicherheit deuten, das war gut so.

»Du weißt Bescheid, was die Übergabe angeht?«

»Ja«, antwortete Lomats Angestellte und versuchte, sich nichts anmerken zu lassen. »Ich bestelle die Kosch auf den Waldparkplatz und nehme den USB-Stick in Empfang. Dabei trage ich die ganze Zeit über meine Maske. Einer der Männer wartet mit dem Mädchen, das wir zuvor betäuben, in sicherer Entfernung im Wagen. Ein anderer versteckt sich auf dem Parkplatz und schlägt diese Journalistin nieder, sobald ich den Datenträger habe. Wenn alles glattgeht, laden wir das Kind bei seiner ebenfalls bewusstlosen Tante ab und verschwinden.«

So war es zumindest zwischen ihnen abgesprochen gewesen, bevor Lomat insgeheim beschlossen hatte, die Kosch, deren Nichte und seine Sicherheitschefin umbringen zu lassen. Christinas Kiefermuskeln spannten sich an.

»Hervorragend«, entgegnete der Banker erfreut, »die drei Stunden sind fast um, also wird der Anruf in den nächsten Minuten erfolgen.« Er trat auf sie zu, strich ihr eine Haarsträhne aus dem Gesicht und flüsterte: »Du machst das schon.«

»Natürlich«, gab sie kurz angebunden zurück und hoffte, er würde endlich gehen. Sie brauchte Zeit, um sich zu überlegen, wie sie ihr Leben retten konnte.

In diesem Moment hörten sie ein dumpfes Geräusch aus dem vorderen Raum, dann folgte ein greller Lichtblitz. Einer von Lomats Security-Leuten rief »Blendgranate«, ein anderer »Polizei!«. Gleich darauf folgten Schüsse. Lomats Männer ballerten wild um sich.

Die SEK-Beamten stürmten das Haus. Mit einer Schlauchkamera hatten sie zuvor den Eingangsbereich ausgespäht. Nun musste es schnell gehen, denn die Geiselnehmer eröffneten sofort das Feuer. Gezielte Schüsse der hochqualifizierten Polizisten schalteten einen nach dem anderen aus. Immer weiter drangen die Teams im Haus vor, vier der Beamten preschten ins Obergeschoss. Die Spezialeinheit arbeitete sich in Windeseile, wie eine unaufhaltsame Flutwelle, durch die Räume. Man hörte ihre »Gesichert«-Rufe und die schnellen Schritte, mit denen sie über die alten Bodendielen hetzten.

Lomat war sofort in das Zimmer geschlüpft, in dem Tia gefangen gehalten wurde.

Christina folgte ihm. Das Mädchen hatte sich an die hintere Wand gedrückt und weinte, als sie die lauten Schüsse hörte.

»Christina«, sagte Matthias Lomat hektisch, »hör mir zu, wir können uns noch retten.«

»Was?« Sie schnappte nach Luft, als sie draußen weitere Schüsse vernahm.

»Ich bin reich, habe die besten Anwälte, ich kann uns beide aus der Sache herausbringen.«

»Wie?«, erwiderte sie misstrauisch.

»Wenn du sagst, dass das alles deine Idee war und ich nur da war, um dich aufzuhalten, dann besorge ich dir die besten Anwälte und kann mich um dich kümmern. Du bekommst höchstens eine geringe Strafe, einen Aufenthalt in einem Sanatorium vielleicht, und danach heiraten wir.«

Von draußen hörten sie jemanden mit fester Stimme rufen: »Polizei, kommen Sie mit erhobenen Händen heraus!«

»Nun sag schon ja, so könnten wir uns beide retten!« Lomat gelang es kaum, seine Ungeduld zu verbergen.

Christina Geiner sah zu dem Kind, das sich immer noch mit großen Augen an die Wand drückte und vermutlich unter Schock stand.

»Du verlogener Dreckskerl«, brach es plötzlich aus ihr heraus. »Zuerst willst du mich töten und jetzt schlägst du mir vor, dass ich für dich ins Gefängnis gehen soll? Zum Teufel mit dir.«

Lomat sah sie gehässig an: »Du widerliche Schlampe, dann eben nicht!«

»Öffnen Sie sofort die Tür!«, drang erneut die Stimme des Polizisten zu ihnen in den Raum.

Christina Geiner wollte gerade etwas darauf erwidern, als Matthias Lomat zu dem Kind stürmte. Er umschloss Tias kleinen Arm fest mit seiner linken Hand und richtete mit der anderen eine Waffe auf Christina Geiner. Weder zitterten seine Finger noch hatte er Schweißperlen auf der Stirn. Seine Kaltblütigkeit war ungebrochen.

»Mir ist gerade eingefallen, dass ich dich gar nicht brauche. Du bist so oder so meine Fahrkarte hier raus. Ich behaupte einfach, du hättest durchgedreht und ohne mein Wissen gehandelt. Eine besessene Psychopathin, die einen krankhaften Hass auf Mira Kosch entwickelt hat, weil sie der Meinung war, die Frau könnte mir schaden. Sie werden glauben, dass deine übersteigerte Bewunderung für mich dich dazu getrieben hat.«

»Und ich werde ihnen sagen, wie es wirklich gewesen ist«, zischte Christina Geiner wütend und griff unauffällig mit der rechten Hand nach hinten an ihren Gürtel. »Alle schmutzigen Geheimnisse … Nein, noch besser, ich werde es Mario Sieber sagen.«

Mit Genugtuung sah sie das kurze Aufflackern von Angst in den Augen des Bankers, dann hatte sich Lomat wieder im Griff.

Sie standen sich gegenüber. Draußen folgte eine letzte Aufforderung. Tia schluchzte.

»Dafür wirst du keine Gelegenheit mehr haben«, presste Lomat zwischen den Lippen hervor und krümmte den Finger am Abzug.

Im nächsten Moment peitschte ein Schuss durch die Stille. Christina Geiner war schneller gewesen.

Tia kam frei und rannte zur Tür, hinter ihr fiel Lomat zu Boden. Aus seinem Hals floss Blut, er drückte seine Hände auf die Wunde, aber vergebens.

Die Tür flog auf, und es folgten laute Schreie: »Los, los, los!«

Starke Arme griffen nach dem Mädchen, sie wurde fest umschlungen und jemand rannte mit ihr nach draußen.

Als die Meldung »Geisel in Sicherheit! Wir haben das Kind!«, kam, musste LeClerc die Tränen wegblinzeln, die ihm vor Erleichterung in die Augen schossen.

Schmitt klopfte ihm auf die Schulter: »Sie hatten den richtigen Riecher, Wahnsinn.«

Christina Geiner folgte sofort der Aufforderung der Beamten und ging auf die Knie. Ihre Waffe ließ sie augenblicklich fallen.

Zur selben Zeit verstummte Lomats Röcheln, er war tot. Nur wenige seiner Männer hatten überlebt und wurden nun, zusammen mit der Sicherheitschefin, abgeführt.

Kurz darauf war es an Schmitt, weitere Befehle zu erteilen. In Karlsruhe verhaftete die örtliche Polizei zwei Männer, die die Wohnung von Sandra Kosch beobachteten. In Frankfurt wurde sofort eine gründliche Durchsuchung der Bank und des Privathauses von Matthias Lomat in die Wege geleitet. Und natürlich wurde umgehend Sandra Kosch davon in Kenntnis gesetzt, dass Tia in Sicherheit war.

Die Mutter war überglücklich, als sie die Stimme ihrer Tochter hörte. Die Beamten versicherten ihr, dass das Kind unversehrt war, und sie selbst sofort mit einem Hubschrauber nach Frankfurt geflogen werde.

LeClerc informierte Mira Kosch.

Einsatzzentrale Frankfurt, zwei Stunden später

Irgendwann lagen sich dann die Schwestern schluchzend in den Armen. In ihrer Mitte die kleine Tia. Mira wollte die beiden gar nicht mehr loslassen, wie nie zuvor war ihr in diesem Moment bewusst geworden, was im Leben wirklich zählte.

Nur äußerst widerwillig ließ sich die Journalistin deshalb dazu bewegen, von Sandra und Tia abzulassen und ihre Aussage zu machen. Montagne brachte ihr einen Becher Kaffee. Dann streckte LeClerc den Kopf durch die Tür und bat sie, mit ihm zu kommen.

Wenige Minuten später standen Montagne, LeClerc und Mira zusammen mit einigen Beamten hinter einem venezianischen Spiegel. Ohne selbst gesehen zu werden, konnten sie beobachten, was in dem Zimmer auf der anderen Seite geschah und die Vernehmung mit anhören. Christina Geiner saß mit hartem Gesichtsausdruck an einem Tisch, daneben ein Mann im Anzug, ihr Anwalt. Zwei Beamte führten das Verhör.

Lomats ehemalige Sicherheitschefin bestätigte das, was sich Mira, LeClerc und Montagne bereits zusammengereimt hatten. Nadja Johanns Tod war nicht geplant gewesen. Als sie den Fremden in ihrem Hotelzimmer entdeckt hatte, war sie in Panik geraten und vom Balkon gestürzt. Letztendlich auch eine Folge ihres Drogenkonsums. Auf der Suche nach dem USB-Stick hatte man ihre Leiche gestohlen. Die Möglichkeit, dass sie ihn verschluckt hätte, schien Lomat und seinen Leuten damals durchaus denkbar. Schließlich hatte sie auf diese Weise auch Diamanten geschmuggelt.

Ein Auftragskiller hatte die Stewardessen getötet, weil diese vorgehabt hatten, mit den Diamanten zu verschwinden – wenn auch aus unterschiedlichen Gründen, wie Mira mittlerweile wusste.

Und am Ende musste jeder beseitigt werden, der zur Gefahr hätte werden können. Margaretha de Silva, Harry Bieland, das Model Sylvia Teicher, Frank Rotha und Greta von Eschwitz. Sie alle hätten der Polizei nützliche Informationen liefern können und somit dafür gesorgt, dass die illegalen Machenschaften von Lomat ans Licht gekommen wären.

Man hatte Christina Geiner zugesagt, dass sich ihre Kooperation günstig auf das Strafmaß auswirken würde. Im Gegensatz zum Rest von Lomats Sicherheitsleuten, die sich allesamt dumm stellten, schien sie bestens Bescheid zu wissen.

Als die Vernehmung jedoch auf das Thema Mario Sieber kam, wurde die Geiner zurückhaltend. Man hatte einen Haftbefehl für den Schweizer erwirkt, aber bis jetzt fehlte von ihm jede Spur. LeClerc vermutete, dass er sich noch rechtzeitig abgesetzt hatte.

»Frau Geiner«, sagte der Beamte, der das Verhör leitete, gerade. »In welchem Verhältnis stand Matthias Lomat zu Renaldo Cargossa?«

Die ehemalige Sicherheitschefin blickte zu ihrem Anwalt, der ihr kurz zunickte.

»Cargossa war ein Kunde«, antwortete sie zögernd.

»Auch jemand, der sein Schwarzgeld in Diamanten wechseln ließ?« Auf die Frage erwarteten die Polizisten keine Bestätigung, sie wussten längst durch LeClercs Recherchen, dass es nicht darum gegangen war. Trotzdem galt es, die Glaubwürdigkeit der Zeugin zu überprüfen.

»Nein, nicht so ein Kunde«, erwiderte die Geiner wahrheitsgemäß. »Soviel ich weiß, handelte es sich um Investments.«

»War Mario Sieber ebenfalls beteiligt?«

Sie fuhr sich fahrig mit der Hand über den Mund. »Ich bin mir nicht sicher. Bei vielen der Gespräche war ich doch gar nicht dabei.«

»Aber Sie haben etwas aufgeschnappt?«

Wieder hielt sich die Frau zurück.

»Frau Geiner«, sprach der Beamte jetzt in freundschaftlichem Ton, »Sie tun sich keinen Gefallen mit Ihrem Schweigen. Mario Sieber wird Ihnen im Gefängnis sicher keine Hilfe sein.«

Jetzt straffte sich der Körper der Frau und sie warf ihrem Gesprächspartner giftige Blicke zu. »Eine Hilfe ganz sicher nicht, aber wenigstens habe ich ihn bisher noch nicht zum Feind.«

»Sie fürchten sich vor ihm?«

»Guter Mann, Sie haben ja keine Ahnung.«

Der Anwalt beugte sich zu seiner Mandantin und flüsterte ihr etwas ins Ohr.

Christina Geiner stöhnte daraufhin und sagte: »Ich weiß nur, dass er unbedingt diese französische Waffenfirma haben wollte.«

»Und Cargossa sollte das in die Wege leiten?«

»Ja, aber er hat es vermasselt. Es war sehr viel Geld im Spiel.«

»Und dann starb Renaldo bei einem Unfall, einem Flugzeugabsturz.«

Die Geiner reagierte nicht.

»Das muss doch bitter gewesen sein. Immerhin hatte Cargossa hohe Schulden, nachdem der Deal geplatzt war. Und das Geld seiner Investoren, also in dem Fall Siebers und Lomats Geld, war auch weg.«

Jetzt verzog die Frau missbilligend den Mund.

»War es etwa nicht so?«

Mit Zorn in der Stimme rief Christina: »Dieser Sieber ist gnadenlos.«

»Also hat er Cargossa töten lassen, weil der seine Schulden nicht hatte zurückzahlen können? Hat er an dem Mann ein Exempel statuiert?«

Sie zögerte, bevor ihre Antwort kam. »Es ging nicht nur um das Geld. Cargossa hat gedroht, alles auffliegen zu lassen. Für diese Übernahme hatte man nicht nur legale Mittel eingesetzt. Wenn Sie verstehen?«

»Cargossa hat sich also mit Sieber angelegt?«

Der Beamte beugte sich interessiert ein Stück vor.

»Ja, das war ein Fehler, den ich nicht unbedingt machen möchte. Hören Sie, Sieber hat Geld zum Fressen, dem ging es bei Cargossa nur darum, seine Macht zu demonstrieren. Offensichtlich steht er auf Flugzeugunfälle.«

»Wie darf ich das verstehen?«, hakte der Polizist sofort nach.

Hinter der Scheibe im anderen Raum zuckte Louis Montagne zusammen.

»Na, er hat das schon einmal gemacht, das muss mehr als zehn Jahre zurückliegen.«

»Was genau hat Sieber gesagt?«

Christina Geiner runzelte die Stirn und dachte angestrengt nach. Sie hatte das Gespräch zwischen Lomat und Sieber zufällig mitangehört und nicht jedes Wort verstehen können. »Er sagte so in etwa, dass er sich noch nie hätte von jemandem aufhalten lassen und ganz sicher nicht von einem Typen wie Cargossa. Das letzte Mal habe sich vor elf Jahren jemand gegen ihn stellen wollen, und der habe mit dem Leben seiner Familie dafür bezahlt.« Sie kramte in ihren Erinnerungen. »Außerdem sagte er noch, dass Flugzeuge abstürzen können, damals wie heute. Ich habe mir zuerst nicht so viel dabei gedacht, aber als Cargossa dann verunglückte …«

Louis Montagne war kreidebleich geworden. Seine Augen hatte er zusammengekniffen und die Hände zu Fäusten geballt: »Sieber also!« Mehr sagte er nicht.

»Wir werden ihn finden«, entgegnete Valentin LeClerc ruhig, aber sein Freund schüttelte den Kopf.

»Das werdet ihr nicht.«

Und als sollten seine Worte bestätigt werden, hörten sie Christina Geiner sagen: »Ich vermute, Sie haben ihn noch nicht verhaftet.«

Sie wartete nicht auf die Antwort der Beamten. Ein Blick in das Gesicht ihres Gegenübers genügte, um zu wissen, dass sie richtig lag. »Der Schweinehund hat sich also abgesetzt«, fügte sie resigniert hinzu.

»Haben Sie irgendeine Ahnung, wo er sein könnte?«

»Ich?«, erwiderte Christina schrill. »Meinen Sie wirklich, der Mann hätte in meiner Gegenwart über solche Dinge gesprochen?«

»Ehrlich gesagt glaube ich, dass er sehr viel in Ihrer Gegenwart gesprochen hat. Leibwächter werden mit der Zeit unsichtbar.«

Christina Geiner dachte an Matthias Lomat. Für ihn war sie unsichtbar gewesen, bis er sie für seine Geschäfte missbraucht hatte.

Eigentlich war sie der Meinung, genug gesagt zu haben. Vielleicht sollte sie ab jetzt besser schweigen. Aber der Beamte ließ nicht locker.

»Frau Geiner, wenn Sie auch nur eine Ahnung haben, wo der Mann sein könnte, dann sagen Sie es uns. Immerhin besteht die Chance, dass wir ihn dann hinter Schloss und Riegel bringen. Dann brauchen Sie ihn nicht mehr zu fürchten.«

Dieses Mal lachte sie laut auf. »Na, das will ich sehen!« Dann besann sie sich. »Sie werden nicht an ihn herankommen. Unter anderem hat er zu Lomat gesagt, dass er immer wisse, wo er im Notfall unterkommen könnte, und er solche Sicherheitsmaßnahmen auch von seinen Geschäftspartnern erwarte.«

»Und wo könnte das sein?«

»Keine Ahnung. Ich …«, sie unterbrach sich. Ihr war etwas eingefallen. Einmal hatte sie ein Telefonat mitangehört. Sieber war im Gespräch mit seinem Piloten gewesen. Dabei hatte sie einen Namen aufgeschnappt, der allerdings nichts bedeuten musste.

»Ihnen ist etwas eingefallen?«

»Nur ein Gespräch, das ich gehört habe, ein Name.«

»Sie sollten es uns sagen.«

»Tshikapa!«

»Wer oder was ist Tshikapa?«, fragte der Beamte nach.

Hinter dem Spiegel antwortete Louis Montagne an Stelle von Christina Geiner: »Tshikapa ist eine Stadt in der Demokratischen Republik Kongo in Afrika, die in der Provinz Westkasai liegt!«

Kapitel 16

Zwei Monate später – Demokratische Republik Kongo, in der Stadt Tshikapa, circa siebzig Kilometer von der angolanischen Grenze entfernt

Mario Sieber war mit sich zufrieden. Auch wenn er seine geschäftlichen Aktivitäten vorübergehend hatte unterbrechen müssen, hieß das noch lange nicht, dass er sich in den Ruhestand verabschieden würde. Nein, von so einer kleinen Panne wie in Frankfurt ließ er sich nicht vom Markt drängen. Sein Geld war sicher in der ganzen Welt verteilt. Außerdem hatte er immer einen beträchtlichen Teil seines Vermögens in Diamanten angelegt. Hier in der Demokratischen Republik Kongo war er willkommen. Seine finanziellen Zuwendungen wurden gern angenommen und im Gegenzug gewährte man ihm Schutz gegen Auslieferung. So hatte er die Möglichkeit, in Afrika ein äußerst komfortables Leben zu führen. Längst waren seine Geschäfte in Deutschland wieder angelaufen. Matthias Lomat hatte bereits einen Nachfolger in einer anderen Stadt.

Lomat, dachte Sieber verärgert. Selten hatte er sich so eine Laus in den Pelz gesetzt. Dieser größenwahnsinnige Vollidiot hatte alles versaut. Die Behörden hatten dank Lomat nun einen

USB-Stick, auf dem anscheinend sämtliche illegalen Transaktionen nebst Kundendaten aufgezeichnet waren. Gut, dass der Banker tot war, sonst hätte Sieber das selbst übernommen.

Er stapfte wütend weiter durch die Straßen. Auch jetzt am späten Abend herrschte eine drückende Schwüle. Siebers weißes Hemd war bereits durchgeschwitzt. In geringem Abstand liefen zwei Leibwächter hinter ihm her. Sie waren eine »Aufmerksamkeit« des hiesigen Polizeichefs, dem Sieber dafür ein Bündel Schweizer Franken in die Hand gedrückt hatte. Es war nicht einfach, als Ausländer zuverlässiges Personal zu finden.

Auf der Hauptstraße drängten sich wie immer um diese Stunde viele Menschen. Es gab kleine Marktstände und wer konnte, versuchte etwas Geld zu verdienen. Manche Straßenabschnitte waren dreckig und es roch nach Urin und Fäulnis, andere hingegen präsentierten sich fröhlich bunt, fast so, als wären sie Kulisse für eine Parade. Sieber ging zielsicher seinen Weg. Er steuerte ein spezielles Haus an, um dort speziellen Vergnügungen nachzugehen. An der nächsten Ecke bog er in eine Seitenstraße ein. Hier war der unangenehme Geruch stärker, dafür verebbte schlagartig das laute Stimmengewirr.

Plötzlich trat ein Mann aus dem Schatten. Etwas an der Art, wie er sich bewegte, schien Sieber vertraut, trotzdem konnte er den Unbekannten nicht einordnen. Erst als dieser im Schein einer flackernden Straßenlaterne stehen blieb, spiegelte das Gesicht des Schweizers Erkennen wider.

»Louis Montagne«, flüsterte er und sah sein Gegenüber zuerst ungläubig, dann mit einem Anflug von Furcht an.

»Sie erinnern sich noch an mich?«

Sieber drehte sich schnell um. Er hatte hinter sich seine Leibwächter erwartet, aber lediglich eine Katze huschte über den Weg. Zwischen ihren Zähnen trug sie – beinahe symbolisch – eine fette Ratte, die immer noch zappelte.

»Erwarten Sie noch jemanden?«, fragte der Franzose beiläufig.

Sieber griff sofort nach seiner Waffe.

Montagne blieb unbeeindruckt. »Sie denken, ich werde mich von Ihnen erschießen lassen? Nach all den Jahren des Suchens und Wartens. Den Spuren, die ins Leere führten, dem quälenden Gefühl einer unbefriedigten Rache … Das alles nur, um mich heute von Ihnen erschießen zu lassen?«

Montagne machte einen Schritt auf Sieber zu, der ihn daraufhin hinterhältig angrinste: »Du willst also zu deiner Familie ins Jenseits? Bitte, das kannst du haben.« Im nächsten Moment drückte Sieber ab. Wieder und wieder zog er den Abzug durch. Aber es gab keine Patronen, die in den Lauf transportiert werden konnten – das Magazin war leer.

»Bestechung ist ein schmutziges Geschäft, man kann so leicht überboten werden«, erwiderte Montagne kalt lächelnd, zog eine Pistole mit Schalldämpfer unter seiner Jacke hervor und drückte ab. Die ersten Kugeln trafen Sieber in die Brust, die letzten in den Kopf.

Ohne Eile berührte der Franzose mit zwei Fingern den Hals seines Opfers. Er wollte ganz sicher sein, dass der Mann tot war. Zufrieden stellte Montagne fest, dass das Pochen der Ader ausblieb.

Man hatte ihn gewarnt und gesagt: »Rache bringt keine Befriedigung!« Er blickte auf den Leichnam von Mario Sieber und konnte diese Aussage nicht bestätigen. Seit elf Jahren fühlte er sich das erste Mal wieder lebendig.

Die beiden Männer hinter der Straßenecke warteten bereits auf ihn, rasch überreichte er ihnen zwei prall gefüllte Umschläge. Montagne hatte sogar noch etwas obendrauf gepackt, als Dankeschön dafür, dass sie Wort gehalten und Siebers Waffe unbrauchbar gemacht hatten.

Der Franzose war am Ende einer langen Reise angekommen. Jetzt drängte es ihn nach Hause. Für ihn würde nun ein neuer Abschnitt beginnen.

Epilog

Mira stand am Grab von Frank Rotha. Auf den Tag genau vor einem Jahr hatten sie den Motorradunfall gehabt. Tränen liefen ihr über die Wangen. Sie war heute hier, um ihn endgültig loszulassen. Die Rose, die sie nun behutsam auf den kalten Grabstein legte, war eine Art Abschiedsgeschenk.

Sie würde Frank niemals vergessen, aber künftig wollte sie nicht mehr nur mit Trauer und Schmerz an ihn denken, sondern auch mit dem Gefühl der Dankbarkeit für die gemeinsame Zeit, die sie miteinander gehabt hatten.

»Ich trage dich für immer in meinem Herzen«, flüsterte sie.

Mit tränennassem Gesicht wandte sie sich schließlich ab.

Nach Frankfurt kam Mira nur noch selten. Mittlerweile war sie nach Karlsruhe gezogen und wohnte im selben Haus wie Sandra und Tia. Als Journalistin arbeitete sie nach wie vor.

Mit zittrigen Knien verließ sie den Friedhof und ging zum Parkplatz. Louis Montagne hatte sie hergefahren. Er sah sie besorgt an, als sie ins Auto stieg, sagte aber nichts.

Die Nachricht von Siebers Tod hatte irgendwann LeClerc erreicht, der sie unkommentiert an Montagne und Mira weitergegeben hatte. Keiner hatte den Namen des Schweizers seither erwähnt und so würde es auch bleiben.

Zwischen Mira und Louis war eine tiefe Freundschaft entstanden und eines Tages, wenn sich die Wunden geschlossen hatten, würde vielleicht mehr daraus werden. Jetzt galt es erst einmal, nach vorne zu blicken.

In den letzten Monaten war viel passiert. Die Staatsanwaltschaft hatte mit Hilfe der vierten Datei auf dem USB-Stick Strafverfahren gegen Lomats Kunden eingeleitet. Christina Geiner saß im Gefängnis und Mira hatte ihren Artikel geschrieben. Prompt war ihr von einem Verlag ein Buchvertrag angeboten worden und sie hatte sich bereits für einen Titel entschieden: »Blutiger Schein«. Und noch etwas stand fest. Sie würde das Buch Frank Rotha und all den Menschen widmen, die durch die Habgier anderer ihr Leben verloren hatten.

Ende

Schlusswort und Anmerkungen

Alle Personen, Institutionen und Handlungen sowie Namen und Bezeichnungen in meinem Buch sind frei erfunden. Ähnlichkeiten mit lebenden oder toten Personen und deren Handlungen sind rein zufällig und nicht beabsichtigt. Auch die verwendete Flugnummer ist eine Fantasiebezeichnung. Die erwähnten Kliniken, die Gerichtsmedizin, die Hotels oder Flughäfen haben keinen realen Hintergrund.

Davon abgesehen werden in meinem Buch einige Punkte angesprochen, die durchaus aktuell sind. Unter anderem gehören dazu die schlechten Arbeitsbedingungen in Billiglohnländern, Kinderarbeit, Korruption und nicht zuletzt das Thema Konfliktdiamanten. Die Problematik in aller Ausführlichkeit zu diskutieren, hätte den Rahmen des Buches gesprengt, was aber nicht bedeutet, dass keine Dringlichkeit besteht, im Namen der Menschlichkeit schnellstmöglich geeignete Lösungen zu finden.

Eine besondere Rolle spielt in »Blutiger Schein« das Thema Diamanten. Wie in meinem Thriller beschrieben, versucht der Kimberley-Prozess, dem Handel mit Konfliktdiamanten entgegenzuwirken. Leider ist immer noch viel zu tun geblieben. Vor allem, wenn man sich klarmacht, dass Diamanten nicht nur Rebellengruppen dazu dienen, ihre bewaffneten Konflikte zu finanzieren, sondern teilweise auch unter menschenunwürdigen Bedingungen geschürft werden, selbst wenn ihr Abbau ansonsten legal ist.

Noch eine Anmerkung: Interpol ist eine internationale Organisation der Polizei, die vor allem Aufgaben im Bereich der Koordination, Kommunikation und Datenbereitstellung übernimmt. Außendienstagenten, sprich Fahnder, werden nicht eingesetzt.

Schwarzgeld, Steuerhinterziehung und Geldwäsche sind Themen, die die Strafverfolgungsbehörden weltweit beschäftigen. Dagegen anzukommen ist ein schwieriges Unterfangen angesichts der Tatsache, dass sich mögliche Straftäter die gesamte moderne Technik und die Globalisierungseffekte für ihre illegalen Transaktionen zunutze machen können. Deshalb treiben deren Machenschaften immer bizarrere Blüten.

Ich bedanke mich ganz herzlich, dass Sie sich die Zeit für mein Buch »Blutiger Schein« genommen haben, und hoffe, Sie hatten ein spannendes Lesevergnügen.

Ihre
Ilona Bulazel

Druck:
Canon Deutschland Business Services GmbH
im Auftrag der KNV-Gruppe
Ferdinand-Jühlke-Str. 7
99095 Erfurt